LE MYSTÈRE DU MASQUE SACRÉ

DU MÊME AUTEUR :

Minuit dans le jardin du manoir, Éditions du Masque, 2020. Prix du roman d'aventures 2020
Intouchable, City Éditions, 2021

Dans la série « Victor Dauterive, un enquêteur sous la Révolution »

L'Affaire des corps sans tête, City Éditions, 2015
L'Affaire de l'homme à l'escarpin, City Éditions, 2016
Prix du polar Saint-Maur en poche 2018
La Disparue de Saint-Maur, City Éditions, 2017
L'Espion des Tuileries, City Éditions, 2018
La Trahison des Jacobins, City Éditions, 2019
L'Assassin de septembre, City Éditions, 2020

Essais et documents

Les Enfants du dernier salut
(avec Colette Brull-Ulmann), City Éditions, 2017
Les Experts du crime, City Éditions, 2018
Les Nouveaux Experts du crime,
City Éditions, 2021 Belle Page
JCL

lemasque.com

JEAN-CHRISTOPHE PORTES

LE MYSTÈRE DU MASQUE SACRÉ

Couverture et conception graphique : © Louise Cand

ISBN : 978-2-7024-5094-9

Après des études à l'École nationale des arts décoratifs, **Jean-Christophe Portes** a été journaliste et a réalisé une trentaine de documentaires d'investigation, de société ou d'histoire pour la télévision. Il est l'auteur de la série d'enquêtes de Victor Dauterive, dont *L'Affaire de l'homme à l'escarpin*, prix polar Saint-Maur en poche 2018. *Avec Minuit dans le jardin du manoir*, il fait une entrée remarquable dans le genre du roman d'aventures, qui lui vaut le prix du roman d'aventures des éditions du Masque en 2020. *Le Mystère du masque sacré*, lauréat du prix du Masque de l'année français, est son deuxième roman aux éditions du Masque.

C'est double plaisir
De tromper le trompeur

Jean de La Fontaine

Prologue

Je suis amoureuse d'une terre sauvage
Un sorcier vaudou m'a peint le visage
Son gri-gri me suit au son des tambours
Parfum de folie, magie de l'amour

Rose Laurens / *Africa*

Catalepsie

Il y a le monde des morts et celui des vivants.

Il y a le fleuve et le territoire sacré de l'au-delà, où règnent les dieux.

Il y a les rois, il y a des peuples et leurs lois.

Mais au-dessus de tout cela, il y a le masque.

Ce masque sacré que le vieux Chignard tient dans ses mains, par le plus grand des hasards. Au premier abord, ce n'est qu'un masque africain, à peine plus grand qu'un visage ordinaire: les paupières lourdes et les yeux vides, les joues striées de blanc et de noir. Puis ce regard vous oppresse et finit par transpercer votre âme, comme s'il vous scrutait depuis le fond de l'enfer. Enfin, il vous brûle et il faut s'en détourner, comme on se détourne d'un soleil en fusion.

Ce masque est maudit. Inhumain.

En découvrant le carnet de voyage de son ancêtre, Chignard avait appris que ce fétiche dépassait tous les autres en puissance et en beauté. Il était sacré, capable de transmettre à son propriétaire le pouvoir des dieux, le pouvoir sur les morts et les vivants, les hommes et les rois.

Le pouvoir absolu.

Ancien sous-préfet et de nature plutôt cartésienne, le vieil homme avait mis quelque temps à croire qu'un tel bibelot, même exotique, puisse posséder un tel potentiel. Mais la lecture du carnet l'avait convaincu: le propriétaire de ce mystérieux objet aurait entre les mains une arme puissante, qui lui permettrait de régner sur les esprits et les hommes.

Pour partager sa découverte, Marcel Chignard avait tenté de joindre son cher jeune ami Denis Florin, ex-notaire, qui vivait désormais reclus au manoir de Caudebec, obnubilé par ses études des plantes médicinales du Moyen-Âge. Mais ce dernier n'avait pas répondu. Or, les choses s'étaient rapidement envenimées.

D'abord par ces mails menaçants.

Il s'exposait à *des soucis* s'il gardait l'objet sacré, lui disait-on, il devait réfléchir *aux conséquences*. Et s'il cherchait à le vendre, il devait y regarder à deux fois et ne pas laisser le masque entre n'importe quelles mains.

À ces messages avaient succédé des appels anonymes. De mystérieux interlocuteurs lui donnaient les mêmes conseils, de façon plus brutale, et la peur s'était installée. Chignard avait beau être sourd comme un pot, il entendait tout de même ces expressions qui le touchaient au cœur. Au bout du fil, ils le traitaient de *voleur*, d'*esclavagiste*, de *pilleur de tombeaux*. Un homme à l'accent africain promettait de l'éventrer, de lui arracher la tête comme à un poulet, et de répandre son sang sur les murs de sa maison.

L'ancien sous-préfet n'en dormait plus. Et Denis qui ne lui répondait toujours pas…

Il s'était alors rendu à la gendarmerie où la cheffe, une jeune lieutenante blonde, avait pris les choses très au sérieux. Mais appelée sur un gros accident de la route, elle n'avait pas eu le temps d'enregistrer sa plainte.

En attendant, de retour chez lui, il avait pris ses précautions, à l'insu de son cher ami Denis Florin, toujours désespérément absent. Un travail épuisant, mais nécessaire. Bien lui en avait pris : le lendemain soir, à minuit seize exactement, il aperçut d'étranges mouvements dans son jardin, particulièrement autour de la caravane qui y moisissait. Des ombres furtives glissaient sous la lune argentée, comme poussées par le petit vent normand. L'ancien sous-préfet troqua sa canne à pommeau d'argent contre une épée de lansquenet à double tranchant et avança lentement dans l'obscurité. Mais à peine eut-il fait trois mètres qu'on le frappa à l'arrière de la tête.

Lorsqu'il revint à lui, couché dans l'espèce de jungle qu'il qualifiait de pelouse, un géant se dressait devant lui. Malgré la nuit, il devinait sa peau noire sous sa cagoule.

— Où est le masque ? lui demanda-t-il.

Chignard dut faire un gros effort pour paraître surpris. Mais il était d'une pâleur mortelle et respirait à peine, submergé de terreur. Son crâne le faisait horriblement souffrir, et des étoiles dansaient devant ses yeux.

Il murmura qu'il ne voyait pas du tout de quoi il était question.

Son visiteur poussa un bref soupir, et d'un signe de la main, ordonna à ses acolytes de le relever. Le vieil homme se retrouva assis chez lui, les mains liées dans le dos, face à trois agresseurs encagoulés. Comme il refusait de répondre à leur seule et unique question, ils le forcèrent à absorber un amer breuvage, au goût très prononcé d'amande. L'ancien sous-préfet, qui de sa vie n'avait jamais été ivre, se vit aussitôt décoller de sa chaise, et son esprit se mit à planer sous son propre plafond.

Ils l'interrogèrent de nouveau.

Chignard, dont l'esprit voguait à présent sous les solives de sa vieille maison, leur expliqua sans résistance où était caché le masque. Il savait que cela mettrait Denis en danger, mais aucune force au monde ne pouvait l'empêcher de dire ce qu'il savait. Ils lui redonnèrent alors une grande quantité de potion et disparurent.

La dame de la commune qui intervenait chaque jour chez l'ancien sous-préfet trouva ce dernier couché sur son lit le lendemain matin, un vague sourire aux lèvres. Elle poussa une longue série de hurlements avant de comprendre qu'il n'était pas mort.

Les pompiers arrivèrent, puis le Samu, puis les gendarmes, et aussi les voisins qui commentaient de loin, derrière les barrières vermoulues de son jardin.

Chignard était couché sur le dos, les pupilles grandes ouvertes. Rythme cardiaque, saturation, tension : ses constantes étaient parfaites, déclara le médecin, rien à redire. Son activité cérébrale semblait normale, en tout cas ses réflexes étaient parfaits. Mais il ne pouvait ni parler ni bouger, cloué sur son lit comme un papillon sur sa planche de liège, mais un papillon vivant et sans épingle.

Chignard, en effet, avait tout son esprit.

Il voyait ces gens s'agiter autour de son lit, il les entendait même (si tant est qu'on puisse employer cette expression le concernant). Sa mémoire était excellente, il se souvenait parfaitement de ces caisses entreposées chez lui, lors du décès de son frère jumeau, ces caisses en bois qui contenaient toutes les fabuleuses collections dont il héritait. Il se rappelait les avoir déplacées en lieu sûr, en pleine nuit. Il n'avait pas non plus oublié ce moment précis où il portait le masque sacré à hauteur de visage, presque malgré lui, comme hypnotisé par son puissant magnétisme. Il n'avait pas oublié l'instant où il l'avait mis en vente, ni les menaces, les appels, l'intrusion sur sa pelouse et l'agression de ces trois hommes noirs.

Mais il était incapable de répondre aux questions du médecin ou de la lieutenante de gendarmerie. Il ne pouvait bouger ni les lèvres ni les yeux, ni le petit doigt ni la langue, ni rien du tout. Enfermé en lui-même, séparé du monde par une barrière absolument infranchissable, comme dans le pire des cauchemars.

Première partie

Viens cette nuit
Pars, c'est du mystère
Que tu veux : en voilà !
Pars, oublie la terre
Pars, viens avec nous tu verras

Charles Trenet / *La Route enchantée*

Gendarmerie

Nouvellement nommée à la tête de la brigade de Villequier, la lieutenante Estelle Müller avait brillamment réussi son concours d'élève-officier à l'École de gendarmerie de Fontainebleau. Elle était experte en identification criminelle, mais aussi tireuse d'élite, psychologue clinicienne, s'était spécialisée dans la délinquance économique et préparait une thèse sur le trafic d'êtres humains en provenance du Nigeria.

Âgée d'environ 25 ans, l'allure sportive, blonde comme les blés et des yeux bleus très insistants qui semblaient vouloir envoûter ses interlocuteurs, elle était ambitieuse, intelligente, méfiante et perspicace, rigoureuse et dotée d'un raisonnement scientifique, mais l'esprit un peu raide et parfois trop idéaliste. Ses collègues, qui ne l'appréciaient pas, la surnommaient *Sissi l'Impératrice*, ou *La Walkyrie*. Elle le savait et leur en voulait.

Müller fit les choses dans les règles de l'art. Elle prit une multitude de photographies sur la scène de crime, saisit le téléphone mobile de Chignard et demanda son relevé d'appels. Elle évita de s'adresser au procureur pour saisir ses ordinateurs et disques durs, redoutant que celui-ci ne lui retire l'affaire pour la confier à la brigade de recherches d'Yvetot, en principe chargée des homicides. Pour l'instant, c'était une simple agression, ce que prouvaient d'ailleurs le coup sur le sommet du crâne et les traces de liens autour des poignets de la victime, donc une affaire relevant de sa compétence.

Au cas où la procédure prendrait plus d'ampleur, elle préleva sur la victime de nombreux échantillons de salive, de sang et d'urine, qu'elle envoya au grand laboratoire de Pontoise, où elle avait des relations.

Grâce à son enquête de voisinage, elle apprit que Chignard était un sous-préfet à la retraite, célibataire et sourd comme un pot, dont la seule famille était un frère jumeau récemment décédé. Passionné d'histoire et de reconstitution historique, il se réunissait avec les Joyeux Écorcheurs de l'Ost de Normandie, avec qui il se déguisait en soudards des temps anciens pour revivre les grandes batailles du Moyen Âge et de la Renaissance. C'est dans ce groupe de doux dingues qu'il avait rencontré son seul et véritable ami, Denis Florin, un ex-notaire dont le profil l'intrigua aussitôt: il était *connu des services de police*. Et plutôt défavorablement.

L'année précédente, à peu près toute la France avait parlé de lui, après que l'on eut retrouvé une tête décapitée plantée sur un pieu devant son manoir. Sa grand-mère avait disparu, on avait cru qu'il l'avait assassinée – d'autant qu'il avait pris la fuite. Mais tous deux étaient réapparus quelques semaines plus tard, et un milliardaire espagnol avait été condamné pour ces faits très embrouillés. Sur ce, le notaire avait donné sa démission tandis que le manoir, tout à fait décrépit jusqu'alors, reprenait soudain belle allure. Le mur d'enceinte avait été refait, ainsi que le manoir lui-même, la maison de gardien, et le parc.

D'où venait cette fortune? Pourquoi ce mur désormais quasi infranchissable?

Müller découvrit vite que Florin était un étrange personnage. Orphelin de père et de mère après leur accident d'avion, il avait été éduqué par sa grand-mère. À part Chignard, on ne lui connaissait pas de relations. Il se passionnait pour les cryptogrammes, les échecs à très haut niveau, ou la reconstitution de massacres du passé avec son vieux copain. Personne ne savait à quoi il occupait ses journées.

La lieutenante, qui avait beaucoup étudié la psychologie des criminels, voyait en lui de troublantes similitudes avec certains tueurs en série. Elle devinait un individu fragile et secret, enfermé dans ses rêveries. Ces intuitions furent confirmées par certains témoins, qui lui décrivirent un homme effacé, certainement écrasé par la personnalité de sa terrible grand-mère.

Un drôle d'oiseau, celle-là aussi. Bien qu'âgée de près de 85 ans, elle était moqueuse, rebelle, capable de provoquer une émeute, comme ce jour où elle s'était enchaînée aux grilles de la préfecture pour empêcher l'installation d'un incinérateur. Le projet avait été abandonné, au grand dam du maire et de la multinationale qui le soutenait. Nombre de voisins la surnommaient *la vieille folle du manoir*, elle était aussi connue pour donner chaque année un grand concert de harpe devant au moins 200 invités déguisés, et pour ses incursions sur les réseaux sociaux où elle était très suivie.

Lorsqu'elle en sut assez, la lieutenante se rendit au manoir de Caudebec, où vivaient les Florin, et leurs ancêtres avant eux, depuis l'an de grâce 1562. Après la grille d'entrée, elle arrêta son véhicule de service devant un bosquet d'hortensias mauves, au pied du manoir en gros moellons de granit. Elle pensait faire une apparition remarquée mais rien ne se produisit hormis une brusque trouée de soleil entre les nuages, loin à l'horizon au-dessus de la mer. Le bâtiment dormait, et le parc aussi.

Poussant le vieux battant sculpté, Müller avança dans le vestibule à damier noir et blanc, un peu surprise. Son collègue aussi s'étonnait. L'hospitalité à Caudebec était légendaire, les gendarmes du secteur n'en repartaient jamais que gavés de porto et de petits gâteaux, envoûtés par la délicieuse conversation de Colette.

Les deux militaires avancèrent vers le salon.

— Monsieur Florin ? Madame Florin ?

L'écho de la voix de la lieutenante se perdit dans le vieux bâtiment. Ils apercevaient le salon très clair où la châtelaine recevait ses invités. Une odeur de lavande et de frais flottait dans l'air, loin du moisi et du vieux, comme souvent dans les anciennes demeures. Müller poussa du doigt la porte du séjour pour examiner l'intérieur avec prudence.

Elle eut un haut-le-cœur.

Une paire de chaussettes dépassait de l'accoudoir du canapé.

Des pieds immobiles.

— Monsieur Florin ?

Les chaussettes ne bougèrent pas. Orange vif, elles couvraient les pieds d'un homme absolument immobile. Un homme plongé dans une catalepsie profonde. Exactement comme Chignard.

Ethno-gipsy

— Les chiffres sont super cool. Plus 10 % par mois, on en est à 264 K abonnés Insta…

— 265 K, rectifia sèchement l'assistante de Nadget, tout en consultant sa patronne du regard.

Plongée dans la lecture de l'écran de son smartphone, cette dernière ne réagit pas. Elle ne faisait même pas semblant d'écouter. Les réunions mensuelles chez Happy Influence, société spécialisée dans la mise en relation entre influenceurs des réseaux sociaux et entreprises, la mettaient de plus en plus mal à l'aise. Rien que pénétrer dans l'immeuble ultramoderne qui abritait l'entreprise, quelque part dans l'Ouest parisien, lui donnait presque des nausées.

Le *Managing director & partner*, un hipster à la barbe épaisse, dirigeait la réunion d'un air content de lui. Tout était à la fois cool et top, les investisseurs, les *likes*, ce *shooting* au Népal c'était carrément génial, hyper cool, bravo Nadget !

L'intéressée grommela un vague merci. À sa grande surprise, le compte Instagram où elle se mettait en scène dans ses voyages, sobrement intitulé *Nadia B*, remportait un succès fulgurant, certainement grâce à son look *authentique et bohème – ethno-gipsy*, comme disaient les spécialistes. Attirés par cette visibilité comme les piranhas par le sang, les annonceurs – hôtels de luxe et marques de cosmétiques principalement – payaient la jeune femme des fortunes pour qu'elle donne à leurs produits une touche à la fois exotique et proche de la nature.

Nadget s'intéressa de nouveau à son mobile, à la recherche des derniers commentaires. La plupart étaient sans intérêt, elle cherchait surtout ceux d'un nouvel abonné, un certain *Calico Jack*. Voilà quelque temps qu'il se manifestait par des petites phrases, bien différentes des mièvreries habituelles. Elle sourit en déchiffrant son dernier envoi qui tenait en trois lignes, presque un haïku, ces brefs poèmes japonais qui touchaient au cœur en quelques vers.

Paysage de paradis
Nul ne sait que je rougis
Au contact d'un homme, la nuit

Elle en aurait presque rougi, en effet. Calico Jack. Quel drôle de pseudonyme. Elle sourit, hésitant à répondre.

À côté d'elle, son assistante faisait le compte rendu de leur dernier *shooting* au Népal, qui l'avait écœurée. Katmandou ressemblait à une ville indienne, en plus pauvre, ce qui n'était pas peu dire. À la sortie de leur hôtel de luxe, leur tout-terrain climatisé s'était engagé dans des ruelles poussiéreuses surmontées d'amas de fils électriques, avant de franchir une rivière-dépotoir aux odeurs atroces. Puis elles avaient gagné les contreforts de l'Himalaya, tout près d'un lhapsa où s'accrochaient les longs fils ornés de drapeaux de prière.

Sous l'objectif de son assistante, Nadget Bakhtaoui, cheveux de jais dénoués et revêtue d'un sari orange, s'était mise à contempler d'un air amoureux un lot de shampoings bio. Les images étaient splendides. Le soir, avant de les poster sur Internet, elle avait rédigé un commentaire sans âme : *Couldn't dream of a better place*[1], et en moins d'une heure, plus de 6 000 *followers* avaient *liké*. L'annonceur était ravi. Mais une fois revenue dans sa chambre décorée de marbre et de bois de santal, Nadget s'était sentie submergée par la honte.

Car avant de vendre son corps au commerce mondialisé, cette belle jeune femme aux yeux sombres avait été la meilleure réalisatrice de grands reportages de sa génération, pour la première chaîne du pays. Malgré son caractère détestable, ses grossièretés et son absence totale de sens diplomatique, elle avait toujours travaillé à sa guise. Ses documentaires avaient fait du bruit, certains avaient remporté des prix et touché les consciences. Ses patrons la laissaient choisir ses sujets et ses causes ; jamais elle n'oubliait ses origines modestes, son parcours tumultueux et les injustices subies, injustices qu'elle voulait dénoncer, en France et partout dans le monde.

Et puis elle avait arrêté, presque sur un coup de tête, juste après ce reportage en Normandie, avec ce Denis Florin…

— Nadget ?

La jeune femme réalisa que les participants du brief la considéraient depuis un moment, avec un mélange d'anxiété et de servilité – elle représentait tout de même les 3/4 du chiffre d'affaires de l'entreprise.

— Oui ?

— Tu en penses quoi, de ces *workshops* ? répéta le *Managing director*.

— Pas grand-chose, dit-elle en se levant.

Sur ce, elle mit un terme à la réunion.

1. On ne pourrait pas rêver d'un meilleur endroit.

— Mais, et les *workshops* ? On se fait un *call* ? On se rappelle pour Bali ? cria le manager depuis la salle de réunion, mais la porte vitrée s'était déjà refermée.

Nadget ne supportait plus l'avidité de ces gens, à peine masquée sous leur jargon marketing, l'hypocrisie de ces photos de rêve, à deux pas de populations en souffrance. Elle ne supportait plus ce monde virtuel, ces petits cœurs numériques, ces sourires pixellisés, ces amitiés d'écran. Un jour, l'un des crétins de la boîte lui avait suggéré d'envisager des visuels plus chauds, plus sensuels.

— Tu veux vraiment que je me foute à poil ? avait-elle rétorqué.

Il était devenu rouge comme un puceau qui voit justement sa première femme nue et n'avait pas insisté.

Elle démarra son scooter pour regagner le Marais, où elle vivait au dernier étage d'un immeuble boiteux de la rue Chapon.

Victoire se jeta dans ses bras dans un cri de joie. C'était uniquement pour sa fille de six ans que Nadget se vendait en images. Elle aurait été capable de tout pour conserver sa garde. Depuis des années, son père biologique multipliait les procédures pour la récupérer. Fort heureusement, les juges avaient compris que cet égoïste irresponsable était incapable de s'occuper de l'enfant.

Nadget s'écarta doucement de sa fille pour lui baiser le front.

— On va se promener ?

Déjà Victoire courait vers sa chambre, à la recherche de son petit manteau trois-quarts.

Mais à peine arrivée dans le square, la jeune maman sortit son smartphone, pour lentement faire défiler les commentaires.

Nul ne sait que je rougis.
Au contact d'un homme …

Ces mots la touchaient bien plus qu'elle n'aurait voulu.

Calico Jack. Elle savait exactement qui se cachait derrière ce pseudonyme. Mais elle ignorait encore si elle devait s'en attendrir, ou s'en irriter.

Maladie

Denis Florin n'était ni mort ni en catalepsie, mais tout simplement endormi sur son canapé, un smartphone flambant neuf posé sur la poitrine. Le carton d'emballage traînait au sol, à côté du mode d'emploi.

L'intrusion des deux gendarmes l'avait fait sursauter et il en avait presque fait tomber son téléphone. C'est qu'avec ses tresses blondes et son regard d'acier, Müller faisait un peu peur, une sorte de mélange entre la vestale d'un temple romain et Jeanne d'Arc.

— Vous ne nous avez pas entendus ? fit-elle avec moins de chaleur qu'un président de cour d'assises.

Denis s'assit face à eux en faisant non de la tête. C'était un individu d'une trentaine d'années, les cheveux frisés et le regard rêveur, vêtu d'un jean défraîchi et d'un tee-shirt noir orné d'une sorte de tête de mort et du sigle SONS OF ANARCHY.

— Où étiez-vous samedi soir dernier ? demanda Müller, qui le sentait fragilisé et voulait en profiter.

Denis ouvrit un œil rond.

— Samedi ? Ici, avec Colette.

— Colette ? Vous voulez dire votre grand-mère ?

— Elle ne veut pas qu'on l'appelle autrement.

Du coin de l'œil, il surveillait machinalement son écran.

—Vous attendez un message important, monsieur Florin ?

— Oui. Enfin non. En fait samedi, je n'étais pas là.

La lieutenante échangea un regard perplexe avec son collègue.

— Je ne comprends pas. Vous étiez là, ou vous n'étiez pas là ?

— J'étais sur la route. J'ai passé la journée à l'abbaye de Vauclair, dans l'Aisne…

— Ah oui ? Vous avez vu quelqu'un là-bas ?

Florin sentit une chaleur désagréable lui parcourir la colonne vertébrale. Il expliqua qu'il n'avait vu personne sur place : après avoir passé quelques heures dans le jardin de plantes médicinales de l'abbaye, à environ 300 kilomètres de là, il avait fait le chemin en sens inverse. Vers 11 heures du soir, il s'était arrêté le long d'un petit bois où il avait dormi un bon moment avant d'enfin regagner Caudebec, mais il était incapable de dire à quelle heure.

Plus il parlait, plus il voyait son interlocutrice douter de lui. Elle n'avait même pas besoin d'ouvrir la bouche pour lui dire à quel point son alibi ne tenait pas la route. Mais un alibi pour quoi ?

— Où se trouve votre grand-mère, monsieur Florin ?

Ses mauvais pressentiments se confirmaient : la dernière fois qu'un policier lui avait posé cette question, c'était un an plus tôt, lorsque Colette avait réellement disparu et qu'il avait dû prendre la fuite pour la retrouver.

Il expliqua que cette dernière avait quitté le manoir une heure plus tôt (sans préciser qu'elle était toute guillerette, et qu'elle transportait de grosses pancartes peintes à la main).

— Est-ce que je peux savoir ce qui se passe ?

— Vous connaissez Marcel Chignard, je crois ? Vous attendez un message le concernant ?

— Pas du tout. Est-ce que... Est-ce qu'il lui est arrivé quelque chose ?

— Quand l'avez-vous vu pour la dernière fois ? reprit la lieutenante d'un ton toujours plus froid.

— Je dirais, mercredi de la semaine dernière. Non, jeudi. Il a eu un accident ?

Chaque hésitation renforçait l'intuition de Müller, qui voyait en Denis un pur psychopathe, dans le sens premier du terme, c'est-à-dire un être déséquilibré. Elle décida de pousser l'ancien notaire dans ses retranchements en lui proposant assez abruptement de la suivre.

— À ce stade, vous pouvez refuser, mais je vous conseille tout de même d'obtempérer.

Denis pâlit. Il croyait revivre le cauchemar de l'année précédente, lorsque personne n'avait voulu l'écouter. Il chaussa ses baskets sans un mot et emboîta le pas aux gendarmes. Jusqu'à Rouen, à plus d'une heure de route de là, ils n'échangèrent pas un mot. Denis s'inquiétait, le regard perdu dans les vertes collines normandes.

Qu'était-il arrivé à Chignard ? Où allaient-ils ? La lieutenante ne répondit à aucune de ses questions. Son vieil ami avait plusieurs fois tenté de le joindre, la semaine précédente, mais il n'avait pas trouvé le temps de le rappeler. Une horrible intuition l'effleurait soudain. Et s'il était mort ?

Comme ils se garaient au pied d'un des bâtiments du CHU, le jeune homme consulta une énième fois son écran.

— Vous êtes sûr de ne rien avoir à nous dire, monsieur Florin ? demanda Müller.

— À part que j'aimerais bien savoir ce qu'on fait ici, oui.

La lieutenante le poussa vers l'entrée du bâtiment. Après les ascenseurs, ils empruntèrent un long couloir qui menait au centre antipoison.

Chignard avait beaucoup voyagé ces deniers jours. Après les urgences, où l'imagerie n'avait rien révélé, on l'avait transféré en neurologie, puis en pharmacologie, puis en médecine interne avec les cas inclassables, avant d'échouer au centre antipoison. Mais son état ne s'améliorait guère, déclara le chef de service accouru en toute hâte.

À la vue du malade, Denis faillit fondre en larmes.

Le pauvre Marcel ressemblait à un gisant, le regard flottant et respirant à peine. Il était sous perfusion. Personne ne comprenait : il n'était pas cataleptique, ni épileptique, ni paraplégique, le cœur était impeccable, le cerveau aussi, il déglutissait parfaitement. C'était un genre de paralysie molle, totalement inédite, une énigme scientifique.

— Êtes-vous sûr de ne rien avoir à nous dire ? répéta Müller qui scrutait les réactions de Denis comme un entomologiste une fourmi.

— Il va s'en sortir ?

Le médecin se caressait le menton. Bien malin qui, à la Faculté, l'aurait su.

Müller jugea venu le moment d'entraîner Florin dans une salle d'auscultation vide.

— Est-ce que vous pouvez m'expliquer ceci ? lui dit-elle en refermant la porte derrière eux.

Elle tenait entre ses doigts une pochette en plastique transparent, dans laquelle était glissé un papier froissé. Trois lignes manuscrites y apparaissaient, ainsi rédigées :

Tu as pris ce qui ne t'appartenait pas
Tu le payeras au centuple

— Est-ce que vous reconnaissez l'écriture ?

Il fit oui du menton, très lentement, comme au ralenti. Oui, les mots étaient bien de sa main. Mais, cela n'avait rien à voir avec Chignard : il s'agissait du texte d'une saynète qu'ils comptaient donner lors d'une reconstitution où il était question de Philippe Le Bel et des Templiers.

Müller vrilla sur lui ses yeux d'azur.

— Les Templiers ? Ça n'a rien à voir avec la Renaissance, ça. Quelqu'un a assisté à cette saynète ?

Denis admit qu'ils ne l'avaient jamais jouée, du moins pas en public. Il se sentait comme une écrevisse dans une nasse. Chaque nouveau mot prononcé l'enferrait un peu plus.

— Ce papier a été trouvé dans la poche de la victime. Vous avez une explication ?

— Aucune. Quelqu'un l'a mis.

Müller eut un mince sourire.

— Vous voulez dire, le véritable empoisonneur, pour détourner les soupçons... Vous lisez un peu trop de romans policiers, monsieur Florin. Autre chose : nous avons trouvé pas mal d'extraits de plantes toxiques dans les analyses sanguines de M. Chignard. Or on m'a dit que vous avez un jardin médicinal chez vous. Un très beau jardin.

— C'est ma spécialité. J'écris des livres sur les plantes médicinales.

— On vérifiera, fit la jeune femme, un peu surprise.

Elle avait fait son enquête, mais ignorait que Denis publiait sous pseudonyme. Elle reprit :

— Le problème c'est qu'il n'y a pas que ça. Entre mercredi et samedi, le jour de l'empoisonnement, vous avez échangé plus de 25 SMS avec la victime. Peut-on savoir pourquoi ?

— Il voulait absolument me parler. Je n'avais pas le temps.

— Vous êtes le dernier à l'avoir vu en bonne santé. Il y avait un contentieux entre vous. De quelle nature ?

— Il n'y a aucun contentieux ! Parfois Chignard est... un peu têtu. Je suis en train de finir un livre et je n'avais pas le temps de répondre.

— Vous l'aviez menacé ?

— Pourquoi ça ?

— Dans les SMS, il tient absolument à vous parler. Et vous, vous ne répondez rien. Ce silence, c'est une manière de menacer.

— Vous dites n'importe quoi.

— Mesurez vos propos, monsieur Florin. Samedi soir, vous vous êtes introduit chez lui et vous lui avez administré un poison. Est-ce que vous niez ?

Le visage de Denis s'était contracté. L'espace d'une seconde, la lieutenante crut qu'il allait craquer, ou peut-être même s'en prendre à elle, mais finalement il se reprit.

— Je n'ai aucune raison d'empoisonner Marcel, murmura-t-il d'un air soudain très las. Tout ça n'a aucun sens. Est-ce que vous allez m'arrêter ?

Müller pencha la tête un instant, avant de hausser les épaules.

— Pas pour l'instant. Mais je vais vous demander de rester à notre disposition dans les jours à venir. Vous êtes sûr de n'avoir rien à me dire ? C'est le moment de libérer votre conscience, monsieur Florin.

Denis secoua la tête. Mais cet entretien, et la découverte de ce pauvre vieux Chignard endormi l'avaient secoué. Il était si troublé qu'il se demanda même s'il ne l'avait pas empoisonné sans s'en rendre compte.

Tracasseries

À 8 heures du matin, une dizaine de militants garèrent leurs voitures devant la succursale française d'une multinationale de l'agrochimie, dans une immense zone industrielle en bord de Seine, à une vingtaine de kilomètres de Villequier. Déguisés en grosses abeilles en peluche façon parc d'attractions, ils déroulèrent pancartes et banderoles :

NON AU MASSACRE DES INSECTES ! SAUVEZ LES ABEILLES ! NON AUX NÉONICOTINOÏDES !

Au même instant, Colette s'enchaînait au portail sous l'œil des nombreux journalistes convoqués, tandis qu'arrivait un escadron de gendarmerie mobile, car la zone hébergeait la plus grosse raffinerie de pétrole du pays et était hautement sensible. Attachée à sa grille au centre de ce cataclysme, la paisible dame de plus de 80 printemps déroulait un discours indigné : les pesticides tuaient les abeilles en masse. Or sans abeilles, plus de pollinisation, plus de fruits, plus de vie ! Il fallait les interdire *définitivement* !

Les militants approuvaient en hochant leurs grosses têtes d'abeilles. Le chaos était total, les camions encombraient la chaussée presque jusqu'au Havre, les automobilistes pris dans l'énorme bouchon s'en prenaient aux gendarmes impuissants.

Quelques heures plus tard, le blocus enfin levé, on conduisit la châtelaine de Caudebec jusqu'à la brigade de gendarmerie de la lieutenante Müller, revenue en toute hâte du CHU de Rouen. Laquelle, très contrariée mais obéissant au procureur, remplit un PV d'audition aussi anodin que possible – les autorités ne voulaient pas donner trop d'écho à l'affaire. La déposition signée, elle raccompagna la vieille dame jusqu'à la sortie sans paraître plus fâchée que cela.

Colette l'aimait bien, cette petite jeune fille. Elle la sentait honnête et très attachée à son devoir, quoiqu'un peu trop droite dans ses bottes, sans doute. Mais elle ferait sûrement une très bonne recrue pour le *groupe du Manoir*...

— J'ai une question à vous poser, lui dit soudain Müller. Où étiez-vous samedi soir dernier ?

Un grand sourire étoila de rides le visage de Colette.

— C'est en rapport avec mon arrestation de ce matin ?

— C'est une simple question.

— Certes. Mais je suis surprise que mes soirées vous intéressent.

Müller répondit d'un ton posé qu'il s'agissait d'une autre affaire sans intérêt, et qu'elle n'était pas obligée de répondre. Colette déclara alors qu'elle n'avait rien à cacher, et qu'elle se trouvait tout simplement au manoir, où elle avait dîné, seule.

— Savez-vous où était votre petit-fils, ce soir-là ?

— Ma foi, il ne m'a pas dit. Vous savez, il est très occupé avec son livre en ce moment. Est-ce que c'est important ?

Elle souriait toujours, mais avec moins de chaleur.

L'enquêtrice s'en sortit par une pirouette, sans savoir que penser de cette petite femme au sang-froid parfait. Beaucoup de voisins la décrivaient comme *dérangée*, à peu près autant que son petit-fils, mais elle en doutait beaucoup à présent.

De retour au manoir, Colette, un peu soucieuse, remisa ses pancartes au-dessus de l'armoire de son bureau et se lança dans une revue de presse sur Internet. L'opération du matin était un franc succès : les chaînes d'infos passaient les images en boucle, en particulier celles des militants déguisés en abeilles géantes. Le montage satirique le plus repris sur les réseaux montrait le chef de l'État piqué par un commando de grosses abeilles.

La vieille dame ne l'aimait guère, ce monde de la rumeur éphémère et grinçant, mais elle n'était pas du genre à regretter le passé. Il fallait vivre avec son temps.

Elle retrouva son petit-fils avachi dans le canapé du salon, à contempler son smartphone d'un œil morne. Au moment de lui parler de ses exploits dans la zone industrielle de Port-Jérôme, elle se ravisa :

— Ça n'a pas l'air d'aller. Que se passe-t-il ?

Leurs relations s'étaient quelque peu refroidies depuis l'épisode de l'enlèvement, l'an passé. La découverte des secrets de sa grand-mère avait profondément déstabilisé le jeune homme, et ce malaise persistait.

Elle lui proposa un porto, puis un verre de son vin préféré, qu'il refusa pour raconter ce qui était arrivé à Chignard, puis sa virée en compagnie des gendarmes au CHU de Rouen.

— Müller va vouloir m'inculper, conclut-il d'un air sombre. Elle ne me lâchera pas.

Sa grand-mère lui fit part des questions posées par la lieutenante Müller, avant d'avaler son porto cul sec.

— Ne t'inquiète pas, mon petit Denis, fit-elle en claquant la langue. Est-ce que, oui ou non, tu as empoisonné ce vieux grigou ?

Il chassa l'air d'un geste agacé.

— Bien sûr que non !

— Alors que risques-tu ?

Le jeune homme évoqua le petit papier trouvé dans la poche, les multiples SMS de Chignard et ses analyses sanguines.

— Elle est persuadée que je l'ai intoxiqué avec une plante de mon jardin médicinal. Elle est bien capable de perquisitionner le manoir, ils vont tout saccager avec leurs grosses bottes. Cette fille ne m'inspire aucune confiance.

Colette eut un rire joyeux.

— Tu exagères tout ! Si tu n'as rien fait d'illégal, tu ne risques rien.

— Je dois finir mon livre et je n'ai encore rien photographié. Si elle détruit mon jardin, je ne pourrai pas publier à temps et mon éditrice va m'envoyer des tueurs serbes, tu ne la connais pas !

Après avoir vendu sa charge de notaire, le jeune homme avait écrit un ouvrage sur les plantes médicinales du Moyen Âge, qui s'était écoulé à trois millions d'exemplaires. Son éditrice le harcelait pour qu'il publie une suite, dont il repoussait sans cesse la sortie. Ils en étaient aux échanges de courriers recommandés.

— Dans ce cas, change ton programme et prends ces photos en urgence, suggéra Colette sur un ton plus sérieux. Maintenant, parle-moi de ton ami Chignard. Qu'est-ce qui lui est arrivé à ton avis ? Tu crois vraiment que quelqu'un aurait voulu l'empoisonner ?

— Tu connais Marcel. Ce n'est pas le genre de bonhomme qui a des ennemis. Mais il s'est passé des choses bizarres. Jeudi ou vendredi, j'ai moi-même reçu un drôle d'appel. Un homme avec un accent étranger…

Colette semblait plus attentive.

— Comment peux-tu savoir que c'est en lien avec Chignard ?

— Parce qu'il a prononcé son nom à un moment. J'ai raccroché, mais je crois que je n'aurais pas dû.

— Tu ne pouvais pas savoir, voyons. Quel genre d'accent ?

— Je ne sais pas trop. J'ai cru que c'était encore un de ces centres d'appels à l'étranger, qui veulent à tout prix te vendre n'importe quoi… je n'ai pas fait attention, ça m'a énervé et j'étais pressé.

Colette s'était approchée de la fenêtre pour contempler ses hortensias.

— Tu en as parlé à cette lieutenante ?

— Non.

— Tu aurais peut-être dû. Elle risque de l'apprendre et ce sera encore pire.

Florin regarda sa grand-mère, mû par un pressentiment très désagréable.

— Qu'est-ce que tu as ? Est-ce que tu me cacherais quelque chose ?

Elle le fixa avec l'innocence de l'agneau nouveau-né.

— Mais que veux-tu que je te cache, mon petit Denis ?

— Tu m'as déjà menti sur beaucoup de choses, par le passé. J'espère que cette histoire n'est pas en rapport avec le groupe du Manoir.

Elle jura ses grands dieux que non, mais il aurait fallu être aveugle pour ne pas voir qu'il n'en croyait pas un mot.

Nostalgie

Ce *groupe du Manoir*, Denis n'en gardait pas que de bons souvenirs.

Lors de la disparition de sa grand-mère l'année précédente, la police avait découvert que cette dernière possédait des dizaines d'immeubles ou de villas de luxe en France. Elle était multimillionnaire ! Denis, qui, étant notaire, aurait dû être au courant, et qui croyait Colette ruinée, en avait été mortifié.

L'explication de cet énorme mensonge n'était venue que plus tard : l'argent provenait d'actions clandestines de sa grand-mère, sous les ordres directs du président de Gaulle. Il l'avait envoyée en Algérie en pleine guerre d'indépendance pour une sorte de mission suicide avec une poignée d'hommes, dont son mari. Il s'agissait d'intercepter une fortune à destination de l'OAS. Or, contre toute attente, l'opération avait réussi.

— Chère Colette, lui avait déclaré le général de Gaulle en la recevant avec ses compagnons en 1961, peu de temps après l'échec du putsch des généraux[1]. Vous voyez que la République est parfois fragile. Vous allez donc garder cet argent, dont je suis certain que vous ferez meilleur usage que le ministère des Finances. Mais vous resterez

1. Le 22 avril 1961, un coup d'État militaire dirigé par quatre généraux se réclamant de l'Algérie française et de l'OAS, échoue au bout d'une semaine.

en réserve de la nation. Vous vous appellerez *le groupe du Manoir*. Vous dépendrez directement de moi, mais vous n'interviendrez qu'en cas d'extrême urgence. Le groupe n'apparaîtra nulle part et grâce à l'argent, il n'y aura aucune ligne budgétaire. Je transmettrai cette information oralement à mes successeurs, qui feront de même avec leurs successeurs. Vous serez les gardiens ultimes de notre République…

Depuis lors, les différents chefs d'État se transmettaient le secret lors de la passation de pouvoir, en même temps que le code nucléaire. Cependant, et au grand dam de Colette, ils n'opéraient que rarement, et encore, pour des missions mineures. Plus le temps avançait, plus les gouvernants répugnaient à faire appel à une telle officine secrète, même aussi redoutablement efficace.

Ainsi la petite communauté s'assoupissait-elle doucement au fil du temps. Jacques, le mari de Colette, était mort. Les autres vieillissaient, même s'ils gardaient leurs griffes et leurs dents. En découvrant le groupe, Denis et Nadget n'avaient eu d'autre choix que de l'intégrer. On ne pouvait impunément mettre au jour les secrets de la République. Bon gré mal gré, ils avaient suivi un entraînement poussé, et même rencontré le président de la République, qui les avait intronisés.

En y repensant, Denis aurait pu croire à un rêve, une mystification. Mais le caractère autoritaire de sa chère grand-mère ne laissait guère de place au doute : le groupe du Manoir existait bel et bien, elle en était la tête pensante, une vraie Ma Dalton des temps modernes. Cependant, l'ancien notaire priait le ciel pour qu'il ne soit jamais réactivé. Avec Nadget, qui s'était éloignée du groupe, ils étaient les seuls membres à penser ainsi et à ne pas rêver de plaies et de bosses.

Le jeune homme traversa le grand parc aux arbres courbés par le vent maritime. Au loin l'ombre gagnait l'horizon. Il poussa la porte du pavillon de chasse où il travaillait. D'ordinaire, il y cherchait le calme, mais ce soir il pensait à Nadget, le cœur serré.

Derrière la fenêtre, le vent faisait s'entrechoquer les branches et bruisser les feuilles. Un bruit le fit sursauter. Une notification sur son nouveau smartphone, une alerte sans intérêt, comme la plupart.

Il avait rêvé d'amour avec elle. Mais peu de temps après avoir intégré le groupe, la jeune femme s'en était échappée. Il avait voulu la retrouver à Paris pour lui parler. Un soir, il l'avait attendue en bas de son immeuble du Marais. Il préférait ne plus penser à toutes les horreurs qu'elle lui avait jetées à la figure.

Il se servit un verre de Gevrey-Chambertin sans l'apprécier.

Après cet épisode, Denis n'avait rien dit pendant plus d'une semaine. Le temps peut-être de comprendre que jamais elle ne viendrait s'enterrer ici, dans un manoir déprimant au fin fond de la Normandie. Surtout avec un imbécile comme lui, enfermé dans ses histoires anciennes et ses plantes médicinales.

Il devait s'y faire. Jamais elle ne renoncerait à sa liberté pour lui.

Bali

Maussade, Nadget contemplait le rayon de soleil à travers la voûte du terminal 2C de Roissy, lui donnant l'allure d'un gigantesque vaisseau spatial. Bien des années plus tôt, elle aurait tout donné pour prendre des avions comme elle le faisait maintenant, enchaîner les escales et les décalages horaires, tamponner son passeport dans toutes les langues du monde. Aujourd'hui elle s'en moquait.

Pour tout dire, elle n'en pouvait plus.

À 18 ans, elle avait quitté son quartier HLM au sud de Rennes, sans métier ni argent. Elle aurait pu mal finir, mais à force de rage, elle avait fini par exercer le métier de ses rêves. Mais si sa nouvelle activité d'influenceuse confortait son indépendance, et donc la sécurité de Victoire, elle s'y sentait toujours plus mal à l'aise. Elle se voyait comme Jim Carrey dans le *Truman show*, ce film où tout n'est que mensonge autour du héros. Même ces vastes centres commerciaux qu'étaient devenus les aéroports lui semblaient un décor de comédie où chacun jouait un rôle, l'œil rivé sur son smartphone. Tous ces gens qui parlaient et riaient seuls, ou qui se photographiaient…

Qu'aurait pensé sa grand-mère Yaya en voyant les photos d'elle, savamment dénudée, sur son compte Instagram, elle qui disait qu'une femme doit toujours rester fière et indépendante ? Qu'aurait dit ce vieil Afghan interviewé autrefois, qui avait abandonné richesse et honneurs pour vivre libre ?

Ils auraient hoché la tête avec pitié.

Nadget patientait dans le décor cosy d'une marque de café mondialisée, en compagnie de son assistante-photographe.

— Bon, déclara cette dernière. On décolle à 21 h 55. Escale à Dubaï à 6 h 35. Deux heures de transit et avec le décalage horaire, on atterrit à 15 h 35 heure locale à Bali Denpasar.

Nadget l'observait sans mot dire.

Outre d'indéniables qualités artistiques, cette jeune fille surnommée *Mermaid* (de son vrai nom Marie-Madeleine de Fontbellerie), était ingénieur informatique, diplômée d'une grande école de commerce et titulaire d'un master en marketing numérique. Haute comme trois pommes, les cheveux violets, en bottes gothiques et minijupe noires, elle semblait avoir 12 ans. Bien que ressemblant à Lisbeth Salander dans *Millenium*, elle était surtout un ordinateur sur pattes, la tête farcie d'idées de shooting, de statistiques et d'algorithmes.

— Au fait, je me suis renseignée, dit-elle soudain en lui montrant son écran.

— Sur quoi ?

— Calico Jack. Tu ne voulais pas savoir ?

— Si, si, répondit Nadget d'un ton détaché, bien qu'elle eût préféré éviter le sujet.

Elle regrettait encore, non pas d'avoir quitté le groupe du Manoir et Denis, mais de s'être montrée si cruelle avec lui, ce jour où il l'avait retrouvée à Paris. Elle l'avait vu se décomposer et pourtant elle avait insisté, violemment, comme pour une mise à mort.

Le fait qu'il revienne vers elle aurait dû lui être indifférent, ou alors la mettre en colère, mais cela l'avait touchée. Un sentiment nouveau était né, confus, quelque part entre reconnaissance, agacement, pitié, et désir de lui parler et de le revoir.

— Calico Jack, expliqua Mermaid, c'était le surnom de Jack Rackham, un pirate anglais qui a été pendu en Jamaïque en 1720. Il portait toujours des vêtements de couleur et des calicots au chapeau, d'où son pseudonyme. D'après la légende, il aurait donné sa vie pour qu'on épargne celle de sa bien-aimée, une des femmes-pirates les plus célèbres de l'histoire.

— Ah, fit Nadget dont le visage n'exprimait rien, au prix d'un gros effort.

— Calico a créé son compte Insta il y a un mois, reprit son assistante. Il n'a publié aucune photo et n'est abonné qu'à une seule page, la tienne. Il publie des genres de petits commentaires en deux trois lignes, comme des petits poèmes. J'ai l'impression qu'il a changé très récemment de smartphone, parce que maintenant il ajoute des émojis. Pas sûr que ce soit un *lead qualifié*, mais trop mignon quand même.

En jargon marketing, lead qualifié signifiait *client-prêt-à-acheter-tout-de-suite*, traduisit Nadget pour elle-même.

— J'ai aussi trouvé son vrai nom, poursuivit son assistante sans paraître remarquer ses signes d'agacement. Il s'appelle Denis Florin. Ce type habite un manoir en Normandie. Et tu sais qui l'a construit, le manoir ? Un certain Jean Florin, son ancêtre, un corsaire dieppois du seizième siècle. Il est célèbre pour avoir volé à Charles Quint le trésor des Aztèques, en 1522.

— Ah bon, fit Nadget en renversant un peu de sucre à côté de son mug en carton recyclable.

— Denis Florin, descendant d'un pirate, prend pour pseudo Calico Jack, un autre pirate... Ça pourrait paraître cool, mais c'est pas cool du tout.

Ce Florin est un sale mec. L'année dernière, on l'a accusé d'avoir décapité un homme dans le jardin de son manoir, et ensuite d'avoir enlevé sa grand-mère pour lui voler sa fortune. Ça ne te parle pas ? Toute la presse était sur le coup à l'époque.

L'ancienne journaliste touillait son café avec colère. Évidemment qu'elle était au courant !

— Moi, ça m'inquiète. J'ai appelé Arthur, chez Happy Influence. Il est d'accord avec moi, il faudrait le signaler aux flics, on pense. Tu sais, le harcèl…

— Bon ça va, laisse tomber.

De surprise, Mermaid faillit en lâcher son appareil.

— Mais je…

— Est-ce qu'il m'a menacée ?

— Non. Mais je pens…

— Alors je te dis de laisser tomber. Arrête avec ça tout de suite.

Impéritie

Le téléphone sonna au moment où Müller passait les menottes à un redoutable tueur en série qu'elle venait de confondre avec brio. Chose étrange, le coupable ressemblait trait pour trait à Florin, l'ancien notaire dégénéré.

Sortie brutalement de son sommeil, la lieutenante écarta ses cheveux blonds emmêlés pour consulter son écran : une heure du matin. Au cœur de la nuit, il ne pouvait s'agir que d'un incendie ou d'un accident de la route.

Mais ce n'était ni l'un ni l'autre :

— Un corps vient d'être retrouvé, lui annonça le militaire de garde.

Elle se redressa sur son petit lit, déjà mécontente et frustrée : si c'était un homicide, l'enquête serait certainement confiée à la brigade de recherches d'Yvetot.

Mais, renseignements pris, le cadavre n'en était pas un. En fait, un couple de jeunes en quête d'un endroit tranquille avait découvert un homme inconscient, dans un chemin creux qui longeait le manoir de Caudebec. Un individu de type africain, complètement endormi, précisa son interlocuteur.

— En catalepsie vous voulez dire ?

— C'est ça. Comme l'autre, quoi.

— Vous auriez pu le dire plus tôt, grogna Müller qui sentit son cœur bondir.

Sautant dans son uniforme plus vite qu'une recrue du GIGN, elle démarra et fonça dans la nuit tout en énonçant ses consignes au téléphone : d'abord et surtout, ne pas alerter la brigade de recherches, sinon ils seraient immédiatement dessaisis de l'affaire. Ne pas contacter le procureur, qui risquait d'en faire autant. (Elle le détestait et c'était réciproque.) Empêcher quiconque de quitter le manoir si cela se présentait. Faire un maximum de prélèvements sur l'Africain en question, après avoir enfilé bien sûr leurs gants de latex : ADN, tampons sur les vêtements et sur les mains, prise de sang. Enfin, qu'ils gèlent les lieux de la découverte.

Elle parlait vite et sèchement, sans aucune hésitation. On aurait dit un début d'épisode des *Experts à Miami*.

Un quart d'heure plus tard, l'enquêtrice se garait non loin du manoir silencieux. Une ambulance stationnait en bas du chemin creux où les amoureux avaient trouvé l'endormi, la vitre latérale de la camionnette formant un rectangle lumineux dans l'obscurité. À l'intérieur, Müller reconnut l'urgentiste qui s'était occupé de Chignard le dimanche précédent.

— Alors ? demanda-t-elle en le rejoignant.

— Alors, c'est tout pareil, fit le médecin d'un air dubitatif. Il est complètement inerte, on dirait qu'il nous voit et qu'il nous entend, mais qu'il est incapable de réagir. Vraiment bizarre. Les constantes sont parfaites, tension, saturation. On n'a même pas eu besoin de l'intuber. Le seul truc, c'est qu'il était en début d'hypothermie. Je lui ai filé du glucose.

Du menton, il désignait la victime perfusée, emmaillotée dans une couverture de survie qui lui donnait des airs de statue d'or. Müller scruta son visage comme pour l'enregistrer, malgré son encombrant masque à oxygène. Il était jeune et les traits agréables, la peau d'ébène.

Elle prit quelques photos et demanda à voir l'endroit où on l'avait retrouvé.

Tout à côté du mur d'enceinte, les gendarmes avaient scrupuleusement suivi ses consignes, en entourant la scène d'un ruban de signalisation. Connaissant le caractère ombrageux de leur cheffe, ils n'avaient procédé à aucun prélèvement, ce qu'elle entreprit elle-même en avançant avec précaution dans le périmètre et le flashant à tout va.

L'Africain avait été retrouvé assis dans les feuilles, dos au mur d'enceinte.

Müller explora longuement les lieux, avant de pousser une exclamation et de prendre une image du sol boueux, marqué de traces de pieds.

— Quelqu'un s'est battu ici.

Ses pupilles acérées distinguèrent un petit buisson dont certaines branches étaient cassées net. Sur l'une d'elles, la lieutenante saisit des brins de textile qu'elle photographia et glissa dans une poche plastique. D'autres traces apparaissaient non loin du mur, et sur le mur lui-même. La mémoire de son smartphone devait désormais frôler le trop-plein.

— Cet homme, déclara finalement Müller, non sans avoir enregistré et dûment numéroté chaque indice, est venu en voiture jusqu'ici. Il est monté à pied ici, on a les traces juste là. Vu les empreintes de pas, il était accompagné d'un deuxième individu plus petit et moins costaud. Pourquoi pas une femme. Ils ont fait des recherches dans cette zone (elle désignait le secteur du menton), peut-être pour franchir le mur. Ensuite, c'est moins clair. Je dirais qu'il y a eu confrontation avec au moins deux autres individus, d'après les autres traces. Je pense que la victime s'est débattue lorsqu'on lui a fait avaler un produit anesthésiant. L'autre, le plus mince, ou la femme, s'est enfui. Vous avez fait les prélèvements sur les vêtements de la victime ?

— Oui, oui, murmura le gendarme qui l'accompagnait, impressionné. Vous voulez les voir ?

— On verra ça plus tard. J'espère pour vous qu'ils sont bien réalisés.

Elle ressortit de la scène de l'infraction, suivie comme une ombre par son brigadier qui retenait des frissons de froid et d'admiration. Malgré son air cassant et sa rigueur excessive, cette fille était un vrai génie de l'enquête. On aurait dit une démonstration destinée à l'instruction des recrues. Tout semblait simple et évident, presque trop. Il comprit que sa carrière serait fulgurante, et prit la décision de se montrer dorénavant sous son meilleur jour, même s'il savait que la tâche serait rude. Autant essayer de faire ami-ami avec un disque dur, pensait-il.

Aussi arbora-t-il son plus beau sourire pour lui confier les effets personnels de l'Africain : outre sa carte d'identité congolaise au nom de Mboundou, celui-ci disposait d'un titre de séjour parfaitement en règle.

— Vous l'avez déjà vu dans le coin ? demanda la blonde.

— Pas du tout. On a consulté le fichier des personnes recherchées, et celui des antécédents judiciaires. Il n'y apparaît pas.

— Si les papiers sont faux, ça ne veut rien dire. Vous me ferez une recherche ADN dans le fichier génétique dès qu'on aura les résultats.

— Et…

— Quoi ?

— Si c'était un migrant ?

De son œil clinique, elle examinait les lieux en lâchant des nuages de buée. Certes, de nombreux étrangers, africains ou orientaux, passaient dans la région, espérant embarquer pour l'Angleterre. Mais de toute évidence, ce n'était pas le cas de cet homme.

— Je ne pense pas, brigadier. Ses chaussures sont presque propres à part les semelles. Ses habits sont en très bon état, ses mains aussi. Ce n'est jamais le cas pour les migrants. Il n'est pas venu jusqu'ici à pied. Je pense même qu'il avait rendez-vous. Vous allez me rechercher tout véhicule volé ou abandonné dans le secteur.

— Je m'en occupe. Pour le procureur, on le prévient ?

— Plus tard. C'est juste une bagarre qui a mal tourné, pas la peine de le réveiller pour ça. Nous sommes d'accord ?

Le brigadier opina du chef. Il comprenait bien que la lieutenante craignait surtout que l'affaire leur échappe.

Il la vit s'installer dans son véhicule, où elle examina longuement le téléphone portable du cataleptique. Lors d'une formation spécialisée, elle avait appris comment forcer les codes d'un smartphone, et elle retrouva ainsi sans difficulté le journal d'appels. De l'extérieur, le brigadier transi la vit sourire avec détermination.

Lors des trois jours précédents, constata Müller, l'Africain avait téléphoné à Chignard à de nombreuses reprises. Un autre numéro apparaissait souvent, qu'elle vérifia en moins d'une minute : comme elle le supposait, il s'agissait de celui de Florin.

Elle referma le poing, certaine que son hypothèse se confirmait : Florin avait un contentieux avec Chignard, et s'en était pris à lui. L'Africain devait y être mêlé d'une manière ou d'une autre, on verrait bien. Elle était certaine que tous les événements s'éclairciraient grâce aux prélèvements, qui, eux, ne mentaient jamais.

Elle ressortit lentement de la voiture, son profil parfait tourné vers le château lointain, pour l'heure plongé dans la brise et le noir.

Empathie

Sitôt arrivée dans sa chambre d'hôtel, dans la partie sud de Bali où se trouvent la plupart des palaces, Nadget alluma son ordinateur portable ultraléger et s'installa sur le lit. Ces gestes simples la replongeaient dans un passé encore récent, lorsqu'elle débarquait dans un pays lointain pour en dérober les secrets. Très vite, elle allait sur le terrain, où des témoins privilégiés se confiaient à elle avec une facilité que lui enviaient bien des confrères. Une ou deux semaines plus tard, elle repartait avec assez d'images pour réaliser un de ces reportages chocs qui marquaient les esprits.

Mais ce temps-là était bien lointain…

Abandonnant son portable, elle s'installa au balcon au-dessus d'une immense piscine où se prélassaient des touristes, cocktail en main. L'air humide et brûlant enveloppait tout, dans le murmure du ressac de l'océan Indien tout proche. La jeune femme détestait déjà les jours à venir. Elle poserait revêtue de robes légères dans des décors de rêve, évitant soigneusement toute scorie de la réalité, la pauvreté et les décharges à ciel ouvert. Bali devait apparaître comme un rêve, quitte à la retoucher au logiciel.

La jeune femme revint à sa chambre, avec son immense écran plat et son lit dans lequel aurait pu dormir toute une famille indonésienne.

Bien sûr, que Calico Jack, c'était Florin. Quelle idée stupide d'avoir demandé des précisions à son assistante ! Presque sans réfléchir, elle lança des recherches sur Internet, redécouvrant non sans une certaine honte les nombreux articles de l'année précédente, où Denis était présenté comme *le notaire dégénéré, l'assassin fou du manoir*. Elle avait participé à cette curée. Qui pouvait supporter une telle pression, un tel déferlement de mensonges ? Le massacre avait beau être virtuel, il n'en était pas moins réel.

Prise au jeu, Nadget voulut en savoir plus. Ayant écrit, sous un pseudonyme, son livre à succès sur les plantes médicinales, l'ex-notaire n'apparaissait nulle part comme auteur. Au moment d'éteindre son écran, un article dans la presse locale attira son attention, tout récent :

LE CORPS D'UN SDF AFRICAIN DÉCOUVERT À PROXIMITÉ DU MANOIR DE CAUDEBEC : *un sans-abri d'origine congolaise a été trouvé sans vie mercredi soir à proximité du fameux manoir de Caudebec, à Villequier, berceau historique de la famille Florin. D'après le lieutenant Müller…*

La suite de l'article était réservée aux abonnés.

Nadget fronça les sourcils. Un nouveau cadavre au manoir ? Elle sortait sa carte bancaire pour lire l'entrefilet lorsque le téléphone sonna : Mermaid lui proposait un petit *break* au bord de l'océan, en attendant le dîner. Elle refusa sèchement et reprit ses recherches en griffonnant sur un bloc-notes du palace. Les réflexes revenaient vite, et c'était délicieux. Elle avait l'impression de revivre, de se débarrasser de postures et d'habits trop pesants.

Elle apprit rapidement que cet Africain n'était pas mort, mais qu'il souffrait d'une curieuse maladie proche de la catalepsie. On l'avait placé en observation au CHU de Rouen, en compagnie d'un ancien sous-préfet bien connu dans la région, nommé Chignard, qui souffrait exactement des mêmes symptômes.

Chignard !

Elle se souvenait parfaitement de ce vieux fou, un intime de Denis Florin. La suite était évidente : la police allait faire un lien entre l'étrange léthargie du vieil homme et celle de l'Africain. Elle s'intéresserait forcément à l'ancien notaire, d'autant plus que la disparition de sa grand-mère n'avait pas laissé que de bons souvenirs. Plus exactement, les deux occupants du vieux manoir avaient ridiculisé les enquêteurs – avec son aide active, d'ailleurs.

Dans quel guêpier s'était encore fourré Florin ?

Elle revint prendre l'air sur le balcon, où le crépuscule se teintait de pourpre et d'or. Un vent chaud faisait frissonner les reflets turquoise de la piscine.

De retour à son ordinateur, elle chercha vainement le nom de cet Africain Elle se concentra sur Chignard, mais celui-ci n'était cité dans aucune actualité récente.

Un autre Chignard semblait plus connu mais il était mort depuis longtemps, un certain Rodolphe Chignard, né en 1878, professeur de philosophie et fervent défenseur de l'abolition des colonies françaises. Collectionneur réputé d'art africain, il avait beaucoup milité vers la fin de sa vie pour la restitution des œuvres à leur pays d'origine.

Ce Chignard-là était sans aucun doute l'ancêtre du sous-préfet, qui en était la copie conforme. On le voyait poser sur un cliché noir et blanc des années vingt, le ventre rebondi et la barbe en collier comme son petit-fils, fièrement appuyé à une canne à pommeau d'argent.

Puis un troisième Chignard apparut : un certain René, décédé très récemment à l'âge de 92 ans, plasticien de renom et collectionneur réputé d'art africain. De toute évidence, le frère jumeau de Marcel, celui qu'on avait plongé en catalepsie.

La jeune femme commençait à entrevoir une logique. Elle prit quelques notes et les agrémenta de petites flèches. Le lien entre tous ces éléments lui paraissait de plus en plus évident, mais pour en savoir plus, il aurait fallu intervenir à distance, par exemple en violant la messagerie Internet du vieux Chignard. Mermaid, son assistante punk, avait probablement cette compétence, mais elle n'avait aucune intention de s'adresser à elle.

Après une ultime hésitation, Nadget ouvrit son application Instagram pour y chercher le compte de Calico Jack. Comme l'avait découvert son assistante, il n'avait aucun abonné et ne suivait qu'une page Instagram, la sienne, Nadget B. Ce qui la fit sourire, inexplicablement, de même que sa photo de profil qui représentait un petit manoir stylisé, souligné d'une rose et d'une épée entrecroisées.

Elle commença à taper son message, troublée à l'idée qu'il l'ouvrirait immanquablement.

Ordi

Denis attendit un moment caché sous la haie, face à l'ancienne ferme où vivait Chignard. Personne. Même dans la nuit, il distinguait le gros ruban rouge des scellés judiciaires qui barrait la porte d'entrée, de l'autre côté de la route.

Il avait longtemps hésité avant de venir ici. Mais il pensait à ce pauvre Marcel dans sa chambre d'hôpital, immobile et muet, l'œil rivé sur le plafond de polystyrène. Qui l'avait mis dans cet état ? Et pourquoi ?

Il ferait tout pour le savoir. Et pour le sortir de cet état.

Tentative d'homicide, indiquait la fiche sur le battant. En d'autres temps, Denis se serait enfui en courant, mais il avait beaucoup changé ces derniers mois. Contournant le vieux bâtiment, il franchit la haie par une brèche à l'arrière, juste à côté de la caravane qui verdissait là depuis un demi-siècle au moins. Le jardin était tranquille et frais, baigné d'ombre. Un oiseau de nuit cria au loin.

Sans le message de Nadget, jamais Denis n'aurait eu l'idée de venir ici. Outre le fait que ce brusque signe de vie l'ait bouleversé, son contenu l'avait convaincu que l'horrible mésaventure de Chignard était trop complexe pour les gendarmes. Jamais ils n'auraient le temps de résoudre une telle affaire. Ils incrimineraient le premier coupable venu, lui en l'occurrence. Et pendant ce temps, ce pauvre

Chignard, et maintenant l'Africain retrouvé près du manoir, resteraient plongés dans leur étrange coma. Leur état s'aggraverait peut-être, ou même deviendrait définitif, et cette idée lui était insupportable.

À la nuit tombée, le jeune homme avait donc roulé à vélo, qu'il avait déposé à une centaine de mètres de la ferme, puis avait terminé à pied, l'œil aux aguets. Ne décelant aucune surveillance, il se hissa sans difficulté jusqu'à une fenêtre au premier étage, dont il força le volet vermoulu. Hiver comme été, la vieille construction empestait le feu de cheminée et le chien mouillé, mais il n'y avait ici que de bons souvenirs. Pauvre Chignard !

Avant de commencer son exploration, le jeune homme empila un certain nombre de chaises et de meubles devant les entrées, pour se protéger en cas d'intrusion. Puis il explora l'étage, sans rien découvrir de notable. Le grenier était à l'abandon, comme en attestait l'épaisse poussière dans le rayon de sa lampe-torche.

Il redescendit au rez-de-chaussée, dont chaque espace disponible était occupé par une épée ou une pièce d'armure, les cloisons envahies de gravures et de tableaux, si bien qu'une centaine de preux chevaliers semblaient l'épier. Rien d'intéressant non plus dans la cuisine, où Denis bénit ses gants en latex, tant elle semblait à l'abandon et tapissée de graisse.

Un grincement lointain le fit se retourner. La grille d'entrée ? Pendant un moment, il se figea, la respiration bloquée. Puis le silence revint – suivi du murmure du vent. Le cœur battant, il gagna le bureau où rien ne semblait avoir bougé. Les gendarmes n'avaient donc pas perquisitionné. À moins que l'apparent désordre – pour ne pas dire l'infernal capharnaüm qui y régnait – ne les ait découragés. Mais malgré les apparences, tout était méticuleusement classé, si bien que l'ancien notaire trouva rapidement les éléments sur lesquels Nadget l'avait aguillé, à distance.

Un dossier marqué *René* lui confirma que ce dernier – frère jumeau de son ami Marcel – était décédé deux mois plus tôt, et lui donnait tous ses biens en héritage, notamment sa collection d'art africain, essentiellement composée de masques punu, *d'objets sacrés du royaume Tio et du fleuve Congo*. Le testament précisait que ces trésors devaient parvenir à Marcel sitôt le décès connu. Ce qui avait été fait quatre semaines plus tôt.

Le bon de livraison évoquait 25 caisses contenant 253 objets précieux… mais aucun d'eux ne se trouvait dans la maison. Où étaient passés ces trésors ?

Un peu perplexe, Denis feuilleta un vieil album de famille, y découvrant avec émotion son ami à diverses époques : Chignard enfant ; Chignard au service militaire ; Chignard avec son frère, dont il était l'exact reflet.

Ce deuxième Chignard semblait fort bien connaître l'Afrique, surtout le Congo. Un cliché le représentait d'ailleurs avec des amis noirs dans ce genre de pose naïve et fière qu'affectionnaient les fonctionnaires coloniaux. Denis sourit, découvrant qu'il n'avait fait que singer le grand-père Rodolphe, qu'on retrouvait dans la même posture sur un très vieux cliché.

Un bruit métallique le fit de nouveau sursauter. Florin se glissa jusqu'à la fenêtre, mais rien ne bougeait dans le jardin, autour de la masse blanchâtre de la caravane.

Il gardait bien en tête le bref message de Nadget sur Instagram : *Chignard a sans doute hérité d'une collection d'art africain venant de son frère jumeau*

René. Vérifier sur sites de vente. Trouver échanges de mails et acheteurs éventuels. Trouver le nom du soi-disant SDF africain, tout ça peut être en rapport avec les empoisonnements.

N.

Cent fois, Denis avait vu Chignard lancer son vieil ordinateur, installé dans le seul recoin du bureau épargné par la paperasse. L'écran grésilla avant de s'allumer dans des reflets bleutés. Il n'y avait aucun mot de passe. Dans le navigateur Internet, le jeune homme retrouva donc facilement l'onglet VENTE RENÉ, où étaient répertoriés une dizaine de sites.

Le premier de ces sites était une page personnelle où son ami avait exposé la collection de son ancêtre Rodolphe, sans doute pour la vendre : des masques punu, des armes, des chaises, des statuettes du royaume Tio ou du fleuve Congo. *Faire offre*, précisait un encadré rouge en tête de page. Un sous-titre indiquait que tout cela serait officiellement commercialisé dans une grande salle à Paris.

Aussitôt ces masques fascinèrent Denis. Leurs yeux, tantôt rieurs tantôt énigmatiques, auraient pu passer pour extrême-orientaux, avec leurs chignons et leurs motifs géométriques, tels des blasons de la noblesse japonaise. Ils dégageaient une forte impression de mystère et de puissance, comme clos sur un monde inaccessible aux humains. L'ancien notaire se redressa, narines palpitantes. Il se sentait soudain comme l'un de ses ancêtres corsaires, homme sans peur avide d'aventure.

Les autres sites répertoriés étaient ceux de salles de ventes, souvent prestigieuses.

Tout ce petit monde semblait très intéressé par l'héritage Chignard, s'aperçut Florin en ouvrant sans peine la messagerie de ce dernier – restée ouverte, sans code d'accès. Ce qui intéressait surtout, c'était les masques. Le plus insistant était un certain Jean-Félix Mboundou, propriétaire d'une galerie d'art à Paris, *expert en arts africain ou primitif depuis 40 ans*, indiquait l'en-tête de ces courriels. Courtois au début, son ton devenait de plus en plus sec au fil des échanges. Visiblement, Chignard ne voulait pas négocier directement avec lui.

L'avait-il menacé ?

Ce Mboundou avait-il dérobé l'héritage à Chignard, lassé d'attendre ? Ou bien, était-il l'homme retrouvé en catalepsie près de son manoir ? Dans ce cas, que serait-il venu faire à Caudebec, puisque les objets ne s'y trouvaient pas ? Où était passé l'héritage, d'ailleurs ?

Tout cela lui semblait totalement illogique.

D'un coup, Denis repensa à cet étrange appel, reçu la veille de l'attaque de son ami : un homme à l'accent étranger avait voulu lui parler mais il avait raccroché, persuadé qu'il s'agissait d'un démarchage commercial depuis un pays du Maghreb ou de Roumanie. S'agissait-il de ce Mboundou ou d'un de ses sbires ?

Un craquement interrompit ses réflexions. Cette fois c'était sûr, quelqu'un approchait. Cela venait de la cour d'entrée. Denis éteignit rapidement l'ordinateur et se posta dans la cuisine, le souffle court. Une fine silhouette progressait le long du mur à droite.

Reculant brusquement, il heurta un placard ouvert. Ce qui était très inhabituel, car Chignard ne mettait pratiquement jamais les pieds dans sa cuisine. D'un geste rapide, le jeune homme explora le meuble béant : un objet trônait au-dessus d'une pile d'assiettes ébréchées, un carnet de notes en cuir racorni, qu'il empocha avant de reporter son attention dehors.

La cour était à nouveau vide. Il en déduisit que l'intrus était sur le point d'entrer dans la maison. Il entendit d'ailleurs la porte s'ouvrir, puis presque aussitôt un fracas de meubles et un cri. Un juron de femme. Rassemblant son courage, Denis s'élança à l'arrière du jardin et courut jusqu'à son vélo.

Sa visiteuse était Müller, il n'y avait aucun doute. Que faisait-elle là, absolument seule ?

De retour au manoir, il lutta contre l'envie d'informer Nadget de ses découvertes. Il se servit un verre de vin et se cala confortablement dans le fauteuil club de sa petite maison de chasse.

Il avait hâte d'ouvrir ce vieux carnet à l'écriture bleue serrée.

Biographie

20 mai 1905, Brazzaville :

Je n'étais qu'un simple agrégé de philosophie au lycée Chaptal lorsque, à ma grande surprise, je fus convoqué au ministère des Affaires étrangères. On m'y présenta un homme au visage allongé, le regard perçant, à la fois doux et magnétique. Il s'agissait de Pierre Savorgnan de Brazza, le découvreur légendaire des sources de l'Ogooué, et fondateur du Congo français.

« Monsieur Chignard, m'a-t-il dit avec son léger accent italien, je sais que vous écrivez pour les Cahiers de la Quinzaine, *et Charles Péguy m'a dit le plus grand bien de vous. Je vous veux pour secrétaire particulier. »*

Comment aurais-je pu refuser ? Le temps de me préparer, je débarquais bientôt à Pointe-Noire, le grand port côtier, aussitôt frappé par la touffeur aveuglante, le bruit et la pauvreté des indigènes. Après trois jours de piste épuisants, car il n'y a point de voie ferrée jusqu'à Brazzaville et puisque le fleuve est impraticable, j'y ai retrouvé les autres membres de la Commission d'enquête.

Et maintenant, le vapeur remonte le cours du fleuve Congo. Notre expédition traversera toute l'Afrique équatoriale française des plateaux Batéké au Moyen-Congo, jusqu'à l'Oubangui-Chari, non loin du Tchad, à plus de 1 200 kilomètres vers le nord.

Au soir, le bateau s'engage sur un lac immense aux bords indistincts, tandis qu'éclate un crépuscule sublime, fait de pourpre et d'or. Les membres de la Commission, tous en casques et uniformes coloniaux, ignorent ces splendeurs. Regroupés sur le pont supérieur, ils fument en buvant les apéritifs apportés par leur « boy », ce qui veut dire domestique en langue wolof.

Aucun d'eux ne me parle, comme s'ils se méfiaient de moi ou qu'ils me méprisaient, moi le petit universitaire. Le seul qui parmi eux pourrait être mon ami est Savorgnan lui-même, mais je me sens si peu de chose par rapport à lui !

25 mai 1905, région de Liranga :

Savorgnan m'abrutit de travail. En permanence à ses côtés, je note tout. Or, sous ces latitudes, les conditions de travail sont terribles. Tout colle, tout fond, l'encre déteint et la sueur vous inonde dès six heures du matin, roulant jusque dans mon tout nouveau collier de barbe. Le fleuve, dont la largeur dépasse ici les trois kilomètres, n'apporte aucune fraîcheur. L'eau verdâtre me dégoûte et m'effraie, surtout depuis qu'un officier d'infanterie coloniale m'a assuré qu'elle était infestée de crocodiles. Ce qui est faux, ai-je appris de Savorgnan, qui souriait de ma naïveté.

Inquiet, il doute de la réussite de la Commission d'enquête dont la France l'a chargé. Tout a commencé par le scandale du Congo, ou du « caoutchouc rouge ». La presse (surtout britannique, comme par hasard) accusait la France de pratiquer toutes sortes d'abus dans ses colonies. Pour faire taire ce qu'il jugeait être des rumeurs, le gouvernement a donc demandé à Savorgnan de Brazza, personnalité incontestée, d'enquêter sur place.

« Mais n'est-ce pas un piège ? », me demande-t-il un soir.

S'il a personnellement recruté la trentaine de membres de l'expédition, la plupart sont des fonctionnaires coloniaux ou des militaires. Sont-ils vraiment fiables ? Ne sont-ils pas trop impliqués dans ce système pour en dénoncer les excès ?

« Il y a ce journaliste avec nous, ai-je hasardé. Il pourrait nous soutenir. Nous rapporter des faits, ou les relayer à Paris dans les journaux.

— J'en doute, mon cher Chignard. Il appartient au bureau du ministre, et par conséquent est soumis au devoir de réserve, a répondu Savorgnan en tirant sur sa longue pipe. Le tabac faisait rougeoyer la sueur de son front. Vous serez le seul à pouvoir dire la vérité. »

23 juin 1905, Dongo sur l'Oubangui, territoire de Kungu :

Un mois que je n'ai pas ouvert ce journal. Pas le temps. Je travaille comme un Nègre, les notes s'empilent par dizaines. Ce que nous découvrons au fil des étapes est effrayant. Beaucoup de fonctionnaires se comportent en satrapes, entourés de femmes esclaves dont ils se font un harem. Alcooliques et corrompus, ils ferment les yeux sur les abus des exploitants privés.

Ainsi, la production du caoutchouc local est dirigée par un dénommé Gullbrand Øvergaard Schiøtz, un Norvégien sadique à la moustache en croc qui terrorise la région avec une quarantaine d'assassins armés. Ils encerclent les villages et forcent les hommes à récolter la précieuse matière qui équipera nos roues d'autos, à Paris. Ceux qui fuient sont abattus, il y aurait déjà plus de 1 000 victimes. Pour s'assurer de la docilité des autres, on enferme leurs femmes et leurs enfants dans des cases, où beaucoup meurent de soif.

Sur le vapeur, nul ne semble compatir. Est-ce que tout cela sera vraiment dévoilé à Paris ? Savorgnan pourra-t-il vraiment changer les choses ?

1er juillet 1905, frontière de l'Oubangui-Chari :

La forêt des rives s'épaissit sous la brume. Nous glissons sur l'eau comme on entre dans l'horreur, tout se dissout dans le travail, l'alcool et la chaleur. Que fais-je ici, si loin de la douceur de Paray-le-Monial ?

Savorgnan me fait confiance, de plus en plus. Arrivés dans un minuscule village au cœur de la jungle, il me fait signe d'approcher du palanquin où il se repose encore.

« Saviez-vous que tout a commencé ici, il y a 25 ans ? me dit-il, souriant avec nostalgie. J'étais venu ici pour la France, pour apporter sa civilisation, pour mettre ces terres en valeur. Me suis-je trompé ? Son regard se perd dans de lointaines frondaisons, puis il s'explique : un quart de siècle plus tôt, c'est dans ce village qu'il a signé le premier traité d'alliance entre la France et une dynastie locale. »

Les yeux brillants, presque fiévreux, il me parle alors de l'homme avec qui il a passé cet accord : le maître du royaume Tio, un homme d'exception, puissant héritier du clan Mboundou.

Colette écouta Denis jusqu'au bout avant de conclure, comme toujours, par un grand sourire lumineux. Il était si pressé de lui faire part de ses découvertes qu'il l'empêchait de préparer son petit-déjeuner.

— Bien, bien, dit-elle en s'approchant enfin de la cafetière, sans pour autant réussir à s'emparer des filtres.

Un printemps guilleret baignait d'or les hortensias du parc où voletaient des butineuses au travail.

— Si je comprends bien, reprit-elle en lançant la machine, ton ami Chignard a rencontré quelques obstacles en vendant l'héritage de son frère. D'ailleurs, pourquoi vendre ces objets, je croyais qu'il militait pour qu'on les restitue à leur pays d'origine ?

Denis ne sut que répondre. Il avait passé la nuit à feuilleter le carnet de voyage de l'ancêtre Chignard, son esprit restait embrumé dans les chaleurs du fleuve Congo, à 8 000 kilomètres de là. Les quelques courriels qu'il avait pu consulter dans la messagerie de son vieil ami étaient sans ambiguïté : il cherchait une salle de vente. Mais il y avait un premier mystère : où étaient passées ces 25 caisses avec leurs objets précieux ? Ancien fonctionnaire, Chignard était un adepte résolu des formulaires et des procédures. Jamais il n'aurait signé un bon de livraison s'il n'avait rien reçu.

Aurait-il caché le trésor pour le soustraire à l'avidité de certains ? Mais où ? Sa vieille ferme n'était pas si grande !

Ils s'installèrent sur la terrasse pour le petit-déjeuner. Un doux soleil baignait le parc.

— J'ai réfléchi, fit Colette en s'emparant d'une tartine grillée.

— À quoi ?

— On ne peut pas laisser ce pauvre Chignard dans cet état. Je connais d'excellents spécialistes qui pourraient le prendre en charge. Tu te souviens de McKenzie, le neurochirurgien de Washington ? Jacques était autrefois en rapport avec lui. Il est à la retraite mais il connaît un tas de monde aux États-Unis.

Denis se détourna, le regard embué comme à chaque fois qu'il pensait à son vieil ami inerte à l'hôpital.

— Je doute que cette lieutenante lui laisse quitter le territoire, dit-il en se levant pour remplir sa tasse – mais surtout pour masquer son émotion. D'ailleurs elle s'en fiche, de son état de santé. Tout ce qu'elle veut, c'est me mettre l'affaire sur le dos. Je suppose qu'elle va bientôt m'accuser d'avoir volé tous ces objets africains. La police n'a pas digéré l'histoire de l'année dernière. Ils veulent se venger.

Colette finit sa tartine au miel bio et se tamponna les lèvres.

— Nous ne les laisserons pas faire.

Elle reprit du café, une lueur étrange au fond de l'œil.

Son petit-fils la regardait d'un air soudain soupçonneux.

— Qu'est-ce que tu veux dire, exactement ?

— Mais rien.

— Mais si. Est-ce que tu ne serais pas en train de me dire que le groupe du Manoir va être…

— ... remis en route ? Non. Enfin, pas encore. Nous devons être extrêmement vigilants. Cette histoire nous pose un énorme problème, mon petit Denis. Tu sais que ton ami Chignard soupçonnait l'existence du groupe du Manoir. L'année passée, il avait trouvé quelques éléments d'ailleurs, quelques photos et des documents, dont certains assez compromettants.

— Rien ne dit qu'il les ait conservés, ces documents.

— C'est un ancien fonctionnaire, tu connais la manie de ces gens-là avec les dossiers. Si par malheur il a gardé ses trouvailles, et si ta lieutenante tombe dessus, elle va immanquablement se demander si le groupe du Manoir n'est pas impliqué dans l'empoisonnement. Nous serions mêlés à l'enquête et notre existence risquerait d'être révélée. Ce serait la catastrophe. On accuserait le gouvernement de comploter avec je ne sais quel cabinet secret, enfin ce genre de choses. Et tu sais à quel point l'opinion est énervée ces temps-ci.

La vieille dame faisait allusion au fameux mouvement des Bonnets blancs, qui avait secoué le pays l'hiver précédent. Les manifestants, qui voulaient plus d'argent et moins d'impôts, n'avaient pas obtenu gain de cause, mais la contestation grondait toujours, comme un incendie mal éteint.

— D'ailleurs, reprit-elle d'un ton détaché, j'en ai parlé au président de la République hier par ligne cryptée, il est tout à fait d'accord avec moi.

Sur ces mots, elle se leva pour examiner la haie de roses où vrombissaient ses chères abeilles. Denis la rejoignit, perplexe et subjugué, comme souvent avec Colette. Elle parlait d'affaires d'État comme d'autres causent confiture.

— Il est d'accord pour quoi ?

Elle caressait sous ses doigts les feuilles malades.

Le groupe ne serait pas réactivé, lui expliqua-t-elle à mi-voix, mais mis en état d'alerte. Momo, le geek maison, un vieux barbu sale comme un pou, surveillerait discrètement toute l'activité numérique autour de Chignard – y compris les investigations de justice. Raoul, le spécialiste action, devait simplement se tenir prêt, au cas où.

Tout cela déplut fort à Denis. Colette et ces deux zozos ne rêvaient que de reprendre du service, et cela n'annonçait rien de bon.

— Et moi ?

— Rien, mon petit Denis. La gendarmerie s'intéresse beaucoup trop à toi, tu as bien vu hier soir. Termine ton livre avant que d'autres occupations ne t'en empêchent. D'ailleurs, il est l'heure de t'y mettre, tu ne crois pas ?

Le jeune homme n'osa pas évoquer Nadget, cinquième membre du groupe. Il savait que sa grand-mère regrettait son éloignement, et semblait même le lui reprocher parfois, comme s'il en était responsable. Il aida à ranger la cuisine, perdu dans ses pensées. Cela fait, Colette posa la main sur son avant-bras, tout sourire :

— De mon côté, je vais tout faire pour sortir ton ami de l'hôpital. Je commencerai par la voie judiciaire. Si ça ne suffit pas, je trouverai autre chose, fais-moi confiance.

La gorge de Denis l'étranglait. Il fallait ces circonstances pour réaliser à quel point il l'aimait, ce vieux Chignard. Il était presque comme un père. Il allait répondre, quand une voiture s'arrêta devant le perron dans un crissement de gravier. Un véhicule bleu rayé de zébras jaunes. Depuis le vestibule, Colette et Denis virent en débarquer

Müller, qui claqua la portière comme dans une série américaine.

La lieutenante gravit le perron au pas de gymnastique.

Et d'un ton glacial, annonça à Denis qu'il était placé en garde-à-vue.

Derrière la première voiture de gendarmerie en était arrivée une autre, une estafette dont descendirent trois hommes et une femme qui s'équipèrent aussitôt de masques, de surchaussures et de combinaisons stériles. Des techniciens d'identification criminelle, se dit Denis, qui en frémit de colère et d'anxiété.

Cependant Colette observait la lieutenante dans son salon avec une curiosité distante, comme une espèce de bourdon tout à fait rare.

— Peut-on connaître la raison de cette mise en scène ?

Müller lui rendit un regard peu amène.

— Merci de garder vos remarques pour vous, madame, sans quoi je vous inculpe pour outrage et entrave à l'exercice de la justice.

Elle refusa avec hauteur le café que lui proposait son hôtesse, puis le thé, la tisane, le porto et même un verre d'eau.

— Bien. Je vais vous demander de bien vouloir nous accompagner pour la perquisition, monsieur Florin, conclut-elle en faisant signe à deux collègues de l'encadrer.

— La perquisition ?

— C'est ce que je viens de dire. Je dois répéter ?

Denis voulut savoir ce qu'on lui reprochait, mais la lieutenante se garda bien de l'éclairer. Sous ses airs paisibles, ce Florin était rusé et déterminé (et probablement sa grand-mère l'était aussi).

Voilà plusieurs jours qu'elle surveillait la maison de Chignard. L'intrusion de Florin ne l'avait pas surprise, et confirmait ses soupçons. Sans doute venait-il détruire des preuves de sa culpabilité. Malheureusement, il lui avait échappé, mais ce n'était que partie remise.

Denis se taisait, l'air perdu. Sa grand-mère restait figée, toute pâle sur son canapé, retenant sans doute ses réactions.

Les experts saisirent tous les ordinateurs et les disques durs de la maison. Leurs pas les conduisirent dans la cuisine, puis dans l'armoire à pharmacie de la salle de bains, qu'ils mitraillèrent tout en plaçant certains échantillons dans des flacons en plastique. Au fur et à mesure, la lieutenante numérotait et nommait les scellés, sous l'œil atterré de Denis.

Puis ils sortirent et se dirigèrent en rang d'oignon jusqu'au jardin de plantes médicinales. Un soleil joyeux éclairait les quatre techniciens emmaillotés de blanc, suivis de leur prisonnier et de la cheffe en polo bleu.

Denis sentait en permanence ses yeux le détailler, comme un équarrisseur évaluerait de la viande sur pied.

— Pourquoi ne pas avouer ? lui dit-elle soudain.

La lumière rasante ondoyait sur ses nattes blondes.

— Avouer quoi ? demanda Denis avec effort.

— Que vous avez tenté d'empoisonner votre ami Marcel Chignard, ainsi que le dénommé Félix Mboundou. Ce n'était pas intentionnel, je le sais. Ces hommes se sont attaqués à vous. Ils vous ont pris pour quelqu'un de faible et vous avez simplement voulu leur donner une leçon. Et ça se comprend très bien. Ils le méritaient, non ?

Pendant un instant, Denis fut tenté de lui répondre. C'était vrai, beaucoup de gens l'avaient autrefois méprisé, ou pris de haut parce qu'il vivait seul, qu'il était timide et silencieux. Mais bien des choses avaient changé ces derniers temps. Il n'était plus homme à simplement se replier dans sa bulle en attendant que la tempête passe.

— Je vais vous faire une confidence, reprit la lieutenante, les analyses sanguines de M. Chignard ont révélé une présence massive de *thomandersia*, une plante médicinale assez puissante, qui pourrait servir de produit anesthésiant. Je suis sûre qu'on va en trouver ici.

Du regard, ils suivaient les techniciens criminels, qui examinaient soigneusement les travées du jardin, photo en main.

— La *thomandersia* est très banale, murmura Denis après s'être éclairci la gorge.

— Sauf qu'il y en a sûrement chez vous, mais pas dans le potager de ma grand-mère, rétorqua Müller, qui s'attendait à ce genre de réponse.

Justement, les experts venaient de repérer la plante en question. Ils la photographièrent puis découpèrent des feuilles et des morceaux de branches pour leurs petits flacons.

— Est-ce que vous niez aussi les échanges téléphoniques avec Marcel Chignard ?

— Vous savez très bien que ce n'étaient pas des échanges, répondit Denis qui s'efforçait de rester impassible. Marcel Chignard essayait de me joindre mais nous ne nous sommes pas parlé.

— Et ceux avec M. Mboundou ?

À son expression d'étonnement feint, elle précisa qu'il s'agissait de l'homme retrouvé en catalepsie près de son propre manoir.

— Je ne sais pas qui c'est.

— Lui, si. Il vous a appelé à de nombreuses reprises.

Denis haussa les épaules.

Cependant, il raisonnait à toute vitesse. Ce nom, il l'avait vu dans les mails de Chignard : Mboundou était un marchand d'art africain, l'un des plus intéressés par la vente de l'héritage Chignard. Intéressé au point de se fâcher avec Marcel, de le menacer même, à demi-mot. Mais que serait-il venu faire près de son manoir ? Et cela n'expliquait pas la disparition de la totalité des objets d'art.

La perquisition terminée dans le jardin, ils se dirigèrent vers l'ancienne maison de gardien dans le parc, que Denis avait transformée en bureau. Tout était très propre, la table surchargée de plantes séchées, de notes et de photos. La plupart des murs étaient garnis de livres anciens sur la nature ou la botanique. Ils n'y trouvèrent rien de probant, jusqu'à ce qu'un des gendarmes à l'extérieur pousse une exclamation.

Ils le retrouvèrent planté devant l'abri tout moussu où Denis rangeait ses bûches. Une vieille malle trônait au-dessus d'un stère, une malle que le jeune homme reconnut aussitôt.

Après avoir pris de nombreuses photos, Müller l'ouvrit avec précaution. Elle était pleine d'objets d'art africains, de statuettes, de casse-têtes, de masques. Une étiquette indiquait le nom du propriétaire à l'encre bleue calligraphiée : Marcel Chignard.

Müller sonda Denis du regard :

— Reconnaissez-vous cette malle ?

Il hocha la tête.

— Pouvez-vous me dire ce qu'elle fait là ?

Il fit non de la tête, avec l'horrible impression que ses jambes allaient le lâcher. Le cauchemar recommençait. Qui avait apporté cette cantine ? Pourquoi ?

Quelques instants plus tard, ils regagnaient le manoir, d'où Colette n'avait pas cessé sa surveillance. Denis se laissait conduire, le front simplement marqué d'une légère rougeur. Sans le savoir, il ressemblait exactement à son ancêtre corsaire, lorsqu'il s'apprêtait à prendre à l'abordage un navire espagnol. Le doux personnage se transformait alors en lion furieux, capable de tout trancher sur son passage.

Arrivé dans le vestibule, les épaules basses, il s'arrêta pour demander d'une petite voix s'il pouvait passer une veste. Les nuits étaient encore fraîches...

Bien que restant de marbre, Müller jubilait. Magnanime, elle laissa à Florin le temps de monter à l'étage, et ils attendirent son retour dans un silence hostile. Colette et la gendarme se dévisageaient – heureusement elles n'étaient pas armées.

En haut, Denis traînait des pieds, déjà vaincu.

Une minute s'écoula.

Puis deux.

Cinq minutes plus tard, Müller et ses gendarmes comprirent et se ruèrent vers l'escalier, mais il était déjà trop tard.

Deuxième partie

Et toi non plus, tu n'as pas changé
Toujours le même parfum léger
Toujours le même petit sourire
Qui en dit long sans vraiment le dire

Julio Iglesias / *Je n'ai pas changé*

Galerie

La galerie d'art Mboundou, *internationalement réputée en arts africain ou primitif depuis 40 ans*, précisait son site Internet, brassait de l'argent et ne s'en cachait pas. Située dans les rues ultra-chics entre les Beaux-Arts et Saint-Germain-des-Prés, elle se dressait à l'angle de deux façades propres comme des maisons de poupée.

Denis hésitait à pousser la porte vitrée.

Derrière, il apercevait un genre de salle aux allures d'appartement témoin, où une vingtaine de présentoirs en bois précieux s'ornaient de statuettes et de masques. Derrière son ordinateur dans un coin, une jeune femme semblait encore plus immobile que les statues.

L'ancien notaire se demandait s'il avait bien fait de fuir. Sur le moment, il n'avait pas réfléchi. Ce n'était sans doute pas la meilleure solution, mais vu ses antécédents et ce qui avait été découvert lors de la perquisition, il était certain que la lieutenante le placerait en détention provisoire. Alors, il ne pourrait plus rien faire pour sortir son vieil ami de sa léthargie.

Non, il n'y avait pas d'autre choix.

Après avoir embarqué quelques affaires restées dans sa maison au fond du parc, il avait donc emprunté une voiture sur un site de location entre particuliers puis pris la route de Paris, où il voulait en savoir plus sur ce Mboundou. Sentant bien que cette lieutenante n'était pas du genre à laisser filer sa proie, il s'était montré plus prudent que lors de sa cavale précédente, réglant tous ses frais avec une carte de crédit anonyme au nom d'une petite entreprise lui appartenant. Il veillait à ne surtout pas activer son téléphone mobile, sous peine d'être rapidement localisé et arrêté.

Dans la galerie d'art, la jeune fille n'avait pas bougé. Une petite statue semblait fixer Denis, une femme à la tête et aux seins énormes, l'expression mutique et envoûtante.

— C'est une statuette sénoufo, probablement du Burkina Faso, murmura une voix à ses côtés. On la sortait lors des rites d'initiation Poro. Vous connaissez ? À moins que seule la reconstitution historique des grandes batailles de la Renaissance vous intéresse, monsieur Florin…

Dans la vitrine se reflétait un visage aux traits fins, comme sculptés par le ciseau d'un artisan. Surpris, l'ancien notaire se tourna et découvrit un homme d'âge mûr, assez fluet mais d'une présence impressionnante, comme s'il ne pouvait être que prince ou ambassadeur. Avant même qu'il se présente, Denis réalisa avec stupeur qu'il s'agissait de Jean-Félix Mboundou, le propriétaire de la galerie, dont il avait vu la photo sur le site Internet.

Mais alors, qui était ce Mboundou retrouvé à Caudebec ?

L'homme sourit avec indulgence.

— Ne faites pas cette tête, monsieur Florin. Je vous ai reconnu parce que mon neveu m'avait parlé de vous. Je me suis renseigné, et il m'a suffi d'un petit tour sur le Web pour connaître votre visage.

— Votre neveu ? C'était lui à Caudebec ?

Un scooter interrompit bruyamment leur échange.

— Absolument. Je l'avais envoyé auprès de votre ami Chignard pour négocier la vente de sa collection. Malheureusement, on l'a retrouvé empoisonné près de votre domicile. Il s'appelle Jules-Félix Mboundou. Moi, c'est Jean-Félix Mboundou et je suis son oncle.

— Négocier quoi exactement ? Marcel Chignard ne voulait pas faire affaire avec vous, il vous l'avait dit très clairement.

Mboundou sourit brièvement.

— Que direz-vous d'un bon petit expresso au Bonaparte, c'est à deux pas d'ici ?

Il montrait le chemin, le bras levé dans sa veste en laine de vigogne. Sa montre et ses bracelets de platine auraient pu nourrir un village congolais pendant un an.

Denis grogna quelque chose s'approchant d'un oui, et ils s'installèrent en terrasse, à l'ombre pointue de Saint-Germain-des-Prés. Le dalaï-lama en personne n'aurait pas été reçu avec plus de déférence. Ils n'étaient pas encore assis que leur commande arrivait déjà. Les gestes de Mboundou, et même ses phrases, semblaient suivre un rituel immuable et secret. Il sucra son thé-citron et en but une gorgée, les yeux étrangement mi-clos.

Chignard, raconta-t-il, avait mis en vente la collection d'art africain de son frère décédé, qui la tenait de leur grand-père Rodolphe. Cela avait suscité beaucoup d'intérêt dans le petit monde de l'art.

— Il est vrai que je me suis montré insistant, mais je n'étais pas le seul. Malheureusement, comme vous avez vu, votre ami tenait absolument à passer par une grande maison de vente, qui sont parfois très gourmandes. Pourtant, je suis expert depuis quarante ans, et j...

— Écoutez, monsieur Mboundou. Je ne voudrais pas vous manquer de respect, mais ces statuettes ne m'intéressent pas. Ce que je veux savoir, moi, c'est qui a empoisonné Chignard, et comment on peut le guérir. Et pour être franc, je n'ai pas beaucoup de temps devant moi.

Le visage de Mboundou restait impénétrable, semblable à celui des statues sur ses présentoirs.

— Réfléchissons, voulez-vous. Savez-vous pourquoi mon neveu est venu vous voir à Caudebec ?

Denis fronça un sourcil, méfiant.

— Je suis censé le savoir ?

— Normalement oui. D'ailleurs, il me semble que vous vous êtes parlé au téléphone.

Il fallut un petit effort à Denis pour se souvenir de cet appel qu'il avait abrégé, croyant qu'il provenait d'un centre à l'étranger.

— C'est bien dommage, soupira Mboundou une fois cette explication donnée. Si vous aviez décroché, nous n'en serions pas là et peut-être que mon neveu n'aurait pas été agressé. Moi aussi, je tiens beaucoup à savoir ce qui lui est arrivé, voyez-vous. Et d'ailleurs, j'ai une hypothèse. Connaissez-vous la famille Kibanga ?

L'ancien notaire battit des cils. Il aurait fallu habiter une île déserte pour ne jamais avoir entendu ce nom. Les Kibanga régnaient d'une main de fer sur le Congo depuis… depuis une éternité. D'après ce qu'il en savait, ils étaient extrêmement riches et corrompus.

— Ce sont des amis à vous ?

Mboundou dévoila un éclatant sourire.

— Dieu m'en garde ! Les Kibanga sont les pires ennemis des Mboundou, et ce depuis bien longtemps.

— Et vous pensez que ce sont eux qui ont empoisonné Chignard et votre neveu ? Pour une question d'héritage ? Pardon, mais ça ne tient pas du tout la route.

Le marchand laissa paraître son étonnement.

— Et pourquoi ça ?

— Parce que avec leur fortune, ils auraient pu acheter le tout dix fois.

— Exact. Sauf que cette collection ne les intéresse pas. Ce sont des ignares et des brutes. Ils ne veulent *qu'une seule et unique chose* dans l'héritage. Et je suis certain que votre ami Chignard refusait catégoriquement de la vendre.

— On peut savoir laquelle ?

— *Le* masque.

Denis ouvrit des yeux ronds.

— *Le* masque ? Quel masque ?

— Le masque sacré. Le masque des masques.

Il s'était redressé sur son siège de rotin verni et regardait Denis, transfiguré, narines ouvertes et traits frémissants. L'ancien notaire frissonna. À présent, Mboundou ressemblait vraiment à un prince, au prince d'un royaume perdu.

Monarchie

<u>5 juillet 1905, village de Mbé, vallée de la Léfini, ex-royaume Tio :</u>

Le roi Mboundou est un petit homme aux traits fins comme ceux d'une miniature, que j'ai pour la première fois rencontré à Mbé, à 150 kilomètres au nord de ce qui deviendrait Brazzaville, se souvient Savorgnan de Brazza avec un sourire nostalgique.

Mboundou est le « Makoko de Mbé », autrement dit le chef du peuple Tio. Coiffé d'un simple kufi, son torse, ses bras et ses poignets sont chargés d'or. Quelques guerriers, ainsi qu'un imposant sorcier coiffé d'une parure de plumes, veillent sur son trône en cuir tressé.

Après le travail, le soir, Savorgnan s'entretient longuement avec moi, tandis que la brousse autour de nous grouille de cris menaçants.

« C'était il y a 25 ans. Un quart de siècle. Ai-je bien fait, mon cher Rodolphe ? Avons-nous bien fait de venir ici ? », répète-t-il, ses traits fatigués indistincts dans l'ombre épaisse.

À cela, je n'ai rien à répondre, bien sûr, et il poursuit :

« Au début des années 1880, les richesses du Congo, jusqu'alors dédaignées, ont été livrées aux convoitises occidentales. Sous couvert de philanthropie et de promotion du libre-échange, il s'agissait de coloniser ces territoires pour en tirer profit. L'un des candidats les plus avides était le futur roi des Belges, Léopold II. Son émissaire en Afrique

n'était autre que le fameux explorateur britannique Stanley, connu pour avoir retrouvé Livingstone.

Cet homme, raconte Savorgnan, était un soudard, un ancien soldat qui se vantait d'avoir combattu plus de 30 fois les indigènes, que ces derniers surnommaient Bula Matari, *« celui-qui-fend-les-rochers ». Mais j'ai réussi à le prendre de vitesse grâce à mon alliance avec le roi Mboundou.*

Très estimé, celui-ci régnait sur une immense région d'Afrique centrale, les anciennes terres Kongo et Loango, c'est-à-dire presque tout le bassin du fleuve Congo. Notre traité d'alliance plaçait tout cela sous l'autorité de la République. Stanley et son maître Léopold ont été furieux, bien sûr. »

10 juillet 1905, village de Mbé :

Un soir, Savorgnan m'explique que Mboundou s'est très vite senti menacé :

« Je le croyais indétrônable : il était l'unique détenteur du masque punu sacré, celui qui donne l'autorité suprême à son détenteur. Pourtant, un jour, il m'a fait comprendre qu'il souhaitait s'en débarrasser. Il voulait que je le ramène en France. »

Avant mon voyage en Afrique, je connaissais les masques fabriqués par les Punu, une peuplade bantoue, entre le Gabon et le Congo. Ces fétiches sont parmi les plus réputés du continent, et j'avais découvert sur les gravures leur beauté mystérieuse et sauvage. Je savais qu'ils jouaient un certain rôle mystique, mais j'ignorais que l'un d'eux puisse conférer une telle puissance. Je n'ai pas pu cacher mon étonnement. Un tel objet sacré n'est-il pas une simple superstition ?

Savorgnan a secoué la tête, souriant de ma naïveté :

» Un jour, vous le tiendrez peut-être entre les mains, et vous comprendrez. Il dégage une sensation

indescriptible, on sent véritablement sa force, mon cher Chignard. Nous autres Occidentaux, avons tendance à rire de ces croyances. Mais n'avions-nous pas notre huile sainte, pour sacrer nos rois à Reims ? N'avons-nous pas nos églises, nos miracles et nos apparitions ? Le masque sacré relève de la foi, lui aussi. Pourquoi n'attribuerait-il pas, en effet, la puissance des dieux ?

— Dans ce cas, ai-je demandé, pourquoi Mboundou aurait-il voulu vous le donner ?

— Pour le préserver des convoitises. Il se méfiait de plus en plus de Kibanga, son sorcier, qui lorgnait sur son trône. En s'emparant du masque et en le montrant aux populations, Kibanga aurait pu facilement s'imposer sur toutes les terres autour du fleuve, et plus loin encore. »

L'arrivée de Blancs avait pourri son âme, et fait naître en lui une ambition brûlante, plus dévorante que toutes les fièvres du Congo. Il était prêt à tout pour le pouvoir, prêt à tout pour posséder le masque.

Paris

S'il n'avait eu sous les yeux, quelques jours plus tôt, l'authentique carnet de voyage de Rodolphe Chignard, Denis aurait cru que Mboundou était en plein délire. Au contraire, tout cela semblait sérieux. Comme le disait Savorgnan lui-même, l'importance de ce masque n'avait rien d'absurde. Dans l'exercice du pouvoir, certains symboles jouent un rôle parfois capital, propre à déchaîner les passions.

Par la fenêtre de son hôtel, Denis laissait filer ses pensées en contemplant la paisible verdure du cimetière de Montmartre. Sa rencontre avec le marchand d'art Mboundou avait quelque peu éclairci la situation. Ce masque punu faisait probablement partie de l'héritage Chignard, et quelqu'un cherchait à s'en emparer à tout prix – peut-être les Kibanga, la famille régnante au Congo. Peut-être l'avaient-ils déjà en main d'ailleurs. On pouvait imaginer qu'ils aient voulu détourner les soupçons sur lui, en dissimulant la malle du vieux Chignard à côté de sa maison.

Que ce soit le cas ou non, cette quête avait fait deux victimes, et il y en aurait peut-être d'autres.

Quelques chats se prélassaient sur les tombes aux derniers rayons du soleil. Le petit hôtel que Florin avait réservé au-dessus de la place de Clichy le comblait d'aise. Sous leurs pierres tombales, ses voisins étaient plus discrets que ces jeunes Parisiens qui, cigarette au bec, buvaient des bières en terrasse en parlant très fort jusqu'à des heures indues.

Avant de dîner, Denis fit un passage à l'espace Internet du rez-de-chaussée, un genre de placard à balais pourvu d'un siège défoncé et d'un ordinateur à l'avenant. Ses premières recherches sur la toile lui apprirent que les Mboundou n'étaient plus au pouvoir, mais que ces héritiers des derniers rois jouissaient encore d'un grand prestige au Congo. D'ailleurs certains n'avaient pas quitté la politique – même si le pouvoir faisait tout pour étouffer leurs voix, quitte à menacer leur existence.

De leur côté, les Kibanga, descendants du grand sorcier du roi Mboundou et actuels dirigeants du Congo, étaient très présents sur la Toile. L'immensité de leur fortune était inversement proportionnelle à la pauvreté de leurs concitoyens. Ils touchaient un coquet pourcentage sur la manne pétrolière et sur toutes les autres richesses du pays, exploitées généralement par des sociétés françaises.

On s'indignait du train de vie du fils Kibanga, plus clinquant que celui d'une star du rap. Capable d'acheter des montres de luxe ou des villas à la douzaine, il promenait ses caprices et ses mallettes de diamants d'un bout à l'autre de la planète. Suite à une perquisition dans sa bicoque de 400 mètres carrés à Paris, où le problème principal consistait à garer les Bugatti sans rayer les Bentley, la justice française l'avait condamné à une amende de plusieurs dizaines de millions d'euros pour *blanchiment et détournement de fonds publics*. Ses biens en France avaient été saisis, ce qui ne l'avait pas exactement mis sur la paille.

Les membres du clan Kibanga occupaient tous les postes importants au Congo-Brazzaville, dans les ministères, l'armée ou la police, ou encore à la direction des groupes industriels ou des administrations centrales. Femmes ou hommes, tous semblaient coulés dans le même moule : grands et gros, les traits larges, à la fois féroces et inexpressifs.

Mais à bien y regarder, le pouvoir du Président, *le Vieux Crocodile* comme on le surnommait, chancelait un peu ces derniers temps. Une tentative de coup d'État avait même eu lieu deux ans plus tôt.

Sentant une présence, le jeune homme se retourna vers deux touristes asiatiques qui attendaient devant la cabine Internet. Il leur fit signe de patienter.

Pour se maintenir au pouvoir, *le Crocodile* reportait ou truquait les élections – voire même les annulait – grâce au soutien sans faille de la Cour constitutionnelle de son pays, dirigée par un cousin. Mais les étudiants continuaient à s'agiter et des grèves secouaient inlassablement le pays, bien qu'elles soient impitoyablement réprimées. Curieuse coïncidence, un leader syndicaliste, qui prenait de plus en plus d'importance, avait brusquement souffert de vomissements et d'indigestions qui l'avaient laissé presque impotent.

Denis fronça les sourcils et lança une nouvelle recherche.

Le député le plus en vue de l'opposition avait lui aussi failli mourir d'une grave intoxication alimentaire. Il vivait désormais en exil, cloué sur son fauteuil roulant, tout baveux. Le meneur du coup d'État était lui aussi tombé dans le coma après avoir avalé un steak avarié…

La vérité se dessinait, presque évidente sous ses yeux : les Kibanga étaient tout simplement des empoisonneurs en série !

Sans doute avaient-ils reçu de leur ancêtre le grand sorcier certaines potions mortelles à base de plantes, ce que semblaient confirmer les analyses sanguines de Chignard.

Et c'était là une très mauvaise nouvelle : jamais ces gens n'avoueraient avoir empoisonné un ancien sous-préfet sur le sol français, le pays protecteur. Jamais ils ne donneraient la formule d'un antidote, si toutefois cela existait.

Denis sentit un frémissement derrière lui. Il calma les deux Japonais par une série de courbettes, auxquelles ils furent bien forcés de répondre, puis reprit sa navigation.

Pour rien au monde, il n'aurait renoncé à son idée d'ouvrir la page Instagram de Nadget, qui après Bali découvrait la Papouasie. On la voyait en costume traditionnel au bord d'un lagon turquoise semé d'îlots, l'air rieur, les hanches ceintes d'un pagne en fibres tressées.

Never felt so close to nature, indiquait la légende. Sous l'image apparaissait l'habituel flot de *likes* et de commentaires sans intérêt. Mais la dernière photo publiée ne venait pas d'Asie… On y voyait Nadget alanguie, peut-être assise dans un taxi. Derrière, le ciel pur et bleu se striait de rose pâle. C'était le pont Alexandre III et la Seine au crépuscule, avec au loin la flèche cuivrée de la tour Eiffel.

Son cœur fit un bond. La publication avait été postée quelques heures plus tôt. Nadget était à Paris, comme lui.

Il aurait bien passé la nuit à rêvasser devant ces photos, ces yeux noirs et ce profil qu'il estimait parfait, mais les Japonais semblaient sur le point de lui grimper sur les épaules.

Un quart d'heure plus tard, il arrivait place de Clichy. Une idée lui trottait en tête : allumer son téléphone et tenter de contacter Nadget, via la messagerie Instagram. Parce qu'il n'avait plus de doutes, maintenant. Elle voulait l'aider. Peut-être le voir et lui parler. Peut-être avait-elle découvert entretemps d'autres éléments qui lui permettraient d'aider Chignard.

Mais comment faire ? S'il ouvrait son appareil, il serait aussitôt repéré, et sans doute arrêté. Müller n'était pas du genre à négliger ce genre de possibilités.

Il mâchonna un sandwich dans un kebab bruyant près de Saint-Lazare, sans rien voir, ni les passants ni les trottinettes qui filaient autour de lui dans des sifflements futuristes. Et sans même y songer, il se retrouva rue Chapon, le nez levé vers l'appartement de Nadget, imaginant dans un éclair qu'elle l'apercevait, qu'elle ouvrait ses fenêtres et se penchait pour l'appeler. Cette pensée lui donna des frissons, et un peu le vertige.

Son regard tomba sur un couple d'amoureux qui poussait la lourde porte cochère. Il la regarda se refermer lentement. On apercevait un couloir sombre fait de pavés inégaux, les poubelles d'un côté et de l'autre, les boîtes aux lettres des habitants de l'immeuble.

Embrouillamini

Jean-Félix Mboundou se passa la main dans les cheveux.

Il se sentait fébrile, incapable de réaliser son inventaire mensuel, et se laissa lourdement tomber dans un fauteuil de chef éthiopien. Les choses étaient allées beaucoup trop loin.

— Vous voulez un café ?

Son assistante le regardait, surprise par cette espèce d'apathie, très inhabituelle chez lui.

C'était une grande fille aux cheveux de feu dont l'apparence et le parfum le ravissaient toujours. Il lui fit signe de le laisser quelques instants. On reprendrait plus tard. Resté seul, il se plongea un long moment dans l'observation de ses précieux objets, entreposés au premier étage de sa galerie. Il savait exactement d'où chacun venait, et ce qu'il avait traversé avant d'arriver dans ses mains. Ils étaient comme ses enfants.

Pour le masque, c'était encore plus fort. Il en avait toujours entendu parler, et ce depuis sa plus tendre enfance. L'histoire du fétiche était liée à celle de ses ancêtres et de sa terre. Le découvrant par hasard, parmi les objets mis en vente par un vieil homme, il en avait été chaviré, et avait aussitôt pris le chemin de la Normandie avec son neveu.

À peine arrivés, ils avaient surpris le vieux Chignard en train de quitter sa maison, de se garer près du manoir de Caudebec, et de déposer une malle près d'une maison dans le parc. Peut-être pour la mettre à l'abri des convoitises. Une fois le vieil homme reparti, ils l'avaient fouillée, et y avaient trouvé, parmi d'autres objets, le masque sacré !

Le marchand d'art avait cédé à la tentation : ils étaient repartis avec le fétiche. Mais très mauvaise surprise, les hommes de Kibanga, qui étaient aussi sur la piste de Chignard, les attendaient derrière le mur. Lui-même avait réussi à s'enfuir avec le précieux masque, mais Jules-Félix était tombé entre leurs griffes, et maintenant il gisait inconscient sur un lit d'hôpital à Rouen. Par sa faute.

Depuis cette nuit-là, Mboundou ne dormait plus. Les Kibanga allaient inévitablement s'en prendre à lui. Dans ce cas, personne ne le défendrait, surtout pas les autorités françaises qui depuis toujours protégeaient ces sorciers maudits...

Un appel de son assistante le tira de ses pensées.

La retrouvant au rez-de-chaussée de sa boutique, Mboundou sentit son cœur cogner sourdement. Une jeune femme l'attendait, visiblement pas une acheteuse s'il en croyait son look décontracté mais modeste et son âge. En genre de veste de combat, baskets et jean, sportive, elle n'avait pas plus de 25 ans, des cheveux blonds comme les blés et des pupilles plus froides qu'une banquise.

Elle lui tendit une main fine mais ferme.

— Lieutenante Müller, gendarmerie nationale.

Son regard bleu perça Mboundou de part en part. Il avala sa salive et se présenta à son tour, tout en se sentant inexplicablement coupable de quelque chose.

— Que puis-je pour vous ?

— Connaissez-vous un certain Florin ? Denis Florin ?

— Oui. Enfin. Pas directement. C'est à quel sujet ?

— Quand l'avez-vous vu pour la dernière fois ? Elle vrillait sur lui son œil d'acier.

— Puis-je me permettre de vous demander la raison de votre présence ?

— Bien sûr. Votre neveu Jules-Félix Mboundou a été retrouvé en catalepsie près du manoir de Caudebec, en Normandie. Il s'agit probablement d'un empoisonnement volontaire et je suis chargée de l'enquête.

L'antiquaire ne put rien faire d'autre qu'avaler sa salive.

— Je vois que vous êtes au courant. Vous auriez eu tort de nier, des témoins vous ont vu au CHU de Rouen. Pourquoi n'avez-vous pas porté plainte ?

Mboundou préféra garder pour lui non seulement qu'il avait commis un vol, mais qu'en plus jamais la justice française ne diligenterait une enquête sérieuse si les Kibanga étaient impliqués. Trop d'intérêts étaient en jeu pour la France. Il marmonna donc qu'il s'apprêtait à porter plainte, mais qu'il n'en avait pas eu le temps.

De toute évidence, la blonde n'en croyait pas un mot. D'un geste sec elle congédia son assistante, qui leur proposait une boisson chaude avec un sourire commercial. Qu'elle aille donc faire un tour dans le quartier.

La porte vitrée refermée sur la belle rousse, Müller s'intéressa de nouveau à l'antiquaire :

— Pensez-vous que quelqu'un a des raisons sérieuses d'en vouloir à votre neveu ?

— Je ne pense pas.

Rien n'était plus faux.

— Connaissez-vous un certain Chignard, à Touffreville ?

Il acquiesça mollement. Ses lèvres blanchissaient aux commissures, ses mains tremblaient même légèrement.

La lieutenante sentait le vieil Africain sur le point de craquer. À en juger par son apparence et sa façon de parler, c'était un lettré à la vie confortable, sans doute peu habitué aux confrontations brutales. Avec un peu de chance, il avouerait très vite tout ce qu'il tentait de dissimuler. Ensuite, elle n'aurait qu'à l'entendre en garde à vue pour lui faire signer un procès-verbal en bonne et due forme.

— Si vous le connaissiez, vous saviez qu'il s'apprêtait à vendre une collection exceptionnelle d'objets d'art africains ?

— Tout Paris sait cela. Je veux dire tous les milieux d'art africain.

— Mais vous étiez particulièrement intéressé, n'est-ce pas ?

Malgré lui, Mboundou sentait son front se mouiller de gouttelettes, ainsi que tout son dos jusqu'aux fesses. Cette fille était infernale. Il aurait été capable de lui confesser l'assassinat de Kennedy.

— Je m'y intéressais, oui, mais ça ne fait pas de moi un empoisonneur… *contrairement aux Kibanga*, faillit-il ajouter, mais il n'avait pas envie de compliquer les choses.

L'espace d'un instant, il fut sur le point de dire toute la vérité, mais il préféra s'en abstenir. Jamais cette petite enquêtrice n'aurait assez de pouvoir pour se lancer seule dans une telle affaire.

— J'ai consulté la page de vente de M. Chignard, reprit-elle. La moindre statue vaut des milliers d'euros. Et il y en a des centaines, des statues.

— Je n'en détiens aucune. Je vous invite à visiter mon stock si vous ne me croyez pas. Tout est là-haut, j'étais précisément en train de faire mon inventaire…

— Je doute qu'on trouve ici des objets volés, monsieur Mboundou. Quels sont vos rapports avec M. Florin ? Depuis quand le connaissez-vous ?

L'assaut continuait, féroce. Sous l'impitoyable bombardement de questions, Mboundou réussit à bredouiller qu'en fait, il ne connaissait Florin que de nom, et ne l'avait jamais rencontré. Même son neveu n'avait pas réussi à le faire.

— Vous mentez. Votre neveu l'a appelé à de nombreuses reprises. Pour quelle raison ?

L'antiquaire fut bien forcé d'avouer que Jules-Félix voulait lui parler du masque.

— Quel masque ?

Le tintement de la porte vitrée les fit pivoter d'un même mouvement : deux Africains de haute stature, en élégants costumes noirs et chaussures à pointes fines étonnamment lustrées, venaient d'entrer. À peine le seuil franchi, ils s'affairèrent un instant, de dos. Lorsqu'ils se retournèrent, leurs têtes étaient dissimulées sous des cagoules qui laissaient seulement apparaître leurs yeux et leur bouche. L'un des colosses pressa de son doigt ganté la commande électrique du store de fer qui s'abaissa, plongeant rapidement la boutique dans l'obscurité.

L'autre sortit de sa poche un flacon de plastique rempli d'un liquide verdâtre. On devinait sous le tissu moulant du masque un sourire sadique, ce demi-sourire froid de ceux qui jouissent de faire mal.

L'antiquaire avait immédiatement compris. Il sentait déferler la terreur, le torse inondé de sueur, les jambes incroyablement molles.

— Assassins, murmura-t-il, gris de peur. Sortez d'ici.

Müller aussi avait compris. Quelques années plus tôt, elle avait caressé l'idée d'intégrer le GIGN, et s'était durement entraînée dans ce but. Relevant d'un geste sa veste de combat, elle dégaina le Sig Sauer de son holster.

— Gendarmerie nationale ! s'écria-t-elle en pointant son arme sur les deux intrus totalement stupéfaits. Enlevez vos masques et levez les mains. Pas de geste brusque.

Pour un peu, le marchand d'art aurait embrassé la lieutenante.

On allait pouvoir arrêter ces deux types évidemment envoyés par Kibanga, peut-être même analyser leur poison paralysant. Cette Müller était une héroïne !

Mais celle-ci voulut mieux ajuster ses cibles, et ce fut son erreur.

Reculant d'un pas, elle heurta l'un des hauts présentoirs de la boutique, lequel oscilla puis tomba en entraînant tous les autres à la façon d'une rangée de dominos. À peine à terre, elle reçut sur le sommet du crâne un casse-tête de cérémonie en bois massif magnifiquement sculpté.

Lorsqu'elle sortit de l'inconscience, le rideau métallique était relevé et les deux agresseurs partis depuis longtemps. La jolie assistante aux cheveux roux sanglotait bruyamment dans la clarté revenue.

Quant à l'antiquaire, il était allongé inerte à ses côtés, un sourire aux lèvres et les yeux grands ouverts.

Une légère odeur d'amande flottait dans l'air.

Peu avant de sombrer dans la catalepsie, il avait révélé la cachette du masque sacré et avait vu ses deux agresseurs ressortir avec.

Souci

Sitôt rentrée à Paris, Nadget avait retrouvé sa fille Victoire avec délice. Même à 10 000 kilomètres de distance, elle l'appelait chaque jour, et même en pleine nuit si le décalage horaire l'imposait, mais leurs séparations lui pesaient toujours plus.

Le programme des jours à venir la dégoûtait déjà : après une courte escale en France, elle et son assistante s'envoleraient pour Boulder, au pied des Rocheuses. Ça n'avait aucun sens, songeait la jeune femme : pour élever sa fille, elle était condamnée à ne presque jamais la voir.

Le lendemain, il faisait beau et dès le réveil, Victoire resplendissait d'un bonheur qui lui fit monter les larmes aux yeux. La conversation au petit-déjeuner fut entièrement consacrée à l'affaire de la pluie, la semaine précédente, lorsqu'elle avait mouillé ses chaussures, mais c'était sans faire exprès.

— Bien sûr que tu n'as pas fait exprès.

— Tu m'en veux pas ?

— Bien sûr que non, puisque tu n'as pas fait exprès.

— Il pleut beaucoup en Papouzazie ?

— En Papouasie. Pas quand j'y étais, sourit Nadget en lui faisant reprendre une cuillère de céréales. Dépêche-toi, on va être en retard.

— Chloé m'invite samedi. Tu m'emmèneras ? Tu seras là samedi ?

La jeune femme se sentie bourrelée de remords. Samedi matin vers 6 heures, elle serait avec

Mermaid à l'aéroport, au départ pour le Colorado. Elle se détourna pour ranger quelque chose. La cuisine était petite, le frigo couvert de dessins naïfs. Tristement, elle se sentait parfois à peine chez elle ici.

Après avoir accompagné Victoire à l'école, savourant un moment ses petits bras autour de son cou avant de la quitter, elle regagna son cinquième étage en hâte.

Denis ne donnait plus signe de vie depuis qu'elle lui avait envoyé ce message via Instagram. Elle fut tentée d'appeler Caudebec pour avoir de ses nouvelles, certaine que Colette lui répondrait avec plaisir – et ce plaisir serait réciproque. Mais quelque chose la retenait, sans qu'elle sache quoi. Peut-être un reste de cette paranoïa, dont tout bon journaliste doit être pourvu.

Car, à vrai dire, ce silence n'était pas logique. Florin avait tout fait pour attirer son attention. Il s'était ouvert un compte Instagram, s'était même acheté un portable dernier cri pour agrémenter ses messages d'émoticônes, ce qui n'était vraiment pas son genre. Et maintenant qu'elle lui répondait, il se taisait soudain ?

Non, ça n'avait aucun sens. Voilà plusieurs jours qu'elle y pensait, sans parvenir à en tirer de conclusion. Elle se fit couler un café et alluma son ordinateur portable.

Dans l'actualité, rien n'avait évolué ces derniers jours. Aucune précision au sujet du *SDF d'origine congolaise* retrouvé en catalepsie près de Caudebec ; rien concernant Chignard, hospitalisé à Rouen pour la même étrange affection.

Rien de nouveau sur Denis Florin…

Elle décida qu'il était temps de passer à la vitesse supérieure, ouvrit les contacts de son smartphone et appuya sur la touche *Pierre Huchet*.

Son ancien rédacteur en chef à TV1 décrocha plus vite que son ombre :

— Nadget Bakhtaoui ! s'exclama-t-il, sincèrement heureux. La vraie ? L'unique ?

Elle le voyait presque sourire à l'autre bout du fil.

L'émission de grands reportages qu'il continuait à diriger était suivie par des millions de téléspectateurs. Avec Nadget autrefois, ils avaient collectionné les records d'audience, les scoops et les prix.

— Ben non, c'est Marilyn Monroe.

— Attends, il faut que je me pose. Elle entendit craquer son fauteuil. Elle l'imaginait, avec son air de vieux pirate mal rasé, dans la tour TV1 audessus du périph.

— Alors tu veux quoi ? Tu veux enfin m'épouser ?

— Le divorce te coûterait trop cher. Écoute, j'ai besoin de toi.

— Toi, besoin de moi ? Une star des réseaux sociaux ? Sans déconner, t'en as pas marre de tes conneries sur Internet ? Tu vaux mieux que ça Bakhtaoui. J'ai besoin de toi ici, je m'emmerde avec mes diplômés de Sciences Po.

— Tu sais très bien que j'ai tourné la page, répondit-elle sur un ton doux, teinté de regrets.

Ils se turent un moment, perdus dans leurs pensées. L'année précédente, elle avait été chassée sans ménagement parce qu'elle avait désobéi à la hiérarchie et pris la défense d'un Denis harcelé. Elle ne regrettait rien.

— Bon accouche, tu veux quoi ? soupira Huchet.

Après lui avoir exposé ses demandes, Nadget raccrocha, puis consacra le reste de la matinée à ses propres recherches. Vers 14 heures, alors qu'elle s'était enfoncée dans un profond sommeil, la sonnerie de son téléphone la réveilla. Comme d'habitude, Huchet avait travaillé vite et bien.

Il lui confirma ce qu'elle avait plus ou moins compris, à savoir qu'un certain Marcel Chignard, ancien sous-préfet à la retraite, avait mis en vente l'héritage de son frère, une fabuleuse collection d'art africain. Toutes les salles aux enchères et les antiquaires spécialisés étaient sur les rangs ; ce serait même un événement, pourquoi pas à relayer dans l'émission !

Mais le plus étonnant concernait l'identité de l'homme retrouvé près du manoir. Contrairement à ce que prétendait la presse locale, ce n'était pas un SDF, mais un étudiant diplômé de Sciences Po dénommé Jules-Félix Mboundou. Or, son oncle, Jean-Félix Mboundou, dirigeait l'une des galeries d'art africain les plus sérieuses de Paris.

— À priori, dit Huchet, ça fait penser à une histoire de trafic d'art, une guerre commerciale, parce que l'art africain génère pas mal de pognon. Mais je n'y crois pas.

— Pourquoi ça ?

— Parce qu'il y a autre chose. Figure-toi que cet oncle a été agressé dans sa galerie rue des Beaux-Arts. Il s'est retrouvé au service neuro à La Pitié, en état de catalepsie, ou quelque chose du genre, exactement comme le neveu…

Couchée sur le dos dans son canapé, Nadget tortillait ses orteils en direction du plafond.

— Et alors ? Ça pourrait être un règlement de comptes entre trafiquants, non ?

— Je ne crois pas ma poulette. Les Mboundou ne sont pas n'importe qui. Ce sont les ennemis jurés des Kibanga, et ce depuis la nuit des temps. Quand il était jeune, Jean-Félix, l'antiquaire, était le leader d'un mouvement étudiant. Sauf que son meilleur pote s'est retrouvé en fauteuil roulant à la suite d'une indigestion, c'est pour ça qu'il s'est réfugié à Paris. Son frère jumeau est resté là-bas, lui aussi fait de la politique. Enfin, façon de parler quand on a les Kibanga face à soi.

La puissance et l'avidité de cette famille régnante étaient connues de tous les journalistes. Nadget elle-même avait dû renoncer à tous ses reportages au Congo, notamment sur la rente pétrolière. Comme chacun, elle avait vaguement entendu parler des habitudes empoisonneuses du clan.

— Donc tu crois que ça pourrait être politique ?

— Possible. Et ce que je sais aussi, c'est que les Kibanga ont un peu chaud au cul chez eux en ce moment. De plus, il se trouve que notre Président en a marre de sponsoriser des assassins, et que le soutien de la France n'est plus si ferme que sous de Gaulle.

— Et donc ?

— Et donc, ce serait pas illogique de penser que les Kibanga s'en prennent aux Mboundou, sous couvert d'une histoire de statuettes africaines. Histoire d'éliminer des concurrents potentiels si jamais leur pouvoir se cassait la gueule, tu vois. Allô ?

Nadget s'était perdue dans ses pensées.

— Bon, j'ai le droit de t'offrir une bière quand tu auras trois minutes ?

— Va te faire voir, sourit Nadget.

— Moi aussi je t'aime.

Ils raccrochèrent, mais elle était inquiète.

Songeuse, elle descendit chercher son courrier. Des factures, et encore des factures. Elle regarda l'heure : il était temps de faire les courses, puis d'aller chercher Victoire à la sortie de l'école. Ensuite, elle imaginerait un stratagème pour décaler le voyage à Boulder. L'idée de devoir encore une fois abandonner sa fille la révoltait.

Elle s'arracha du canapé avec un soupir. Le jet lag commençait à faire son effet.

Elle sentit un papier sous son pied. Une feuille chiffonnée, sans doute échappée de la masse de courrier. Elle semblait arrachée à ce genre de blocs-notes qu'on trouve dans les hôtels.

Nadget allait la rouler en boule, lorsqu'elle y reconnut, avec un coup au cœur, l'écriture de Denis :

Chère Nadget B,

Merci pour ton aide, elle m'a été très utile.

J'ai encore besoin de toi.

Je ne peux pas utiliser mon téléphone, mais je t'attendrai ce soir jusqu'à 23 heures quai du Vert-Galant, côté rive gauche.

Calico J / DF

PS : j'adore tes photos.

Hoirie

3 août 1905, région de Djoumbélé :

Après quelques semaines de repos à Mbé, nous avons repris notre navigation sur l'Oubangui, vers le nord. Des tensions fracturent la Commission d'enquête. La plupart de ses membres me cachent certaines informations ou les déforment. D'abord parce que j'ai l'oreille de Savorgnan, dont ils haïssent la pureté, ensuite et surtout parce que, délié du devoir de réserve, j'informe par câble la presse à Paris, qui publie mes informations.

Car la Commission d'enquête découvre des horreurs. Ces 650 000 kilomètres carrés ont été livrés à la cupidité de grosses sociétés privées, qui payent une faible redevance en contrepartie. Les abus sont nombreux et l'administration ferme les yeux, faible et trop facilement corruptible. Les entreprises caoutchoutières reprochent aux autochtones de ne pas récolter assez de leur précieux produit, de payer trop peu d'impôt et de vouloir se rebeller. La répression est féroce. Un fonctionnaire français a exécuté un indigène en lui introduisant un bâton de dynamite dans l'anus, qu'il a fait exploser. Ce répugnant personnage semble tout étonné de devoir passer en jugement à Brazzaville, où d'ailleurs rien ne dit qu'il sera condamné.

20 août 1905, village de Doungou :

L'Oubangui frôle des arbres fantastiques, aux énormes racines plongées dans l'eau. Au-delà, c'est la savane ou une forêt impénétrable. Mais tout cela, je ne fais que l'entrapercevoir, épuisé par ma tâche et par l'oppressante sensation d'être en permanence épié.

Souvent, Savorgnan exprime ses regrets. Il voudrait ne jamais avoir signé cet accord 25 ans plus tôt avec le Makoko de Mbé, le roi Mboundou. La colonisation a certes apporté des bienfaits, mais aussi d'immenses malheurs.

Rapidement, Mboundou aussi a regretté l'alliance, me raconte-t-il. Son grand sorcier Kibanga s'était révolté, peu après la signature des accords. Partout, il racontait que le traité et l'amitié avec les Blancs était signe de lâcheté, que le vieux lion avait perdu ses dents. Que le roi Mboundou ne méritait plus de posséder le masque des masques…

Les bandes armées de Kibanga sillonnaient les pays, brûlant les villages trop favorables au roi. Ce dernier en était meurtri. Il se sentait comme le capitaine d'un navire emporté par la tempête, et qui s'en croit seul coupable.

Un soir, le tam-tam avait résonné autour de Mbé, puis une attaque avait eu lieu. Le sorcier et ses troupes avaient pris le village.

« Quand je suis arrivé, m'explique Savorgnan, le Makoko reposait sans connaissance dans sa case royale, entouré de ses femmes et de ses serviteurs. Il était comme un gisant de nos cathédrales : l'œil grand ouvert, on aurait dit qu'il nous entendait, mais que sa volonté ne commandait plus les muscles. »

C'est le poison Kibanga, lui avait expliqué l'un des fils. Nul n'en connaît la composition, pas plus qu'on n'en sait l'antidote. Peu après, ce fils était venu le voir dans sa maison de gouverneur, à Brazzaville. À sa grande surprise, il lui avait tendu le masque sacré :

« Kibanga n'a pas réussi à le voler. Nous l'avions caché en forêt. Maintenant, emportez-le en France.

— Mais pourquoi ? Il pourrait vous aider à reprendre votre sceptre ! »

Leurs regards se perdaient dans une immensité où se mourrait un disque d'or.

« Mon père n'aurait pas voulu, et je pense la même chose. Mon peuple a déjà trop souffert, nous refusons d'aggraver son malheur pour notre gloire. Mais nous pensons que Kibanga est un homme mauvais. S'il s'empare du masque, son pouvoir grandira et il pourrait régner sur tout le bassin du Congo, ce que vous appelez Afrique équatoriale française, mais aussi sur le Congo belge, et sur toutes les terres jusqu'aux grands lacs à l'est. Il ne le faut pas. Emportez-le. »

Me racontant cela, le regard de Savorgnan brillait étrangement. Il m'a fallu deux ou trois jours pour comprendre ce qu'il me dissimulait, et je m'en suis ouvert à lui, un soir après nos travaux.

« Ce masque, l'avez-vous toujours ? »

Un mince sourire éclairait son visage émacié. Il a tendu l'index vers son coffre, dans l'ombre de sa cabine.

« Ouvrez ceci. »

Alors dans la lumière dansante et miroitante du fleuve, j'ai enfin vu ce roi des masques. Sa beauté pure m'a frappé, je sentais derrière ses paupières mi-closes la force d'un continent, j'ai senti que la foi était plus forte que les hommes.

Savorgnan a repris à mi-voix :

« Ce fétiche, il voulait le rendre au clan Mboundou. Voilà pourquoi il avait accepté de diriger cette Commission d'enquête, dont il doutait avec raison qu'elle puisse inverser le cours des choses, mettre un terme à la colonisation.

» Mais j'ai renoncé, a-t-il ajouté. Car ce serait relancer la guerre entre les Mboundou et les Kibanga. Le sang coule déjà trop, je ne dois rien

faire qui puisse le verser plus. Maintenant, prenez-le Rodolphe. Prenez-le et gardez-le en France. Cachez-le pour toujours aux yeux du monde. »

J'ai frissonné. C'était la première fois qu'il prononçait mon prénom, comme un père parle tendrement à son fils.

« Je ne puis.

— Prenez-le. Retournez chez vous et n'en parlez jamais. Transmettez-le comme un objet sacré à vos enfants, et ne le rendez jamais à l'Afrique. Cela déclencherait la colère de leurs dieux. »

Nadget compta trois secondes exactement avant que les remous provoqués par la péniche se brisent sur le quai du Vert-Galant. Deux silhouettes se profilèrent dans un carré de lumière au passage, puis le bateau s'éloigna dans un grondement sourd vers la passerelle des Arts, dont les fines structures tranchaient sur un ciel d'ambre.

Elle se raidit en sentant une présence. Il était là, sur le Pont-Neuf, immobile comme pour surveiller les alentours. Puis il disparut dans un souffle.

Nadget regrettait la minceur de son gilet. Comparé à celui d'Indonésie, le printemps français lui semblait glacial, sans doute accentué par la fatigue du décalage horaire. Elle avait l'impression de flotter entre deux mondes, la tête bourdonnante et les pensées indécises.

Certes, le courrier de Denis trouvé dans sa boîte aux lettres était inquiétant, sans compter ce qu'elle avait appris sur le Congo grâce à Huchet. Mais elle s'en voulait un peu d'être venue si vite, en gentille jeune fille obéissante.

Et maintenant cet imbécile mettait des plombes à la rejoindre. Elle fut tentée de se lever et de partir. Le souvenir lui revenait d'un gamin, quand elle était en CM1. Son cœur palpitait lorsqu'elle le voyait, elle avait chaud et riait fort, mais il ne la remarquait jamais. À la fin de l'année, elle avait appris qu'il la traitait de noiraude en douce ; alors seulement elle avait compris qu'il n'était qu'un crétin raciste en surpoids. Tout s'était terminé d'un seul coup.

Mais avec Denis ça ne finissait pas.

Au contraire.

Ce benêt était maintenant debout à côté d'elle, elle ne l'avait ni vu ni entendu venir.

— Je suis content que tu sois venue, dit-il.

Sa voix lui parut plus assurée. De même, ses baskets, son jean et sa barbe d'un jour lui donnaient un air plus souple, plus décontracté. Il ne faisait plus du tout notaire.

— Monsieur Calico Jack.

— Je sais, c'était un peu idiot.

— Mais non, c'était pas idiot.

Tout coulait facilement, comme l'eau à leur pied, comme s'ils reprenaient une conversation interrompue quelques minutes plus tôt. Parce qu'il fallait bien commencer par quelque chose, Nadget lui décrivit son périple en Nouvelle-Guinée, la jungle, les guerriers peinturlurés, les coraux. Il balançait ses jambes à ses côtés, assis sur le pavé du quai. D'autres couples parlaient autour, ils n'y portaient aucune attention.

Ensuite, ils remontèrent sur le Pont-Neuf et s'arrêtèrent au hasard rue de la Huchette, dans un restaurant pour touristes. Denis la regarda engloutir son plat grec d'une bouchée, comme un boa l'aurait fait d'un ragondin. Il ne rêvait que de tendre les doigts pour lui toucher la joue.

— Tu manges pas ? T'es malade ?

— Mais non.

D'une gorgée de bière, elle fit passer le reste du mouton frit.

— On dirait pas. Bon alors, c'est quoi cette histoire ?

Il lui relata tout ce qui s'était passé à Caudebec, jusqu'à la menace d'arrestation et sa fuite à Paris, précisant qu'il n'avait pas allumé son téléphone depuis, et que la carte bleue n'était pas directement à son nom.

— C'est bien, tu as retenu la leçon…

Ils se sourirent, pour la première fois depuis leurs retrouvailles. Lors de sa cavale, l'année précédente, Denis avait commis toute une série d'erreurs qui n'avaient pas manqué de mettre la police sur sa piste.

— Et maintenant, tu comptes faire quoi ?

— Je pense que Chignard a trouvé ce fameux masque sacré dans la collection de son frère. La famille Kibanga l'a appris d'une manière ou d'une autre. Ils le lui ont volé et l'ont fait taire, lui et les deux Mboundou, l'oncle et le neveu, et pour faire bonne mesure, ils ont laissé la malle de Marcel à côté de la maison pour m'incriminer. Je veux retrouver ce masque et forcer les empoisonneurs à guérir Chignard.

— Le retrouver où ?

— J'ai ma petite idée.

Nadget s'agaçait des regards insistants d'un de leurs voisins américains. Ils payèrent l'addition et sortirent.

— Tu n'as rien mangé. Tu fais régime ou quoi ?

Il plaqua les deux mains sur son ventre en lui souriant.

— J'ai dans l'idée de lancer une page minceur sur Instagram.

— Spécialisée dans les anciens notaires en cavale ?

Il eut un rire, tandis qu'ils arrivaient dans les rues plus calmes autour de l'église Saint-Séverin.

— Bon, écoute-moi, Denis Florin, dit-elle s'adossant à un muret, près du presbytère. Je crois que tu t'es lancé dans un truc un peu trop gros pour toi.

— Je sais. Mais je vais quand même le faire.

Il la fixait tranquillement, le regard déterminé.

— D'accord, se résigna Nadget avant de lui répéter ce que lui avait appris Huchet : cette histoire de masque dissimulait des enjeux politiques sans doute très dangereux. Les Kibanga, reprit-elle, sont des enfoirés prêts à tout pour garder le pouvoir. Et manque de bol pour toi, ils sont protégés par la France. Ils ont de quoi se payer les meilleurs avocats du barreau de Paris, et ils ne s'en privent pas, tu peux me croire. Tu ne fais pas le poids, Denis Florin, surtout avec cette nana-gendarme au cul. Moi non plus, je ne fais pas le poids. Alors, laisse tomber et va voir la police. Moi, j'ai une fille à nourrir et je tiens à rester en vie. Je ne peux pas t'aider.

— Tu es *déjà* en train de m'aider.

— Ben considère que c'est fini.

Elle se montrait dure, volontairement, mais Florin ne parut pas découragé. Il se contenta de hocher la tête.

— Très bien. Alors merci pour tout.

— Attends, attends, c'est quoi cette tête. Tu mijotes quoi, là ?

— Rien, rien.

Elle se jeta devant Denis pour lui barrer la route.

— Où tu vas ?

— Nulle part.

— Tu vas où, Denis Florin ?

— Chez le fils Kibanga, voilà où je vais.

Sans la fatigue, elle aurait sûrement poussé un cri de surprise. Ce mec était fou. Fou à lier, tout simplement. Il reprit sa marche, elle papillonnant autour pour l'arrêter.

— C'est quoi ces conneries ? Qu'est-ce que tu vas faire chez le fils Kibanga ? Tu as rendez-vous ?

— Pas à ma connaissance.

— Il ne te recevra pas. Surtout à cette heure.

— Détrompe-toi, il attend beaucoup de monde. J'ai vu sur Facebook qu'il faisait une grande fête chez lui, avenue Foch. Ensuite il doit retourner au Congo, où un grand destin politique l'attend, paraît-il.

Nadget lui tenait le bras avec la même tête que l'agent Clarice Starling face à Hannibal Lecter dans *Le Silence des agneaux*.

— Mais t'es malade. Qu'est-ce que tu comptes faire ?

— Lui poser quelques questions.

— Tu ne rentreras pas.

— Je suis sûr que si.

— Il va t'étriper, putain ! Ils vont te livrer aux flics et c'est tout. Et d'abord, qu'est-ce que tu veux lui dire ?

— Que son départ coïncide un peu trop avec l'empoisonnement de mon ami Chignard. Je ne serais pas surpris qu'il reparte au Congo avec un certain masque dans ses bagages. Donc, je veux qu'il me donne un antidote pour Chignard, sinon je fais un scandale et il ne partira jamais.

Son assurance l'avait soufflée.

Il en profita pour la contourner.

— C'est une connerie. C'est débile. C'est une connerie.

— Tu l'as déjà dit, ce n'est pas la peine d'être malpolie.

— N'empêche que c'est une énorme connerie. Je sais même pas ce que je fous là.

Nadget avait garé son scooter avenue Foch, à proximité de l'hôtel particulier du fils Kibanga, un gros pâté au style art déco. Rapidement, et sans qu'elle n'arrête un instant de protester, ils repérèrent une file de camions frigorifiques où se relayaient de nombreux porteurs de caissons en polystyrène. Ils n'eurent qu'à se glisser parmi eux pour entrer dans l'hôtel particulier. Afin de ne pas offusquer le regard et l'odorat des convives, ces caissons bourrés de fruits de mer arrivaient aux cuisines en passant par une cour à l'arrière.

Ils déposèrent leur chargement avant de prendre la tangente vers un couloir plus sombre, sans que Nadget ne cesse de jurer et de pester.

— Bon, on fait quoi maintenant ?

Une musique de chambre résonnait au loin, dominée par le tintamarre de la cuisine proche. Denis s'approcha d'un escalier dont émanait une douce lumière. Il sursauta au contact de la main de Nadget.

— Arrête, c'est débile. Tu vas te faire massacrer. Je connais un tas de journalistes, on peut rendre l'affaire publique et éviter tout ça.

— On n'a plus le temps. Et tu n'es pas obligée de me suivre.

Elle se retenait de le gifler. À cette heure, elle aurait dû dormir au calme, rue Chapon, Victoire à portée de bras.

— Et c'est quoi ton plan ? Il voudra pas te parler, il va juste te livrer aux flics.

Sans un mot, Denis sortit de son blouson deux objets qu'il brandit telles des grenades dégoupillées.

— Ça, c'est de l'éther diéthylique. De l'éther médical, si tu préfères. Ça c'est mon portable. C'est ça mon plan.

— J'espère que t'es pas sérieux avec ce plan débile. Tu sais qu'on est dans la vraie vie et pas chez *Jason Bourne*, Denis Florin ?

— J'ai bien réfléchi. C'est tout à fait faisable.

Les doigts de Nadget se refermèrent sur son poignet.

— Tu veux vraiment arriver dans la fête, esquiver 15 ou 20 gros bras du service d'ordre, et te filmer en train d'engueuler le fils Kibanga parce qu'il a été méchant avec ton copain Chignard ? C'est ça ton idée de génie ?

— Plus précisément, je vais le menacer de l'anesthésier. Et tout sera diffusé en direct sur les réseaux sociaux. C'est très facile, il suffit d'appuyer sur une touche, dit-il en élevant son téléphone de sa main libre.

— Et il suffira aux gardes du corps d'appuyer sur la détente pour te loger deux ou trois balles dans la tête. Laisse tomber Denis Florin. C'est débile. Et ne compte pas sur moi pour filmer ta mort en direct.

— Les images feront un scandale. Il sera forcé de s'expliquer pour Chignard.

— N'importe quoi. Mais n'importe quoi. Ce mec est fou.

Tandis qu'un son de quatuor tombait des étages, Nadget regardait Denis, perplexe et furieuse. Ce plan suicidaire n'aurait pas déplu à des activistes féministes ou écolos, mais il n'avait presque aucune chance de marcher dans ce palais sous haute protection. Florin serait neutralisé en un clin d'œil.

Il était vraiment aussi dingue que sa grand-mère.

— Écoute, je n... Non attends. Arrête.

Il arrivait déjà en haut de l'escalier, où elle le rejoignit en retenant des jurons. Entre la musique et les moulures d'or, le décor avait des airs de Versailles. D'ailleurs, deux personnages en habits de satin et perruque blanche s'éloignaient dans le couloir. Ils sortaient d'une pièce transformée en loge d'artistes, avec d'un côté des tables de maquillage, et de l'autre des portants croulant sous des costumes à faire pâlir d'envie le plus blasé des costumiers d'Hollywood.

Denis se débarrassait déjà de sa veste et de ses baskets pour endosser un habit à la française en soie brodée.

— S'il te plaît, murmura Nadget.

Penché devant un miroir, il ajustait sa perruque à rouleaux.

— Quoi ?

— M'oblige pas à enfiler ces merdes. S'il te plaît.

— Tu as tort, je suis sûr que ça t'irait très bien.

Ce type était dingue. Retenant ses imprécations, elle se glissa de l'autre côté de la cloison amovible, le temps d'ajuster une robe à sa taille. Cependant, elle tentait d'élaborer un plan. Elle ne voyait qu'une solution : demander aux gardes du corps du fils Kibanga de l'aider à maîtriser ce psychotique. Denis lui en voudrait, il la détesterait même, mais au moins il resterait vivant.

Personne ne les vit entrer dans la salle de réception, de la taille d'un hangar d'aviation. Tout n'était que montagnes de petits fours et cascades de champagne, baquets d'argent vomissant leur caviar ou leurs homards prédécoupés. Un orchestre de chambre jouait dans un coin. Contrairement aux gens de service en costume d'époque, les invités portaient des tenues classiques, l'air de stars du show-business posant devant une forêt d'objectifs. Les hommes étaient minces, beaux et soignés. Les femmes ruisselaient de diamants. Tous affichaient cette assurance inébranlable que donnent le pouvoir et l'argent.

Dos à Nadget, Denis s'empara d'une serviette de la taille d'une nappe et s'affaira, dégageant aussitôt une forte odeur d'éther. Une main lui tapotait le bras. Il s'en débarrassa d'un coup d'épaule.

La main se fit plus insistante.

— C'est pas le moment de faire le ménage, mon gars.

Se retournant, il découvrit un colosse en smoking blanc, dont la ressemblance avec Mohammed Ali était assez frappante. Il le dominait d'une tête, la mine soupçonneuse.

— Qu'est-ce que tu tiens dans ta main, mon gars ?

Denis le contourna sans un mot pour foncer dans la foule des convives. Il avait repéré le maître des lieux dès son arrivée, un homme athlétique dans un costume étincelant, une face large habillée d'une moustache à la Clark Gable.

Denis se planta devant lui, aussitôt rejoint par le garde du corps et Nadget, tous deux très inquiets – pas pour les mêmes raisons. Des remous se formèrent autour d'eux. Un autre cerbère fendit la foule au pas de course, la tête penchée vers son micro de veste. L'information devait déjà circuler dans tout le bâtiment.

Denis leva d'une main sa serviette imbibée d'éther, se filmant de l'autre avec son portable.

— CET HOMME, s'écria-t-il, A EMPOISONNÉ MON AMI MARCEL CHIGNARD ! J'EXIGE QU'IL S'EXPLIQUE DEVANT LA JUSTICE ! J'EXIGE QU'IL DONNE LE TRAITEMENT POUR…

Ce furent ses derniers mots avant de se faire plaquer au sol par une douzaine d'armoires à glace en habits de soirée. La musique n'avait pas cessé un instant et quelques invités riaient même aux éclats, croyant à une sorte d'attraction, tandis que d'autres jouaient des coudes pour essayer de voir ce qu'il se passait.

Une mêlée courte et confuse suivit, Denis ruait, Nadget sacrait. Puis un bruit mat se fit entendre, comme un coup de poing, et le groupe finit par s'extraire de l'assemblée, emportant ses deux prisonniers.

Deux secondes plus tard, tout était à nouveau tranquille.

Le quatuor entama un morceau de Haydn.

Cacophonie

Nadget sentait derrière son épaule l'œil d'un phacochère. Suivait ensuite un zèbre, puis un buffle. Outre l'impressionnante collection d'animaux empaillés, dans l'immense pièce où elle était enfermée avec Denis s'entassaient de délicats tableaux flamands et une infinité de sculptures en bronze. Dans la pénombre, tout ce petit monde avait un air vaguement menaçant, comme cette collection d'automates dans *Blade Runner*, dont le propriétaire finissait massacré par un humanoïde *réplicant*.

Le même sort les attendait sans doute, songea la jeune femme. Leurs ravisseurs n'avaient même pas pris la peine de les menotter, si bien qu'ils ressemblaient à un couple royal déchu, trônant sur leurs hauts fauteuils en chêne sculptés. Deux montagnes de muscles veillaient sur eux de part et d'autre de la porte capitonnée.

La porte finit par s'ouvrir sur Alexandre-Ferdinand Kibanga, fils aîné du président du Congo. Traversant sans peine son bric-à-brac, il se laissa choir sur un fauteuil impérial tapissé d'une peau de léopard.

— J'ai dû rassurer mes invités, déclara-t-il d'une voix plus basse encore que celle de Barry White, où perçait la colère. Ses lunettes de soleil un peu vintage lui donnaient l'air d'un parrain de la drogue dans le Harlem des années 1970. Je sais parfaitement qui vous êtes, mais j'ignore ce qu'on va faire de vous. Qui vous envoie ?

Denis haussa les épaules, aussitôt rappelé à l'ordre par une taloche bien sentie d'un des cerbères. Sa perruque atterrit sur la tête d'une petite danseuse en bronze noir.

— Parce que nous sommes africains, vous nous croyez arriérés et incapables de nous renseigner ? Je sais que vous vous appelez Denis Florin et que vous êtes un copain du vieux Chignard, le voleur de...

Denis avait voulu se redresser, on le fit rassoir de nouveau.

— ... le voleur de masque. Dois-je comprendre que vous êtes venu ici me le reprendre ? À moi ?

— Donc c'est bien vous qui l'avez...

Le fils Kibanga éclata d'un rire tonitruant, suivi de ses quatre gardiens, tel un joyeux chœur de Gospel.

— Et cette jolie jeune fille, qui est-ce ? Une journaliste ? Votre fiancée ?

— Je suis la fée Clochette, fit Nadget, les joues écarlates. Et je vous signale que les images de la fête ont été diffusées en direct sur les réseaux sociaux. Elles vont faire le tour d'Internet, que vous le vouliez ou non. Vous feriez mieux de nous relâcher tout de suite.

Kibanga sourit, impassible.

— Rien n'a été diffusé. Nos brouilleurs de portables sont assez efficaces. Maintenant, je vais vous laisser, mes amis. Les invités attendent.

D'un mouvement de menton, il fit signe à ses gardiens de maintenir les prisonniers assis dans leurs sièges.

— Vos invités ont tout vu, fit Nadget. Ils parleront.

— Je ne crois pas. La plupart me doivent tout. Ils y perdraient trop en me faisant du tort, y compris la santé. Ils connaissent bien les potions de la famille Kibanga, et n'ont aucune envie d'y goûter.

Sortant de sa poche intérieure un petit flacon de verre, il fit tourner le contenu verdâtre à la lumière, à hauteur des yeux de Nadget. Un parfum douceâtre d'amande en émanait.

Denis voulut se lever. Un deuxième gardien le plaqua sur son fauteuil.

— Si vous touchez un seul de ses cheveux, vous êtes un homme mort !

Kibanga eut un gros rire heureux.

— Mais ses cheveux seront épargnés, mon ami !

Il prit tout son temps pour dévisser le bouchon.

— Relâchez-la, ou vous allez tout perdre.

— Nous allons vous relâcher, Florin, rassurez-vous. Et vous, cessez de gigoter, je vais salir votre costume.

— Je connais du monde dans les médias.

— Ça m'est bien égal. Dans douze heures je serai à Brazzaville et vous, vous aurez rejoint ce brave Chignard et ces chiens de Mboundou au pays des songes. Ça doit être curieux, comme expérience. Il paraît qu'on ressent tout, mais que le cerveau n'arrive plus à donner un seul ordre. Magie congolaise !

Il lâcha un rire encore plus énorme, tandis que les gardes tentaient de dompter Nadget. Alors que l'un d'eux essayait de forcer sa mâchoire, la porte du salon s'ouvrit largement.

Personne derrière.

— Refermez, j'arrive ! lança Kibanga, irrité.

Pour toute réponse, la silhouette d'un laquais en costume XVIIIe se découpa dans le carré lumineux. À cause du contrejour, on ne distinguait de lui que ses épaules et un cou de taureau. Même de travers et trop petite, la perruque de ce faux Mozart était loin de le rendre ridicule – il en était même plutôt effrayant.

— C'est quoi ? aboya le fils Kibanga.

L'apparition le visa de son pistolet taser, puis tira. Foudroyé, Kibanga tressauta puis s'écroula en moulinant des bras, telle un insecte gazé. Un autre individu passa l'encadrement de la porte et lança deux cylindres vers le fond de la pièce. Surpris par l'explosion des grenades assourdissantes, les gardes furent électrocutés à leur tour et laissèrent bruyamment choir leurs pistolets.

Le tout n'avait duré qu'une poignée de secondes.

Denis savait parfaitement qui était cet homme à petite perruque et gros bras.

Il savait aussi *qui* lui avait donné l'ordre d'agir, mais il ne put déterminer si cette intervention le sauvait, ou si elle le plongeait dans une mélasse encore plus épaisse. Pour l'instant, cela lui évitait la catalepsie façon Kibanga, aussi suivit-il sans hésiter leur sauveur en masque à gaz. L'étage du dessous ressemblait aux Champs-Élysées après le départ du marathon, si ce n'est qu'à la place de bouteilles d'eau minérale, le sol était jonché de caviar et de restes épars d'une pièce montée.

Les invités avaient disparu dans l'épaisse nappe de fumigène rose, où ils se heurtaient les uns aux autres en toussant et crachant. Denis sentit une main se refermer sur la sienne et l'entraîner vers l'escalier.

Nadget.

Tandis qu'il pleurait trop pour déchiffrer son expression, leur faux Mozart les guida jusqu'à l'arrière de l'hôtel particulier, où attendait un homme en tenue de combat noire, cagoulé et ganté. De là, ils gagnèrent la rue Le Sueur où était stationné un van aux vitres teintées qui se perdit quelques minutes plus tard dans la circulation autour de l'arc de Triomphe.

— Reprenons depuis le début. Donc, vous vous rendez dans le magasin de M. Jean-Félix Mboundou, et vous lui demandez s'il a vu Denis Florin, c'est bien ça ?

— Affirmatif, répondit Müller avec un geste d'agacement qui la fit grimacer de douleur.

De sa mésaventure chez l'antiquaire, elle gardait de sourds élancements au sommet du crâne, mais surtout de la colère et de la honte. L'échec avait été total : elle avait eu l'occasion d'arrêter en flagrant délit les probables empoisonneurs du vieux Chignard et du neveu Mboundou, au lieu de quoi elle les avait piteusement laissés fuir. Pire, l'antiquaire avait été endormi à son tour, de la même façon.

Pour couronner le tout, on lui reprochait aussi d'avoir agi seule et hors de sa juridiction, sans l'accord du procureur. À peine entamée, sa carrière était compromise par ces libertés prises avec la procédure.

Deux vieux briscards lui faisaient face, enquêteurs aguerris de la prestigieuse section de recherches de Paris, dans un genre de bunker à Issy-les-Moulineaux.

— Vous savez que cela ne relève pas de votre compétence territoriale.

— Je vous ai déjà dit que je n'étais pas de service.

— Mais chez Mboundou, vous étiez bien en train d'enquêter, non ?

— Je suis en permission et je suis venue à Paris. Rien ne m'empêche de continuer à m'intéresser à une procédure sur un lieu de vacances, il me semble.

Les deux gendarmes échangèrent un regard fatigué. Trois heures qu'ils revenaient à la charge, avec toujours ce mur face à eux, qui ne leur offrait aucune prise. Comprenant que la Walkyrie ne lâcherait rien, ils se contentèrent finalement d'enregistrer son témoignage concernant l'agression de l'antiquaire Mboundou, puis la libérèrent. Aucune charge ne pourrait être retenue contre elle, aucune faute.

De retour le lendemain dans son petit deux-pièces à Villequier, Müller ne décolérait pas. Tout ce qui lui arrivait était la faute de ce Florin. Sous ses airs de crétin congénital, ce type était un menteur de profession, peut-être un homme dangereux, comme ces Américains, tranquilles pères de familles, qui se font prédateurs sexuels une fois la nuit venue. Ce trop-plein de banalité cachait quelque chose de suspect, elle en aurait mis sa main au feu. Elle se figurait un homme sous pression, prêt à exploser et à passer à l'acte à tout instant.

Par malheur, l'analyse des ordinateurs saisis lors de la perquisition avait conforté ses déclarations : Chignard avait réellement insisté pour voir son jeune ami, sans dire pourquoi. Ce dernier lui avait répondu qu'il était débordé, et qu'il le rappellerait plus tard.

Pour en savoir plus, il aurait fallu perquisitionner chez Chignard, mais le procureur refusait. Ce qui, compte tenu de leurs relations exécrables, n'était pas une surprise. La lieutenante décida donc de passer outre. Le soir venu, elle se métamorphosa en Catwoman – la combinaison moulante et les petites oreilles pointues en moins.

Après avoir inspecté les environs, la gendarme tout de noir revêtue escalada l'arrière de la maison, exactement comme Florin quelques jours plus tôt. Traversant le salon dans une pénombre bleutée, sous les mille regards de preux chevaliers dans leurs tableaux aux murs, elle se rendit directement dans le bureau de l'ancien sous-préfet.

Bien qu'énorme et digne de figurer en bonne place dans un musée de l'informatique, l'antique ordinateur fonctionnait parfaitement. Elle trouva le site Internet où étaient exposés les objets en vente de la collection Chignard, ainsi que les nombreux mails échangés avec l'antiquaire Mboundou.

Il s'agissait donc d'une histoire d'héritage. Avec probablement beaucoup d'argent à la clé.

Au fur et à mesure, elle photographiait les écrans. Ce qu'elle fit aussi avec le contenu du dossier d'héritage. Fouillant çà et là, elle exhuma les archives où Chignard répertoriait soigneusement ses souvenirs, ses passages en sous-préfecture, les inaugurations, les rapports de police. Tout cela n'avait aucun intérêt. Alors qu'elle pensait en avoir terminé, un dossier plus mince attira son attention, coincé entre deux recueils d'articles anodins.

GROUPE DU MANOIR, indiquait la couverture.

L'enquêtrice en étala le contenu sur le bureau. Des copies d'éléments ronéotypés. Des extraits d'archives militaires. Le cliché noir et blanc d'un militaire en Algérie, dans les années 1960. Un certain Raoul de La Villardière, sergent-chef à la 11e demi-brigade parachutiste de choc. D'autres pièces précisaient qu'il avait servi, puis instruit les recrues du 11e régiment parachutiste de choc, dit 11e choc, le bras armé du SDECE, les services secrets français[1].

Le dossier de Chignard évoquait aussi un certain Maurice Benguigui, né à Tlemcen, en Algérie, en 1937. Soi-disant consultant en téléphonie et en informatique pour diverses sociétés françaises, toujours contrôlées par l'État, il avait l'habitude de séjourner dans le monde entier, mais de préférence dans les pays en lien étroit avec la France, à la veille d'un coup d'État, d'un assassinat ou d'une libération d'otage.

Un certain Jacques Florin avait été officier du SDECE.

Il s'agissait du mari décédé de Colette Florin, et naturellement, tout ce petit monde se connaissait. D'autres photos le prouvaient, des relevés téléphoniques soulignaient leurs liens. Elle dégotta même l'extrait d'un courrier à l'en-tête de la présidence de la République, adressé à Colette. Et selon des relevés bancaires, l'argent semblait couler à flot sur cette association clandestine !

Müller se redressa avec une expression de triomphe.

Elle tenait un mobile. Quelque chose d'énorme qui expliquait tous ces mystères : Denis Florin et tous ses proches travaillaient pour les services secrets, dans l'ombre du pouvoir suprême ! Dès lors, bien des hypothèses étaient envisageables. Par exemple, on pouvait imaginer que Chignard avait été éliminé pour avoir découvert cette officine. On pouvait aussi penser que ces Africains aient été empoisonnés sur ordre de l'Élysée, par

1. Service de documentation extérieure et de contre-espionnage. Créé en 1945, il est remplacé depuis 1982 par la DGSE (Direction générale de la sécurité extérieure).

exemple pour complaire au clan Kibanga, dont chacun savait qu'il était soutenu par la France.

Elle frissonna, prise d'un vertige. C'était un scandale d'État, tout simplement. Un cabinet secret, contraire à toutes les règles de droit. Bien sûr, la lieutenante n'était pas naïve, elle savait bien que les pays avaient recours à toutes sortes d'expédients pour défendre leurs intérêts vitaux. Mais ce groupe semblait échapper à toute hiérarchie. Il avait même son propre système de financement, issu peut-être de la corruption ou de détournements massifs d'argent, car Denis Florin et les siens vivaient dans une aisance scandaleuse.

Or selon elle, même les services secrets devaient obéir à certaines règles.

Son sang de justicière ne fit qu'un tour. Son ambition aussi. Elle se voyait déjà remerciée et célébrée pour avoir dénoncé ces pratiques d'un autre âge qui pourrissaient la vie démocratique. Sans doute serait-il impossible d'utiliser les voies judiciaires habituelles pour dévoiler les preuves de ce scandale, mais elle se faisait un devoir d'essayer.

Quels que soient les risques.

Après une dernière hésitation, Müller emporta le dossier avec elle.

Palingénésie

Jusqu'à leur arrivée au sous-sol d'un immeuble discret du Champ-de-Mars, à moins de 10 minutes de l'hôtel particulier du fils Kibanga, Denis et Nadget n'échangèrent pas un mot.

Tous deux connaissaient le chauffeur du van : un colosse boudeur, habituellement vêtu d'une chemise à carreaux et d'un gilet de pêcheur du dimanche, mais pour l'heure en habit de satin. Ancien officier parachutiste et du SDECE, le service de contre-espionnage français, Raoul de La Villardière était responsable du service-action au sein du groupe du Manoir.

Le siège passager était occupé par une sorte de Raspoutine à la barbe aussi embroussaillée qu'un potager de zadiste. Dépassant allègrement les 80 printemps, comme Raoul, Maurice Benguigui était surnommé Momo. Spécialiste numérique du groupe, il était capable d'à peu près n'importe quel coup tordu du moment qu'il comportait un minimum d'électronique.

Ces deux hommes, au demeurant fort sympathiques, étaient des tueurs.

Après avoir vérifié que tout était tranquille dans le parking, aussi propre qu'une salle d'opération, ils prirent un ascenseur jusqu'à un appartement de luxe au dernier étage, tout de marbre et de moquette grège. Nadget n'aurait pas été surprise de tomber sur Jack Nicholson en parrain de la mafia irlandaise dans *Les Infiltrés*.

Au lieu de ça, une petite personne sirotait tranquillement sa tisane face à une baie vitrée avec vue sur les délicats entrelacs dorés de la tour Eiffel.

— Ah, vous voilà, fit Colette en se retournant avec un grand sourire, qui se figea aussitôt, un peu moqueur. Quelles drôles de tenues…

Mis à part Momo, en veste pied-de-poule assortie d'une atroce cravate verte, tous portaient encore leurs costumes à la Marie-Antoinette. Nadget jeta sa perruque d'un geste dépité, tandis que Raoul farfouillait déjà dans le bar de salon, derrière le comptoir en brique.

La vieille dame leur raconta comment ils étaient intervenus chez le fils Kibanga, dès qu'ils avaient compris que Nadget et Denis avaient l'intention d'y pénétrer.

— Vous avez eu beaucoup de chance. Lorsque j'ai su que ce marchand d'art avait été empoisonné, à Paris, j'ai demandé à Momo une surveillance renforcée sur l'hôtel particulier des Kibanga, pour essayer d'en savoir plus. Raoul a déclenché l'action dès qu'il vous a vus, j'avoue, à notre grande surprise. D'ailleurs, nous attendons toujours vos remerciements, sourit-elle avec malice.

Nadget et Denis grognèrent un petit merci.

— Tout de même, mon petit Denis, qu'est-ce qui t'a pris ? demanda Colette en pointant l'index. Est-ce que je n'ai pas promis de m'occuper de ton Chignard ?

— Je sais. Mais nous n'avons pas le temps pour ça. Demain matin, le fils Kibanga aura quitté la France, sans doute avec le masque qu'il a volé à Marcel. Jamais il n'acceptera d'avouer ce qu'il a fait, et encore moins de nous aider à soigner Chignard ou les Mboundou. C'est terminé !

Il était rouge de colère, et conclut d'un haussement d'épaule furieux.

— Ne t'inquiète pas, nous en reparlerons. Alors, qu'est-ce que vous prenez ? Un verre de vin blanc ? Du jus de fruits ? Nadget ? Vous ne dites rien.

— Je veux rentrer chez moi. Ça a assez duré vos conneries. J'ai un métier, j'ai une fille à élever et accessoirement, j'avais promis à ma baby-sitter de ne pas sortir plus d'une heure ou deux, parce qu'elle a des partiels demain. En plus, je suis crevée et je pars dans deux jours pour le Colorado. Alors raccompagnez-moi tout de suite et foutez-moi la paix avec votre truc secret à la con.

— Allons Nadget, ne vous fâchez pas. Votre petite fille est en sécurité.

À son air mi-figue mi-raisin, la jeune femme se raidit.

— Qu'est-ce que...

— Elle dort à l'étage. Rassurez-vous, cet appartement est très bien insonorisé...

— Putain de...

Pendant une seconde, Nadget parut sur le point d'exploser. Puis elle tourna les talons et l'on entendit ses pas claquer dans l'escalier tournant. Colette attendit quelques minutes pour la rejoindre, non sans ordonner aux hommes – surtout à Denis – de les laisser seules.

Le jeune homme acquiesça d'un air maussade. Déjà Raoul et Momo réchauffaient leurs pizzas au micro-ondes.

En entendant arriver Colette dans le couloir au premier étage, Nadget se retourna d'un bond, puis referma doucement la porte après un dernier regard sur Victoire, qui dormait d'un souffle paisible.

— Qu'est-ce qui vous a pris, vous êtes malade ? Qu'est-ce que vous avez fait à la baby-sitter ?

— Rien de méchant, rassurez-vous. Momo est assez doué en informatique. Il a machiné quelque chose pour qu'elle croie que vous lui aviez envoyé un texto. Quand je suis arrivée, votre baby-sitter a pensé de bonne foi que j'étais votre belle-grand-mère. Je l'ai payée au double du tarif, elle était très contente.

De surprise – chose assez rare chez elle – Nadget en demeura coite.

— Je devrais porter plainte pour enlèvement et usurpation d'identité.

— Ne soyez pas fâchée. Je sais que c'est un peu intrusif, mais j'ai préféré prendre mes précautions. Je ne voulais pas que Victoire risque quoi que ce soit avec les sbires de M. Kibanga.

Son expression soudain plus sérieuse fit frissonner Nadget, qui s'éloigna de quelques pas jusqu'à une grande lucarne qui donnait sur la tour Eiffel. Colette la rejoignit. La moquette étouffait leurs pas et le bruit de leurs voix.

— Moi aussi j'ai été maman. Je comprends que vous fassiez tout pour protéger votre fille. C'est normal.

— Foutez-moi la paix avec votre psychologie de magazine. Je ne veux pas être mêlée à vos trucs. Ni moi ni Victoire.

— Allons Nadget, soyez raisonnable. Vous y êtes mêlée malgré vous, et depuis longtemps. Vous savez bien qu'il est déjà trop tard.

La jeune femme sentit l'émotion monter, mêlée de colère. La vieille dame avait raison, évidemment. En s'introduisant chez le fils Kibanga – à cause de cet imbécile de Florin –, elle s'était mise en grand danger. Certes, Momo avait neutralisé les multiples caméras du système de surveillance, la rassura Colette, et il ne subsisterait aucune image de l'attaque, mais le fils du dictateur voudrait sûrement se venger. Il connaissait Florin et pourrait facilement remonter jusqu'à elle, d'autant plus aisément qu'elle était très présente sur les réseaux sociaux.

— Le combat reprend, ma chère Nadget. Je sais que vous n'en avez pas envie. Mais nous n'avons pas le choix.

La jeune femme se retourna lentement, un sourcil arqué. Une fine couche d'or venue de l'extérieur éclairait ses cheveux dénoués.

— Le combat reprend ? Ça veut dire quoi, ça ? J'ai juste essayé d'aider votre Denis. Rien de plus.

Colette souriait de cet air naïf qu'elle prenait toujours pour annoncer les catastrophes.

— Vous m'avez très bien comprise. Avec des gens comme Kibanga, on ne peut pas faire les choses à moitié. Il va falloir aller au bout de la mission maintenant. Nous allons devoir agir, le Président a été très clair.

— Le Président ? Quelle mission ?

— Il m'a ordonné de réactiver le groupe du Manoir. Et permettez-moi d'ajouter que nous comptons beaucoup sur vous, même si ce ne sera pas de tout repos.

Une résolution de fer brillait dans son regard, ce genre de résolution qu'aucune force au monde ne peut arrêter.

Dans le silence qui suivit, la jeune femme entendait presque vibrer son cœur. Elle glissa un regard déjà nostalgique vers la chambre où dormait Victoire.

Hoplomachie

— Bien, parlons net, annonça Colette après une dernière bouchée de mousse au chocolat.

Le groupe lui faisait face, affalé dans les gigantesques canapés du duplex : Momo, la barbe constellée de sauce tomate et de crème glacée ; Nadget et Raoul toujours en soie brodée et dentelle ; Denis, qui semblait somnoler, maussade et l'œil vague.

— Alors, qu'est-ce qu'on fait maintenant ?

— Je ne sais pas, tu as une idée ? riposta Colette d'un ton aigre.

— Mais oui, bien sûr : on va voir les Kibanga à Brazzaville et on leur demande poliment d'avouer leurs crimes en France ? Et pendant qu'on y est, on leur demande l'antidote du poison qui leur permet de régner depuis un siècle ?

— Ce n'est pas une mauvaise idée, sourit Colette.

Ignorant l'expression stupéfaite de son petit-fils et celle déjà résignée de Nadget, elle adressa un signe à Momo, qui n'attendait que cela. Il revint quelques instants plus tard avec son ordinateur portable qu'il connecta à un vidéoprojecteur à la vitesse d'une machine robotisée dans une usine asiatique.

Un écran lumineux s'afficha sur le mur, entre deux posters bariolés. Puis apparut la forme reconnaissable entre mille du masque sacré, avec ses stries grises et son expression mystérieuse.

Le silence se fit tandis que le barbu pointait la lumière rouge d'un laser sur l'image.

— Ça, c'est la seule photo qui existe du masque punu, expliqua-t-il. Elle a été prise en 1967 par un Anglais, qui a toujours refusé de dire où il l'avait faite.

— Mais c'était forcément chez Chignard, compléta Raoul qui descendait les escaliers d'un air ronchon. Ce gus avait une maison à Deauville, pas loin de Villequier. Ils ont dû se rencontrer dans le coin.

Momo pointa son laser sur les joues du masque.

— Vous voyez les rayures, là ? En même temps, il remplaçait la photo par une représentation 3D du masque, sous forme de quadrillage bleu sur fond noir. J'ai modélisé le machin avec les dimensions exactes, dit-il en faisant tourner l'image en tous sens, avant de la grossir. Comme vous voyez, les rainures sur les joues sont toutes différentes. Ça, c'est la photo du masque mis en vente par Chignard, sur son site Internet. (Il afficha une autre image). Je l'ai modélisée elle aussi. Et regardez les petites rainures…

La 3D donnait l'impression de survoler un immense vaisseau spatial, tant les détails paraissaient énormes. De toute évidence, les stries sur la photo la plus récente étaient toutes identiques.

— Le masque qu'on a volé à Chignard était un faux, murmura Denis.

— Très bien imité. Mais un faux, sans doute produit par une imprimante 3D dernière génération, se rengorgea Momo en se grattant la barbe.

Il cliqua de nouveau sur sa souris, faisant apparaître des échanges de mails entre Chignard et un certain Mark Zhou, responsable de la fabrication chez ITC Industries, à Shenzhen, province de Guangdong, Chine. Ce M. Zhou promettait à l'ancien sous-préfet de lui fournir des moulages *dotés d'une reconnaissance énorme dans les grandes entreprises autour le monde entier*. Sa logistique était meilleure que ses traductions, car il avait livré moins de 10 jours plus tard une trentaine de copies du masque sacré chez le vieil homme.

Nadget fit la moue.

— Kibanga aurait volé une copie ? Et il n'aurait rien remarqué ?

— D'abord, ces reproductions sont très bien faites, reprit Colette. Ensuite, M. Kibanga n'a rien d'un expert en art africain. Veuillez rallumer, mon cher Raoul.

Lorsque la lumière se fit, le gros bonhomme tenait entre ses pattes d'ours un objet de forme ovale. Le masque authentique, qui semblait irradier de puissance, comme si ses deux yeux fendus les dévisageaient du fond des âges, des tréfonds de la Terre elle-même. Aucun doute n'était possible.

Raoul expliqua qu'il l'avait trouvé sans difficulté chez Chignard, bien protégé dans un emballage au fond de la caravane vermoulue, dans son jardin.

Cependant, Colette s'était placée à ses côtés.

— J'ai une grande annonce à vous faire, dit-elle non sans gravité. Maintenant que nous avons le vrai masque, nous allons tous au Congo pour le remettre au président Kibanga.

Denis se leva d'un bond, comme piqué par un scorpion.

Contrairement à Raoul et Momo, heureux comme des gamins à l'heure de la récréation. Nadget aussi se releva, toute pâle et sur le point de lâcher tous les jurons qu'elle connaissait – et même d'autres.

— Rendre ce truc à cette ordure ? Là-bas ? Vous êtes sérieuse ?

— C'est un ordre du président de la République. Nous sommes à peu près les seuls à pouvoir exécuter de genre de mission. Mais ne vous inquiétez pas, je vais tout vous expliquer.

Nadget et Denis échangèrent un regard consterné.

Le groupe du Manoir était bel et bien réactivé.

Troisième partie

Sur le Gange ou l'Amazone
Chez les blacks, chez les sikhs, chez les jaunes
Voyage, voyage
Dans tout le royaume

Desireless / *Voyage voyage*

Safari

Lorsque les énormes roues de l'Airbus rebondirent sur la piste de l'aéroport international de Maya-Maya à Brazzaville, Denis flottait toujours dans un certain sentiment d'irréalité. Il aurait été incapable de dire s'il était heureux ou non, mécontent ou pas.

Certes, il ne regrettait pas de devoir abandonner quelque temps la fastidieuse rédaction de son ouvrage sur les plantes (qui d'une certaine façon le changeait fort peu de sa morne vie notariale d'autrefois), mais l'idée de restituer au président congolais le masque sacré punu lui plaisait beaucoup moins.

Colette ne lui avait pas vraiment laissé le choix : soit ils partaient en Afrique, soit elle le laissait se débrouiller seul face aux gendarmes. L'idée de devoir affronter la Walkyrie Müller avait pesé lourd dans la balance au moment de la décision…

À présent, il se contentait de savourer l'instant, en l'occurrence la présence de Nadget quelques rangées devant lui, même s'ils voyageaient séparément, et n'avaient échangé que quelques regards furtifs depuis le décollage.

Elle aussi avait été plus ou moins contrainte d'accepter la mission, mais ne semblait guère le regretter. Son départ, lui avait dit Colette, était déjà arrangé avec son agence d'influenceurs. Un mystérieux interlocuteur leur avait fait comprendre que leur star devait s'absenter quelques semaines, et qu'ils feraient mieux de ne pas s'y opposer s'ils voulaient que leur société continue à prospérer.

Quant à Momo et Raoul, ils étaient naturellement enchantés de reprendre du service.

À travers le hublot, Denis regardait la piste défiler à vive allure. Le Président avait insisté, selon Colette. Il voulait absolument faire un geste pour renforcer les liens d'amitié entre la France et Kibanga.

— Renforcer ce pourri, et pourquoi ? Ce mec est un voleur et un empoisonneur ! Et le masque va lui donner encore plus de pouvoir !

— Ma chère Nadget, il s'agit de diplomatie et pas d'un concours de morale. Nous devons agir selon les intérêts de notre pays, pas juger nos interlocuteurs.

— Et leurs crimes en France ? Chignard, les Mboundou ?

— C'est notre deuxième objectif, mon petit Denis, et crois-moi, je ne le perds pas de vue. Le Président m'a autorisée à négocier pour obtenir un antidote auprès des Kibanga. Il paraît que ce genre de catalepsie provoquée se soigne très facilement, quand on connaît le mélange d'origine.

— Peut-être. Et s'il se contentait de nous voler le masque ?

Le visage de Colette s'était fermé.

— J'ai pris mes précautions. Raoul et Momo vont assurer notre sécurité physique et numérique. Et rassurez-vous, nous aurons du soutien sur place. Ne vous en faites pas, je sais très bien qui est Kibanga et quels sont ses procédés.

Le groupe du Manoir avait donc pris l'avion, sous divers motifs. Denis prétendait préparer un livre sur les plantes tropicales du pays Mbé et accompagnait sa grand-mère, qui devait rencontrer les planteurs de miel du département du Likouala, tout au nord du pays ; Nadget et sa punkette assistante avaient programmé un shooting dans un parc national, au contact des gorilles de plaines de l'ouest ; Raoul était en voyage d'agrément, la bedaine comprimée dans une veste de chasse, tel Clark Gable dans *Mogambo* ; Momo, enfin, utilisait sa couverture habituelle de représentant d'une société informatique.

La cheffe avait décidé qu'ils s'ignoreraient les uns les autres, pour plus de discrétion.

Aussi Denis se retrouva-t-il seul avec Colette après l'atterrissage, son petit sac à dos jeté sur l'épaule. Lui qui s'attendait à quelque chose de très coloré et vivant fut assez déçu, ne remarquant ni tam-tams ni boubous, mais une aérogare tout de verre et d'acier aussi chaleureuse qu'une morgue.

Les voyageurs, principalement des Congolais, faisaient grise mine et chuchotaient entre eux à voix basse, ce qui lui sembla de mauvais augure. Il ne retrouva ses compagnons qu'au tapis à bagages, dans un hangar étrangement désert.

Raoul et Momo se tenaient à l'écart. Nadget s'éloignait déjà, valise en main, flanquée de la touffe de cheveux violets de son assistante.

Juste avant d'arriver à la douane, Denis fut soudain séparé de sa grand-mère, et surpris de découvrir les guichets étroitement surveillés par une trentaine de soldats armés de kalachnikovs.

— Les Cobras..., murmura un voyageur tout près de lui. Faites tout ce qu'ils vous disent, ils ont la gâchette facile...

Le jeune homme frissonna. Son interlocuteur, un homme d'affaires en chemise blanche impeccable et lunettes fumées Dolce & Gabbana, semblait particulièrement nerveux.

— Qu'est-ce qui se passe ?

— Je n'en sais rien, je n'ai jamais vu ça. Il paraît qu'ils sont là depuis ce matin et qu'ils arrêtent des gens, surtout des Blancs. Tous les vols internationaux sont annulés. Ça sent très mauvais.

Il prit alors la tangente, préférant sans doute ne pas être vu en compagnie d'un *Toubab*. À cet instant, Denis pâlit. Un grand soldat venait de l'arrêter du canon de son fusil. Il lui indiqua de la même façon un coin à l'écart, où il prit tout son temps pour examiner son passeport, puis sa lettre de mission à l'en-tête de sa maison d'édition.

— Quelque chose ne va pas ? demanda le jeune homme en s'efforçant de paraître détaché.

Le militaire haussa les épaules en lui rendant ses papiers, et Denis se retrouva de l'autre côté de l'immense verrière du hall des arrivées, où planait un étrange silence. Colette et Nadget avaient disparu, et les deux autres aussi.

Les Cobras, il ne l'ignorait pas, étaient le nom de la milice armée du Vieux Crocodile. S'agissait-il d'un genre de coup d'État ? Certes, ils s'étaient renseignés avant le départ, et savaient que le pays s'agitait beaucoup à la veille des élections présidentielles. Mais rien ne laissait présager que le président Kibanga fasse appel à ses milices armées. S'était-il produit quelque chose durant les dernières heures ?

Denis, qui cherchait toujours ses compagnons du regard, se figea soudain.

Une forte troupe armée se dirigeait droit sur lui. Il s'apprêtait à fuir, sans grand espoir d'ailleurs, lorsqu'au milieu de tous ces hommes il aperçut Raoul, plus surveillé qu'un ennemi public N°1. Momo avançait derrière, l'air parfaitement détendu. Ils disparurent par une porte entre deux comptoirs d'embarquement.

Le jeune homme entendit la voix de Nadget, toute proche :

— Reste pas planté là. On se casse.

Elle l'avait frôlé sans le regarder. Il la vit s'acheter une bouteille d'eau fraîche à l'un des marchands du hall, puis sortir d'un pas égal. Revenu à lui, il la suivit dehors, avec l'impression d'entrer dans un four. La nuit brusquement tombée les enveloppait d'un air irrespirable, fait de poussière et d'émanations de pots d'échappements. De nombreux soldats armés erraient, nonchalants au milieu de ce chaos.

Nadget l'attendait avec son assistante, ainsi que sa grand-mère, dans le minicar de l'hôtel Radisson.

— Qu'est-ce qu'on fait pour...

— On ne peut rien pour eux, coupa Colette en faisant signe au chauffeur de démarrer.

Le silence retomba brusquement dans le van, où le chauffeur avait monté si fort la clim que Denis s'étonnait de ne pas voir du givre sur les vitres.

— Je me suis renseignée, dit Colette, alors que la navette traversait un quartier résidentiel assez chic. Comme vous savez, Kibanga avait l'intention d'organiser un meeting géant au centre de la capitale. Or, le bruit a couru hier soir que son principal concurrent, le pasteur Mboundou, voulait lui aussi rassembler ses partisans à Brazzaville, mais on le lui a interdit. En réaction, les étudiants se sont mis en grève, et ce matin, le Vieux Crocodile a verrouillé la capitale avec ses Cobras. Il leur fait plus confiance qu'à l'armée. Le problème, c'est que Mboundou a lui aussi sa propre milice, les Ninjas. Je crains que tout cela ne tourne très mal...

Nadget et Denis échangèrent un coup d'œil. Ils comprenaient mieux maintenant pourquoi le vieux président Kibanga voulait absolument ce masque. Pour se maintenir au pouvoir, il devait frapper les esprits, et montrer sa supériorité.

Alors qu'ils abordaient un genre d'autoroute, le conducteur ralentit. Deux pick-up rouges de latérite apparaissaient en travers de la route, dans le seul phare en état de marche du minibus qui freina dans un crissement suraigu de freins. À peine s'immobilisait-il dans un dernier cahot qu'une quinzaine de miliciens Cobras surgirent, les uns armés de machettes, les autres prêts à tirer, le doigt sur le pontet. Tous portaient des amulettes au cou et leurs yeux étaient injectés de sang.

— Surtout, ne vous énervez pas, murmura le chauffeur, ils sont complètement camés.

Denis vit Nadget se raidir, le front luisant dans l'obscurité, son assistante à ses côtés plus pâle et gothique que jamais. Seule Colette affichait un calme sourire, l'expression d'une spectatrice légèrement impatiente au début d'une représentation.

Sur ordre des Cobras, le chauffeur ouvrit les portes arrière à la chaleur brûlante de la nuit. Deux minutes plus tard il ne leur restait plus rien : plus de valises, de sac à dos, de portefeuille et de cartes bancaires, plus aucune montre, aucun bijou ni téléphone portable.

Ni de masque sacré.

Le chauffeur retint Colette, qui faisait mine de protester.

— Non. Il n'y a rien à faire. S'il vous plaît.

Une petite foule occupait maintenant la chaussée. Une dispute éclata entre des miliciens, qui s'arrachaient les vêtements de Nadget destinés aux prises de vues. Denis sentit alors un poids sur lui : l'assistante s'était effondrée comme une poupée molle, les yeux révulsés.

Ils repartirent.

Jusqu'à l'hôtel, personne ne prononça un mot.

Avarie

De tous les naufragés, la plus ébranlée fut de loin Mermaid, la minuscule assistante de Nadget. Après avoir fini le trajet dans les bras de Denis, elle s'enfuit devant l'hôtel pour se cacher sous un massif jaune et or de becs-de-perroquet, au bord de la piscine.

Puis elle accepta de prendre un calmant, à condition que Denis le lui donne et l'accompagne dans sa chambre, lui et lui seul. À présent alitée, elle serrait les dents et tremblait de tous ses membres, telle une droguée en plein *bad trip*.

— Je vais mourir ? souffla-t-elle.

Le jeune homme sentait ses petits doigts écraser son poignet, plus fort qu'une serre de faucon. Son fin visage était trempé de sueur. Elle avait exigé qu'il coupe la climatisation.

— Je vais mourir, c'est ça ?

— Mais non. Vous avez eu un choc émotionnel. Demain, vous aurez tout oublié.

— Je te connais, tu sais. Je te connais depuis la primaire. Je t'ai toujours aimé.

Au début surpris par ses délires, Denis se contentait maintenant d'approuver gentiment. Au bout d'un long moment, le souffle de la jeune fille se fit plus régulier et ses paupières violettes s'abaissèrent.

Il retrouva Nadget dans la chambre de Colette. Rien qu'à sa façon de lui tourner le dos, assise devant son plateau-repas, il sut qu'elle lui en voulait.

— Ça y est, c'est fini les bisous ? lui lança-t-elle d'un ton acide.

Elle observait obstinément l'immense fleuve au pied de l'hôtel. Au loin sur l'autre rive, on devinait Kinshasa, l'ancienne Léopoldville, capitale de la République démocratique du Congo. Bien que troisième mégapole d'Afrique avec ses près de 18 millions d'habitants, on voyait peu d'éclairage et de circulation.

— Ce n'est pas ma faute si ton assistante a les nerfs fragiles, répondit Denis en entamant un club-sandwich.

— Heureusement, tu la rassures en la tripotant.

— Je ne l'ai pas *tripotée*. Elle s'était évanouie.

— Pauvre type.

— Allons mes enfants, du calme, intervint Colette d'un ton sec. Nous avons bien mieux à faire qu'à nous chamailler.

— Comme quoi ? Reprendre l'avion pour Paris ?

— Déjà ? Pas très courageuse, madame la grande journaliste.

— Toi, ta gueule. D'abord je ne suis plus journaliste. Ensuite, Raoul et Momo sont arrêtés, et on n'a plus le masque. Je me suis fait piquer tout mon matos et mon assistante a pété les plombs. Alors on est censés faire quoi ?

— Il est vrai que la situation est délicate, reconnut Colette en se levant pour remplir une petite bouilloire électrique. Un peu de thé ?

Nadget et Denis échangèrent un coup d'œil estomaqué.

— Délicate ? Et si Kibanga fusille vos deux potes, ce sera quoi ? Contrariant ?

Colette finit d'ébouillanter son sachet. Sa fine silhouette apparaissait à peine dans le contre-jour.

— Pour Raoul et Momo, mes enfants, soyez tranquilles. Le quai d'Orsay est averti, Kibanga n'osera pas leur faire du mal. Je suppose qu'ils seront bientôt expulsés à Paris, j'espère le plus vite possible. Pas de thé ? Vraiment ?

Comme ses deux hôtes secouaient la tête, sidérés par son espèce de détachement surnaturel, elle reposa sa bouilloire.

— Mais on fait quoi maintenant qu'on s'est fait piquer le masque ?

Colette arrêta de touiller son thé.

— Oh, je ne vous avais pas dit. Nous avons rendez-vous demain avec le président Kibanga.

Ses deux interlocuteurs échangèrent un regard atterré. La pauvre grand-mère avait perdu tous ses repères, comme Mermaid. Elle avait oublié qu'ils n'avaient plus le fétiche.

Reposant sa tasse fumante sans un mot, Colette trottina jusqu'à sa penderie, dont elle revint avec une boîte en carton grossièrement entourée de scotch marron. Celle-ci était marquée de tampons douaniers, l'adresse notée sur un autocollant DHL, qu'elle entreprit de cisailler.

— Je me doutais que nous risquions des entourloupes, fit-elle en écartant les bords. Je me suis dit qu'une livraison express pourrait nous être utile. J'étais un peu sceptique, mais en fait ça marche très bien. Finalement, la mondialisation n'a pas que de mauvais aspects.

Plongeant les mains dans l'emballage éventré, elle en sortit un objet dans un flot neigeux de particules en polystyrène.

— Colette… Ne me dis pas…

— Que je dise quoi ?

Dans une pétarade joyeuse, elle découpait au ciseau l'emballage en film bulle, avec les gestes délicats d'une sage-femme.

— Toi, le Précieux, nous te rendrons dès demain au président Kibanga, murmura-t-elle en élevant le masque punu dans la pénombre.

Il semblait irradier plus que jamais, comme si le retour en terre d'Afrique lui redonnait enfin sa puissance perdue.

Perfidie

La lieutenante Müller contemplait un cafard géant qui remuait ses antennes, entre ses deux baskets. Peu satisfait de ce qu'il reniflait, il repartit retrouver ses nombreux et monstrueux congénères dans un coin de la cellule. Depuis combien de temps croupissait-elle ici ? Au moins 24 heures, à en juger par ses crampes d'estomac, sa soif dévorante et ses vêtements trempés de sueur.

Elle s'épongea le visage, furieuse.

Longtemps, elle avait réfléchi à un moyen de coincer Denis Florin et son petit groupe clandestin. Mais comment démontrer l'existence d'une association secrète, qui plus est protégée en haut lieu ? Pas question d'alerter sa hiérarchie ou le procureur : les rares preuves qu'elle possédait, ce mince dossier trouvé chez Chignard, provenaient d'une perquisition illégale et par conséquent inutilisables dans une procédure.

Il lui fallait donc autre chose.

La chance lui avait souri quelques jours plus tôt, lorsqu'un de ses camarades de promotion qui travaillait à la préfecture de Seine-Maritime l'avait rappelée :

— Dis-moi, tu t'intéresses toujours à Colette Florin ?

Estelle Müller avait senti une vague de plaisir lui parcourir le dos.

— Je t'écoute, avait-elle répondu.

— Elle a demandé des visas en urgence pour le Congo. En principe, elle n'aurait jamais dû les obtenir dans un délai si court, mais le préfet a fait passer la demande en priorité. Il y en avait d'autres pour son petit-fils, pour un certain La Villardière, et un Maurice Benguigui, ça te parle ?

— Affirmatif, avait laissé tomber Müller avant de le prier de conserver les preuves de ce qu'il venait de lui apprendre.

Les choses lui semblaient claires : si le préfet – et donc l'État – appuyait cette demande urgente de passeports, c'est que le groupe du Manoir se rendait en mission au Congo. Qu'allaient-ils y faire ? Assassiner quelqu'un pour le compte de Kibanga ? Perpétrer un attentat ? Préparer un coup d'État ?

Elle l'ignorait bien sûr, mais en suivant le groupe sur place, elle aurait peut-être une chance de l'apprendre, et de démontrer ainsi son existence. Après avoir elle aussi obtenu son précieux tampon, grâce à cet ami fonctionnaire, elle avait donc pris l'avion pour l'Afrique. Mais dès son arrivée, les Cobras l'avaient arrêtée et jetée dans le sous-sol sordide d'un bâtiment du centre de Brazzaville.

Elle ne doutait pas d'avoir été trahie, peut-être par son contact à la préfecture. Cela ne faisait que renforcer ses soupçons sur ce cabinet noir, et les importantes protections occultes dont il bénéficiait. Alors qu'elle s'apprêtait à repousser une nouvelle attaque de cafards, la porte de sa cellule s'ouvrit dans un fracas caverneux.

Une ombre se découpait dans le contrejour violent.

L'ombre était armée d'un fusil d'assaut et lui fit signe de se lever.

Raide comme un piquet, Müller suivit le grand soldat jusqu'à l'air libre – si tant est que l'on puisse appeler ainsi la chaleur étouffante qui la cueillit dehors. Elle était trop fière et trop en colère pour se plaindre de la soif ; et sa langue, énorme et desséchée, aurait de toute façon refusé de bouger. On la poussa dans une vieille Mercedes qui s'enfonça bientôt dans un quartier huppé aux larges rues plantées de manguiers et de flamboyants. Puis ils franchirent un portail sous l'œil de vigiles armés avant de suivre une longue allée bordée de pelouse fraîche.

Au bout se dressait une villa de marbre et d'or, à peine plus modeste que le Taj Mahal.

On la poussa jusqu'au sous-sol, un genre de hall de gare fait de marbre. Un petit-déjeuner semblait l'attendre sur une table basse, une vision paradisiaque avec ses jus de fruits frais et ses bouteilles d'eau minérale luisantes de condensation. Mais elle refusa stoïquement le verre qu'un garde lui tendait.

Un petit homme l'observait avec froideur.

Il portait un costume clair, le menton en avant comme un éperon de galère de combat, l'air fâché. Ses mandibules frémissaient sans arrêt, comme s'il mastiquait des insultes avant de les recracher.

— Vous ne buvez pas ?

— Qui êtes-vous ?

Le petit homme se détourna vers la piscine, de l'autre côté de la haute baie vitrée.

— Je m'appelle Bachelu. Je représente les intérêts du président Kibanga. Qu'êtes-vous venue faire ici, mademoiselle Müller ?

— Vous n'avez pas le droit de me poser ces questions.

Son interlocuteur la dévisagea avec étonnement. Puis, se détournant, il lança un appel, et l'un des vigiles revint bientôt, porteur d'un mince dossier que Müller reconnut en pâlissant.

— Nous avons retrouvé ceci dans vos bagages. C'est tout à fait intéressant. Fascinant même.

Il étala le contenu de la chemise sur une table basse : des pages de notes, quelques photos de Colette et Denis Florin, une autre de Nadget, un vieux cliché de Raoul en uniforme de parachutiste, dans les années 1960.

— Vous ne dites rien ?

— Je n'ai rien à vous dire. Ce sont juste des copies. Rien ne dit qu'elles soient authentiques.

— Je suis certain du contraire. Qu'êtes-vous venue faire au Congo, mademoiselle Müller ?

Elle le fixa de ses pupilles glacées. Son hôte frémit malgré lui.

— Puisque vous ne voulez pas parler, je vais vous le dire, se reprit-il. Vous êtes ici parce que vous vous intéressez à Mme Florin et ses amis. Vous êtes officier de gendarmerie, mais il ne s'agit pas d'une enquête officielle, n'est-ce pas ? Vous êtes venue seule, et c'est très imprudent. Qui va s'inquiéter de vous ?

Saisie par ces menaces même si elle n'en montrait rien, Müller sentit un grand froid l'envahir. D'un coup, tout son excès d'orgueil lui revenait en pleine figure, ces années passées à se méfier des autres, à refuser le travail en équipe, à n'écouter que son instinct, et maintenant à mener seule cette enquête, sans en informer quiconque.

Pour la première fois depuis très longtemps, elle se sentit toute petite, comme une souris face à un cobra.

— J'exige d'être conduite à l'ambassade, murmura-t-elle d'une voix mal assurée.

— On va vous y conduire, ne vous inquiétez pas.

— Quand ?

— Quand vous aurez déjeuné, sourit Bachelu.

— Je déjeunerai plus tard. Rendez-moi ce dossier, il ne vous appartient pas.

— Maintenant, si. Et il va m'être très utile, croyez-moi. Je vais devoir vous laisser, lieutenante, mais laissez-moi vous remercier du fond du cœur. Et n'oubliez pas votre petit-déjeuner.

Il souriait avec une sorte de mépris teinté de cruauté. Pourquoi tant insister sur le petit-déjeuner ?

Elle le comprit très vite lorsque, comme par enchantement, deux hommes firent leur apparition, bâtis en Hercule. L'un d'eux tenait en main un petit flacon de plastique, rempli d'un liquide verdâtre.

Sortie

Depuis son arrestation surprise à l'aéroport, Raoul n'avait pas prononcé le moindre mot. Après une nuit passée dans une prison crasseuse à Brazzaville, un pick-up bourré de miliciens le reconduisit à l'aéroport, où il retrouva Momo dans le local de police du hall d'embarquement, en compagnie d'autres Blancs expulsés.

À ses poches sous les yeux et à sa chemise à fleurs chiffonnée, lui aussi avait dû dormir en cellule. Les deux hommes s'ignorèrent tandis que Raoul faisait déjà ses calculs, ses gros poings serrés : le temps de rentrer à Paris, de reprendre un vol dans l'autre sens vers Kinshasa, en République du Congo, séparée de Brazzaville par 25 minutes de ferry, il lui faudrait au moins deux jours entiers.

Et d'ici là, tout pouvait arriver à Colette et aux autres.

Il examina la salle. Arracher son arme à son plus proche gardien, passablement éméché, ne présentait pas de difficulté. Il arroserait la salle de police et volerait la première voiture venue devant le hall. Mais après ? Momo, qui le surveillait, lui fit *non* du coin de l'œil.

Comme lui dirent *non* les dizaines d'yeux ronds des fusils d'assaut, aux bras des Cobras.

Une annonce retentit : le vol à destination de Paris.

On les poussa vers le comptoir d'embarquement. Raoul se voyait sauter par-dessus l'ordinateur de l'hôtesse, arracher sa matraque à un policier. L'assommer et…

— Bon voyage, monsieur de La Villardière.

Il grogna le mot de Cambronne et se laissa pousser vers la passerelle.

Puis tout s'arrêta.

On le tira en arrière pour le reconduire dans le hall, vers un groupe armé. Certains des hommes appartenaient aux forces régulières, les autres étaient des miliciens aux torses couverts d'amulettes. Les derniers étaient occidentaux, armés de fusils d'assaut AKS-74U à crosse repliable – ils avaient le calme et le physique de soldats professionnels.

À leur aspect glacial, Raoul déduisit qu'il s'agissait de mercenaires russes appartenant à la fameuse société privée paramilitaire *Günther*, la plupart anciens de Tchétchénie, du Donbass ou de Syrie.

Tout ce petit monde entourait un nain en costume gris et à la mâchoire proéminente.

— Raoul de La Villardière, je présume ? fit ce dernier en l'examinant de pied en cap. Et vous, vous êtes Maurice Benguigui ?

— C'est écrit sur nos passeports. Et vous, c'est quoi votre blaze ?

— Mon nom est Bachelu, conseiller spécial du président Kibanga.

— D'accord. Et vous voulez quoi, vous et vos gugusses ?

Bachelu exhiba sa dentition parfaite.

— J'ai décidé de ne plus vous renvoyer en France, vous et votre ami Benguigui. Je crois que vous me serez plus utiles ici.

— Ah ouais. Et si on n'a pas envie ?

— Je crains que ce ne soit pas la question.

Raoul haussa une épaule dédaigneuse avant de citer de nouveau Cambronne.

Momo affichait un bon sourire, tout à fait contraire à son état d'esprit. Car de toute évidence, ce retour à Brazzaville n'annonçait rien de bon.

Coquinerie

Denis poussa son chariot croulant de boissons chaudes, de viennoiseries, de fruits et de jus d'hibiscus jusqu'au lit de Mermaid. Non seulement la jeune assistante refusait toujours de sortir de sa chambre, mais elle exigeait que l'ancien notaire soit le seul à y pénétrer.

Elle le regarda lui servir un thé, l'air mourante, telle la Dame aux camélias au dernier stade.

— Ça va mieux ?

Elle hocha la tête en prenant la tasse, mais refusa quoi que ce soit d'autre.

— Vous devriez manger un peu, quand même.

— Je me souviens de vous, murmura-t-elle, ses doigts fins serrés sur la porcelaine. Je me souviens de chaque instant...

Denis n'écoutait que d'une oreille, désormais habitué à ses hallucinations. (Selon le médecin de la société de vols sanitaires, il s'agissait d'un cas courant de *syndrome du voyageur.*) En réalité, il s'inquiétait surtout de la tournure que prenait leur mission, contrairement à Colette, inébranlable d'optimisme :

— Ne te tracasse donc pas autant, lui avait-elle dit un peu plus tôt, alors qu'ils prenaient un café avec Nadget devant la piscine. Nous allons négocier avec M. Kibanga comme prévu. Il nous donnera un antidote pour ton ami Chignard et en échange, il récupérera son masque.

Le jeune homme observait les barges sur le fleuve, dubitatif.

— Il n'y a rien à négocier. Il nous prendra le vrai masque dès qu'il saura que nous l'avons, et c'est tout.

Nadget semblait du même avis, renfrognée dans son fauteuil d'osier.

— Allons, ne doutez pas autant mes enfants, sourit Colette. Nous allons nous en sortir et ton ami Chignard aussi. Tout est prévu.

Denis s'étonnait toujours de sa force de caractère, de son sourire en toute circonstance et de son dédain des peurs ordinaires. Il s'en émerveillait même, tout autant que Nadget. Le reste de la conversation s'était déroulé tranquillement, comme s'il n'y avait aucun danger, et qu'ils n'étaient ici qu'en voyage d'agrément.

— Vous ne vous souvenez de rien ? reprit Mermaid qui observait Denis, larmoyante.

— De rien, à quel propos ?

— Moi j'étais au CP et vous en cinquième, je vous regardais par les grilles à la Providence... Vous avez tout oublié ? Je vous faisais des signes Je vous avais laissé des mots. La famille de Fontbellerie, vous avez déjà vu ce nom...

Le jeune homme fronça un sourcil, surpris de retrouver par hasard d'aussi lointains souvenirs. En effet, la cour de son collège donnait sur celle des primaires de La Providence, à Bolbec. Il revoyait bien les petites têtes d'élèves curieux, à travers la grille de fer entre les deux établissements.

Mais il n'y avait remarqué personne en particulier...

— Ma famille est de Fécamp. Les Fontbellerie sont alliés aux Florin depuis Louis XIII... Je vous aime Denis... Je vous ai toujours aimé...

Certes, il avait vu passer des dossiers au nom de cette vieille lignée, lorsqu'il était encore notaire. Et il se remémorait de grands mariages, avec des demoiselles d'honneur en robe blanche. Mais il ne conservait aucun souvenir d'une Marie-Madeleine, de billets d'amour pourtant glissés, jurait-elle, dans les poches de sa jaquette de cérémonie.

Que lui dire ? Que trop de temps avait passé depuis ? Que ses pensées étaient occupées par autre chose, et surtout quelqu'un d'autre ?

La petite assistante n'attendait pas réellement de réponse. Lui attrapant la main, elle se redressa soudain sur son lit, seulement revêtue d'une petite culotte rose, le corps dépourvu de tout piercing ou tatouage, bien plus épanoui que ne le laissait supposer son accoutrement d'adolescente androgyne. Profitant de sa sidération, elle l'enlaça et l'entraîna sur le matelas, l'enfourchant de ses cuisses de fer.

— Je ne suis pas sûr que ce soit une bonne idée, murmura Denis sans oser se débattre – il avait trop peur d'une réaction violente.

Mermaid le fixait d'un œil de braise. Elle lui releva d'un coup le tee-shirt jusqu'au menton, mais fut bientôt interrompue par un hurlement de rage.

Nadget ressortit en claquant la porte, s'éloignant dans un flot de jurons les plus grossiers que Denis ait jamais entendus.

— Espèce de salaud. Espèce de porc dégueulasse. Harceleur. Obsédé.

— C'est fini ? Je peux parler ?

Ils luttaient farouchement à l'entrée de la suite de Colette, l'un dans le couloir pour ouvrir le battant, l'autre dans la chambre pour l'en empêcher.

— Dégage de cette porte, espèce de connard.

— Je ne suis pas un connard ! Ton assistante est dingue, je n'y peux rien.

— C'est toi qui es malade. Tu te laissais faire. Lâche ce truc ou je t'écrase les doigts.

— Allons Nadget, intervint Colette à l'instant où, dans un dernier effort, la jeune femme réussit à claquer la porte, évitant de peu de cisailler la main de son adversaire.

Elle s'adossa au battant face à la vieille dame, hors d'elle et hors d'haleine.

Quelqu'un toqua presque aussitôt dans son dos.

— Non ! Dégage !

Le toc, toc reprit aussitôt.

— Je te signale que ce n'est pas moi, fit Denis, de l'autre côté de la porte.

— Et moi je suis le pape. Fous le camp.

— Ouvre. On a un visiteur.

Les deux femmes se consultèrent du regard, intriguées, et Nadget finit par entrebâiller prudemment la porte.

Ce n'était effectivement pas Denis, mais un petit homme à la mâchoire carnassière, revêtu d'un costume qui valait le prix d'une maison à Brazzaville. Quatre personnages en combinaisons de combat bleu marine occupaient le couloir derrière lui, des Occidentaux eux aussi. Très probablement des mercenaires russes, se dit Nadget, soudain plus pâle.

— Vous êtes ?

Le conseiller spécial du président Kibanga se présenta en la dévisageant de haut en bas, lentement, visiblement séduit, puis entra et choisit un fauteuil à l'invitation de Colette. Denis l'avait suivi, non sans échanger un regard furieux avec Nadget. Ses sbires étaient restés dans le couloir.

— Eh bien, que puis-je pour vous, cher monsieur Bachelu ?

Le petit homme parvenait difficilement à détacher son regard de Nadget. À la question, il eut cependant l'air étonné.

— Je pensais que vous aviez compris.

— On me prête beaucoup de qualités, mais pas celle de lire dans les pensées, sourit Colette.

— Dans ce cas je vais être plus clair : le président Kibanga m'envoie chercher le masque. Le masque authentique, pas une énième copie chinoise. On m'a dit que vous l'avez reçu ici par DHL, n'est-ce pas ? Et puisqu'il ne se trouve ni dans votre chambre, ni dans celles de vos amis, il va falloir se montrer raisonnable et nous dire où vous l'avez caché.

Colette digéra l'information avec indifférence, contrairement à Nadget et Denis qui ne purent cacher leur alarme. Ce Bachelu n'était pas seulement conseiller, c'était aussi un expert du renseignement, qui savait tout d'eux et avait fait fouiller l'hôtel en leur absence.

— Alors ? fit-il, sans paraître très inquiet de la réponse à venir.

— Alors, c'est non, fit Denis, coupant court à ce que Colette s'apprêtait à répondre. Tant que Chignard n'est pas guéri, vous n'aurez rien.

Leur visiteur se tourna vers la grand-mère, l'air un peu peiné.

— Allons, ce n'est pas très sérieux. Vous serez certainement plus raisonnable, chère madame.

— Je crains que non. Nous avions évoqué un accord avec M. le président Kibanga. Il acceptait d'envoyer son médecin personnel en France pour soigner M. Chignard. C'était la condition préalable, et elle ne présente aucune difficulté pour vous, me semble-t-il. Cela ne prendra que trois ou quatre jours.

— Nous ne disposons pas de ce temps. Que je vous explique si vous permettez : vous n'êtes pas sans ignorer que le Président rencontre actuellement quelques difficultés avec l'opposition. Il projette une grande manifestation ce dimanche, sur l'ancien boulevard des Armées. Nos communicants français ont prévu qu'il arrive en tipoye, une chaise à porteurs traditionnelle, et qu'il montre le masque punu sacré à la foule et aux caméras. Ce masque possède une immense réputation, et il correspond parfaitement à son thème de campagne, le retour à la nature, aux traditions d'antan, ce genre de choses. Il est hors de question de courir le risque que le Président s'affiche avec une copie chinoise. Si cela s'apprenait, il serait la risée du pays.

Il usait d'un vocabulaire choisi, l'expression froide et hautaine, qui laissait deviner un passé de cadre dirigeant ou de haut fonctionnaire, mais qui n'impressionnait nullement ses trois interlocuteurs. Un lourd silence accueillit son discours.

Il leva les yeux au ciel.

— Ne soyez pas stupides. Le Président tiendra parole pour soigner votre ami, je peux vous le garantir. Pourquoi ne le ferait-il pas ?

Colette affichait une expression mécontente, comme une ménagère face un vendeur à domicile un peu obtus. Denis regardait le fleuve par la fenêtre, la bouche tordue par la contrariété. Seule Nadget le considérait avec un semblant de compréhension.

— J'ai l'impression qu'ils n'ont pas compris la situation, mademoiselle Bakhtaoui. Pourquoi ne pas leur expliquer ?

Un instant troublée, comme si elle hésitait à lui répondre, la jeune femme baissa la tête avec un court soupir.

— Très bien. Alors je vais vous demander de me suivre.

Ouvrant la porte, Bachelu leur fit signe de sortir. Ils n'avaient guère le choix, et trouvèrent dehors un convoi de Range Rover de luxe aux vitres teintées. Brazzaville semblait étrangement endormie, sans piétons ni circulation. Avec sa végétation exubérante et ses eucalyptus, on aurait pu se croire en Californie.

Tandis qu'ils s'enfonçaient dans un quartier résidentiel, tous trois séparés, Denis sursauta. Une longue rafale d'arme automatique avait résonné au loin. L'énorme Russe à ses côtés ne bougea pas un cil. Pour lui, ce n'était sans doute que la petite musique habituelle des théâtres sanglants où il devait évoluer.

Le convoi franchit une grille, puis une allée qui serpentait dans un parc arboré à la pelouse délicieusement verte, où devait passer en arrosage la moitié de l'eau de la ville. Enfin, ils s'arrêtèrent devant la propriété de Bachelu, où ils furent conduits dans l'immense sous-sol qui donnait sur la piscine.

Là, le petit homme frappa dans ses mains et deux hommes apparurent, encadrés de mercenaires : Raoul et Momo, épuisés et crasseux, piteux, les habits fripés et clignant des yeux sous la lumière.

Raoul voulut parler, plus en rogne que jamais, mais son gardien le fit taire d'une pression de canon dans les reins. De son côté Momo affichait une mine contrite, incarnation vivante de l'innocence outragée.

Colette s'était redressée, toute pâle.

— Qui sont ces gens ?

— Mais… vos amis, madame Florin. Et vous avez bien raison d'avoir peur. Ils ont été arrêtés pour espionnage et pour tentative d'assassinat. Ils seront jugés et croyez-moi, cela fera grand bruit en Afrique, et en France aussi.

— Tentative d'assassinat ?

— Vous allez comprendre. Voudriez-vous jeter un regard dans cette pièce.

La porte qu'il venait d'ouvrir donnait sur un petit entrepôt, réservé aux provisions et peut-être aussi au gardien de nuit, car on y avait dressé un petit lit de camp.

Une fine silhouette se dessinait sur ce lit, dans la pénombre.

Une jeune femme, blonde et aux traits réguliers, 25 ans tout au plus. Dans un sursaut de terreur, Denis reconnut la lieutenante Müller, les yeux grands ouverts et un demi-sourire aux lèvres.

En catalepsie.

Finauderie

Bachelu jubilait.

Tous ses plans étaient sur le point de se réaliser, encore plus parfaits qu'il ne les avait imaginés : il allait réduire ces gens en bouillie. Le plaisir de détruire, voilà ce qu'il préférait dans le pouvoir. Se sentir fort, et savourer la faiblesse des autres.

C'était son côté tueur en col blanc.

Né dans une famille de Besançon où les fins de mois commençaient dès leur début, il ignorait la pitié et les scrupules. Après de brillantes études à Polytechnique, il avait intégré un ministère, puis l'équipe dirigeante d'une société d'énergie du CAC 40, et enfin le FMI à Washington. Un divorce, deux enfants, et vingt ans de trahisons plus tard, il possédait de belles propriétés à Paris, dans le Var et à Chamonix, ainsi qu'un épais carnet d'adresses qui mêlait subtilement haute administration, milieux d'affaires et politiques. Depuis quelques mois, il conseillait le président Kibanga pour ses contrats pétroliers ou de matières premières, en digne héritier des sociétés concessionnaires qui avaient tant écœuré Savorgnan de Brazza un siècle plus tôt.

Après avoir laissé Müller aux prises avec sa catalepsie sur son petit lit de camp, il ramena ses prisonniers dans le salon, où les attendait un déjeuner pantagruélique – poisson braisé au manioc, brochettes de viande, soupe et fruits. Aucun d'eux n'y toucha, ce qui ne parut pas lui couper l'appétit.

Tout en mastiquant à pleines dents, il leur expliqua pourquoi Müller était venue au Congo :

— Figurez-vous, conclut-il en tamponnant sa large bouche, qu'elle vous soupçonne d'appartenir à un genre de groupuscule secret qui dépendrait directement de l'Élysée. (Denis jetait des coups d'œil à sa grand-mère, plus placide qu'un prêtre bouddhiste en méditation.) C'est vous, madame, qui le dirigez, si j'ai bien compris.

Colette avança les lèvres en manière de doute.

— Je connais cette jeune femme de la gendarmerie. Elle fait une légère fixation sur la famille Florin. Mais je peux vous assurer qu'un tel groupe n'a jamais existé.

— Malheureusement pour vous, la lieutenante Müller est une personne très sérieuse. Avant d'être empoisonnée, elle m'a transmis un certain dossier qui semble prouver le contraire.

— Arrêtez un peu votre cinéma. C'est vous qui l'avez empoisonnée, et vous lui avez volé ces documents, qui d'ailleurs ne prouvent rien. Personne ne sera dupe…

— Ici nous sommes au Congo, la justice et la police font ce qu'on leur demande, dit Bachelu d'un ton sec. Quant au dossier, je le trouve au contraire très convaincant. Je vais donc vous expliquer ce qui va se passer si vous ne me donnez pas ce foutu masque. Un procès va avoir lieu ici à Brazzaville. Vous serez accusés, vous tous ici présents, d'être venus au Congo sur instruction de votre président de la République, pour y accomplir ses basses besognes. Il sera prouvé que la France envoie ses tueurs soutenir les dictateurs en Afrique. On dira aussi que vous agissez en dehors de tout cadre légal, et que vous n'avez pas hésité à éliminer une courageuse gendarme française venue au Congo enquêter sur vos malversations.

— Vous ne réussirez pas à nous faire porter le chapeau, fit Denis. Chacun sait que Kibanga est un empoisonneur. Il n'a jamais eu besoin de nous pour éliminer ses opposants.

Bachelu sourit avec mépris.

— Ne doutez pas que cette affaire fera le plus grand bruit dans votre pays. Les réseaux sociaux vont se déchaîner, les médias aussi. Il est probable que l'agitation des Bonnet blancs ressurgisse, et cela causera un tel bordel que le Président sera forcé de démissionner. À côté de tout ça, l'affaire du *Rainbow Warrior* fera figure de blague de cour d'école, croyez-moi.

Le regard de la vieille dame lançait des éclairs. Évidemment, il n'avait pas tort.

— Alors ce masque ?

— Allez vous faire foutre, lâcha Raoul en montrant les crocs.

— Une dernière fois, madame Florin, où est ce masque ? Ne nous forcez pas à utiliser des moyens plus radicaux.

— Vous n'aurez rien, murmura Colette, toute blanche.

Avant que Bachelu n'ait le temps de réagir, et ses mercenaires non plus, sa tête fit un curieux saut de côté dans un bang métallique, en même temps que valsaient la vaisselle en porcelaine, les verres et les bouteilles.

Denis avait arraché un plateau d'argent pour frapper le conseiller. Raoul profita de la diversion pour délester son plus proche voisin de son AKS-74U à crosse repliable, ôter la sécurité, manœuvrer la culasse et tirer une rafale en l'air.

Les autres mercenaires avaient braqué leurs armes sur eux, prêts à ouvrir le feu, mais leur chef leur fit signe de n'en rien faire.

Il était livide, mais sa voix restait assurée.

— Vous êtes encore plus tarés que je pensais. Vous n'avez pas un rond, et plus de papiers. La ville est en état d'urgence et le moindre chef de quartier travaille pour nous. Même si vous arrivez par miracle à sortir d'ici vivants, je ne vous donne pas un quart d'heure avant d'être arrêtés.

Raoul le souleva d'une main par le col, tenant en respect les Russes de l'autre avec son fusil d'assaut.

— Écoute-moi bien, nabot. Peut-être que tu vas m'avoir, mais je m'en cogne vois-tu. Mais si toi et tes guignols en combinaison de ski, vous touchez un seul cheveu de Colette, je te promets qu'on te retrouvera et qu'on te butera, même si tu te caches au fond du trou du cul de Poutine. C'est compris ?

Il le secouait comme une marionnette. Avec son gros pif et ses yeux clairs, il ressemblait vraiment à John Wayne dans *L'homme qui tua Liberty Valance*.

Une voix s'éleva alors dans le silence, un peu hésitante :

— On va vous le donner, ce masque.

Tout le monde s'était tourné vers Nadget qui s'avança d'un pas, frémissante. Ses yeux brillaient sous l'effet d'une émotion intense.

— Nadget, voyons..., murmura Colette, elle aussi au bord des larmes.

— Nous l'avons caché dans les réserves de l'hôtel, au dernier étage. Je vous montre où il est, et on n'en parle plus.

— Mais...

Denis ne put rien ajouter. Un essaim d'abeilles aurait pu passer ses lèvres ouvertes. Ce qu'il voyait, ce qu'il entendait, ce qu'il découvrait, tout ça n'était pas vrai. Ce n'était pas *sa* Nadget, la courageuse et la rebelle, elle ne pouvait pas avoir dit ces mots, elle ne pouvait pas faire ce qu'elle s'apprêtait à faire. Dans un brouillard, lui parvenait l'image de ses compagnons stupéfaits, de sa grand-mère déboussolée. Puis il sentit l'amertume monter, un fiel et une haine jamais éprouvés jusqu'alors, et la sensation de la trahison la plus totale.

Ses lèvres tremblèrent. Il se sentit incapable de prononcer la moindre syllabe, ni d'ébaucher la plus petite pensée.

— Désolée, fit la jeune femme qui fuyait son regard, le front soudain rose. Tout ça, c'est pas pour moi. J'ai une fille à nourrir.

De stupéfaction, Raoul avait reposé Bachelu, qui fit un signe discret à ses cerbères. Lesquels, bien que Russes, avaient parfaitement compris la situation, et désarmèrent l'officier parachutiste en un tournemain. Puis ils regroupèrent les membres du groupe – à l'exception de Nadget – face au mur, comme leurs lointains ancêtres bolchéviques avant l'exécution de Nicolas II en 1918.

Bachelu s'épousseta et se recoiffa, les traits encore frémissant de colère et de peur.

D'un doigt, il désigna successivement Nadget, puis Denis.

— Vous, vous allez me conduire à cette réserve, qu'on ne perde pas de temps à chercher. Vous, vous nous accompagnez. Histoire que mademoiselle ne change pas d'avis en cours de route.

Denis se laissait faire, le visage empreint de dégoût.

Ils quittèrent le sous-sol de Bachelu.

Jusqu'à la sortie de la villa, Denis ignora délibérément (mais non sans une certaine douleur) Nadget, qui marchait devant, encadrée comme lui de mercenaires, le doigt sur la gâchette.

Sa déception était immense. À la première menace sérieuse, au premier coup de pression, elle trahissait ! Le pire étant sans doute qu'il n'en ait pas été si surpris. Depuis leur départ, il la sentait distante et méfiante. Peut-être parce qu'on lui avait forcé la main pour prendre part à cette expédition ? À moins qu'il n'y ait une autre raison, pire encore. La façon dont cet odieux Bachelu la couvait des yeux lui déplaisait presque autant que celle dont elle lui rendait ses regards.

La jalousie coulait en lui comme un poison.

Ils prirent place, chacun séparément dans un petit convoi de berlines et de véhicules tout-terrain qui se gara bientôt au pied de l'hôtel Radisson.

De même que les avenues de Brazzaville, le lobby était quasiment désert. Seuls quelques hommes d'affaires, la plupart asiatiques, prenaient un verre dans le bar-lounge, avec vue sur les parasols de la piscine. Immobiles derrière le comptoir d'accueil, les employés faisaient de leur mieux pour ignorer ces mercenaires en armes avec leurs deux prisonniers. Tous savaient parfaitement de quoi il retournait.

Bachelu fit signe au groupe d'avancer vers les étages, dans un silence de cathédrale. À chaque pas, Denis espérait un miracle, un tremblement de terre, n'importe quel événement susceptible d'enrayer le cours du temps. Il remarquait la nervosité de Nadget, sa honte et sa façon de fuir ses regards. Lui-même se sentait au bord de la crise de nerfs, capable de se jeter sur elle pour la massacrer, au risque d'être mitraillé par les Russes.

Dans l'ascenseur, la tension devint épaisse à couper au couteau, malgré les nappes de violons vénitiens. La cabine s'arrêta au dernier niveau sur un couloir réservé au personnel, comme l'indiquaient les panneaux au mur. Denis percevait un bruit sourd et cadencé : son cœur, qui cognait au rythme de sa fureur contenue.

Était-ce sa propre colère ou celle des dieux, qui refusaient qu'on livre ainsi le masque sacré ?

Grâce au passe-partout obligeamment fourni par le concierge de l'hôtel, Bachelu ouvrit une porte renforcée. Derrière s'allongeaient de longs racks en métal remplis de cartons d'archives, de vaisselle ou de linge, de chaises amoncelées et de lits d'enfants, tout un bric-à-brac qui sentait la poussière et le moisi.

Nadget ouvrit une armoire de fer, les genoux légèrement tremblants. L'émotion l'étouffait, elle aussi. Impossible de savoir si elle faisait bien, ou si elle se trompait. Les autres allaient la détester, Denis le premier. Elle devinait sa haine, elle la *voyait* presque et cela l'attristait, mais elle n'avait pas pu faire autrement.

Bachelu l'indisposait plus encore, elle le sentait excité derrière elle, son souffle bruyant dans sa nuque. Deux mercenaires guettaient chacun de ses mouvements, les autres s'étaient déployés dans le corridor.

Elle ouvrit grand les deux battants.

Le masque avait été replacé dans un sac de plastique-bulle rempli de polystyrène. Denis respirait à peine. Il vit Bachelu sortir le totem de son emballage et l'élever à hauteur de visage, fier comme le vainqueur d'une épreuve d'immunité sur un jeu d'aventures.

Puis il le rangea, et ils redescendirent.

Le jeune homme planait comme dans un cauchemar. La femme qu'il aimait était devenue une traîtresse, il avait l'impression de tout perdre. Pour la première fois depuis leur départ de chez Bachelu, leurs yeux se croisèrent. Il lut dans ceux de Nadget une sorte de souffrance, comme si elle lui adressait un pardon muet. Ou un adieu.

Le temps qu'il réalise, elle avait déjà tourné la tête.

C'est alors que deux événements se produisirent.

D'abord un hurlement sauvage dans le lobby, un cri de bête qui figea tout le monde sur place. Les Russes se déployèrent par réflexe façon tortue romaine, leurs armes pointées au hasard. Il était déjà trop tard : un petit être à cheveux violets arrivait droit sur eux dans un bruit de gorge terrifiant, armé d'un objet à quatre pointes, que Denis identifia comme étant une chaise.

L'éperon renversa Bachelu qui lâcha le masque. Celui-ci tournoya dans les airs comme un ballon de rugby puis rebondit mollement sur la moquette. Mermaid – Marie-Madeleine de Fontbellerie, donc – fracassa ce qui restait de sa chaise sur le crâne d'un mercenaire, mais un autre lui flanqua un coup de matraque télescopique en plein occiput. La jeune assistante ouvrit la bouche et tomba à genoux, ses yeux remplis d'amour fixés sur Denis.

Au même moment, une épaisse fumée âcre se répandit dans le hall. Des hurlements s'élevèrent, suivis du vacarme strident des détecteurs de fumée. L'incendie, sans doute provoqué par la petite assistante, ravageait déjà le local à bagages et gagnait le comptoir du concierge. Mermaid avait dû surprendre leur arrivée à l'hôtel avec Bachelu, et guetter leur départ pour agir.

Profitant du désordre, Denis plongea au sol pour s'emparer du masque, aussitôt imité par un Russe qui le prit à la gorge. Il voulut s'en débarrasser mais son adversaire le cueillit avec un objet métallique en plein menton. Il allait l'achever lorsqu'un coup de pied fit voler sa matraque télescopique.

Stupéfait, le jeune homme vit Nadget frapper de nouveau le mercenaire, cette fois en plein ventre. Le Russe se plia au sol, souffle coupé.

La fumée envahissait tout, semant les toux et les crachats. Bachelu avait disparu. Dieu sait comment, Denis se retrouva avec le fétiche enfin entre les mains. Nadget lui faisait face.

— Tire-toi.

— Et toi ?

Elle le poussa brusquement.

— Fous le camp imbécile.

Des larmes sillonnaient ses joues, mais ce n'était pas à cause de la fumée.

Il s'éloigna sans bien comprendre, sans un geste pour Mermaid qui se débattait comme une lionne à crinière violette sous trois gardes du corps. Le reste du lobby offrait un spectacle de désolation. Quelques employés hagards erraient dans d'épaisses volutes, sans remarquer les trombes d'eaux qui se déversaient des extincteurs automatiques, ni le hurlement des sirènes anti-incendie.

Après un dernier coup d'œil, Denis se glissa sur le parvis d'entrée de l'hôtel puis gagna le boulevard, sans la moindre petite idée de ce qu'il pourrait faire à présent.

Cafouillis

Trois explosions avaient retenti en ville, étouffées par la distance. Raoul estima qu'il s'agissait d'attentats à l'explosif, et d'ailleurs des rafales avaient suivi, confirmant si besoin était que le désordre s'amplifiait à Brazzaville.

Lui, Colette et Momo avaient été conduits sous bonne garde dans une villa aux airs de bunker, au cœur d'un quartier résidentiel. Après un dîner monstrueux, auquel seul l'informaticien en chef, dont rien ne contrariait jamais l'appétit d'ogre, avait fait honneur, ils s'étaient dispersés, maussades.

La nuit était tombée d'un coup. Par les grandes baies vitrées, Colette scrutait la pelouse semée d'éclairages d'extérieur, et plus loin le haut mur surmonté de barbelés, truffé de caméras et de capteurs. Ils étaient bel et bien prisonniers.

Une lointaine rafale d'arme automatique s'éleva de nouveau.

— Vous avez une idée de ce qui se passe ? demanda Colette à Raoul, qui était redescendu du premier étage.

La villa était dépourvue de télévision ou de radio, et on leur avait pris leurs téléphones portables.

— Ça m'a tout l'air d'être un genre d'état d'urgence, répondit Raoul. On peut supposer qu'il y a eu des attentats en début d'après-midi. Pour qui pour quoi, ça j'en sais rien. Ensuite, pour moi, l'armée s'est déployée à certains lieux stratégiques, par exemple sur des voies de communication ou autour de bâtiments publics. D'où les tirs, localisés et sans riposte. À mon avis donc, des tirs d'intimidation. On en saurait plus si on n'avait pas ces crétins de Russkoffs pour nous garder.

La Villardière et Colette échangèrent un sourire complice. Depuis leur première rencontre en pleine guerre d'Algérie, ils n'avaient cessé de se côtoyer et de s'apprécier. Pour être plus précis, Raoul, qui œuvrait déjà pour les services secrets, avait été subjugué dès la première minute, et cela n'avait jamais changé depuis. Comme beaucoup, il serait resté des heures à l'écouter. Il ne se lassait pas de sa présence, de son sourire et de sa fausse naïveté, de son intérêt sincère pour les gens, ou de son élégance face à l'adversité.

— Et voilà, c'est l'heure des actualités radiophoniques !

La voix grasseyante de Momo les fit se retourner : le barbu arrivait, fièrement chargé d'une plaque de carton chargée de fils de cuivre tordus. Un transistor fait-maison, fabriqué à partir de câbles électriques prélevés dans les cloisons. Tripotant une molette bricolée avec une capsule de bière, il en fit émerger le son sifflant de fréquences radio distordues. Colette et Raoul approchèrent l'oreille. On aurait dit trois résistants guettant un message de radio Londres.

C'était en effet l'heure du bulletin d'information. D'une voix monocorde, le speaker annonça que des attentats avaient eu lieu dans le centre-ville de la capitale, suivis d'émeutes. L'armée était en état d'alerte, les élections reportées *sine die*. Le grand meeting électoral du Président bien-aimé prévu dimanche à Brazzaville serait transformé en manifestation de soutien.

— Vous aviez vu juste, mon cher Raoul, sourit Colette.

— Oh, c'était pas bien dur à deviner.

— Et dans trois ans, on s'apercevra comme par hasard que les leaders étudiants, ils étaient payés par Kibanga, et que c'est lui-même qui a foutu les bombes, fit remarquer Momo.

— Que veux-tu, c'est ça la politique, renchérit Raoul, qui avait une conception toute particulière de la chose, ayant lui-même trempé dans un certain nombre de coups tordus de ce genre. De toute façon, c'est plus notre problème. Demain, retour à la base, pas vrai ?

Colette ne répondit pas tout de suite, debout face au jardin plongé dans la nuit. Deux mercenaires apparaissaient plus bas, silhouettes noires devant l'allée éclairée.

— Je crois que nous allons prolonger un peu notre séjour, murmura-t-elle. Mais certainement pas dans cette maison, aussi confortable soit-elle.

— C'est vrai que moi, ces bicoques modernes…, ajouta Raoul sans marquer le moindre étonnement. Par contre, je suis pas sûr que nos petits potes vont nous laisser déménager tranquilles.

De l'index, il désignait les hommes en armes dans le parc. Colette lui fit comprendre d'un geste vague qu'elle se moquait bien de ce que voulaient ou non leurs gardiens russes.

— Eux, on peut toujours s'en occuper. Mais on fait quoi, après ?

— Nous disposons d'un contact à Brazzaville. C'est un garçon très bien, vous verrez. Une fois à l'abri, mon cher Raoul, vous activerez vos contacts au sein de l'armée congolaise, qu'on ne soit pas trop isolés tout de même. Momo et moi, nous rétablirons la liaison avec Paris. Pour la suite, on avisera.

— Et Denis ?

L'ancien officier prit une inspiration, comme pour ajouter un autre nom, mais n'en fit rien.

— Denis aurait dû être de retour depuis au moins quatre heures. J'en déduis donc que quelque chose n'a pas marché avec le masque. Il serait vain de continuer à l'attendre, et même risqué.

— Sauf qu'on pourrait le mettre un peu dans la merde, si on se tire.

— Raoul, je vous ai dit cent fois de surveiller votre langage ! Vous avez raison, mais à mon avis, il est *déjà* en difficulté. Ce n'est pas en l'attendant bêtement ici que nous pourrons l'aider. Au contraire, au vu des événements, je crains que le président Kibanga et son délicieux conseiller préfèrent nous garder en otage, plutôt que de nous renvoyer à Paris.

— Moi en tout cas, c'est ce que je ferais à sa place, opina Momo en faisant onduler sa barbe.

Ils se turent un instant, conscients de leurs efforts pour éviter de prononcer le nom de Nadget, sans doute par nostalgie, comme s'ils se refusaient à croire qu'elle les ait réellement et définitivement abandonnés.

En quelques phrases, la vieille dame déroula son plan, tel un Napoléon féminin à la veille d'Austerlitz : Momo s'occuperait des divers systèmes de surveillance, caméras, vidéos, capteurs de mouvements et autres alarmes. De son côté, Raoul devait mettre au point le moyen de sortir – non létal si possible – à son initiative.

— Je pense que le bon moment sera entre deux et trois heures du matin. Vous avez donc un peu de temps pour vous préparer. Moi, je me couche.

Symphonie

Raoul, pour qui tout ce qui éclate, brûle, transperce ou tue n'avait pas de secrets, savait bien que le film *Casino Royale* n'était qu'une vaste fumisterie : on peut toujours s'acharner à tirer sur une citerne de propane au pistolet automatique, au bazooka ou à la mitrailleuse lourde, jamais elle n'explosera.

Mais d'autres moyens existent pour y parvenir.

Armé d'un couteau de cuisine, il se faufila donc à l'arrière de la villa pour escalader le réservoir de gaz, dont il dévissa la trappe d'accès afin de déclencher une légère fuite. Se repliant jusqu'à la cuisine, il remplit une bouteille en verre d'un mélange de vodka, d'huile et de liquide vaisselle, secoua le tout avant d'entortiller le goulot d'un chiffon imbibé d'alcool.

Vers deux heures du matin, au moment où les paupières des sentinelles commencent à peser lourd, il ressortit, muni d'un briquet, puis enflamma la mèche de son cocktail Molotov avant de le lancer dans une courbe élégante vers le sommet de la citerne de propane.

Juste avant de se jeter au sol derrière l'angle de mur le plus proche.

Après un bruit de verre cassé, une explosion apocalyptique troua la nuit étoilée de Brazzaville. Un pan de la villa s'ouvrit en deux, toutes les vitres éclatèrent.

Avant cela, Momo avait neutralisé le système de protection de la villa : caméras à visée nocturne, détecteurs de présence, pulsions électriques anti-intrusion dans les barbelés. Là où œuvrait Maurice Benguigui, l'électricité ne passait plus. La maison était aveugle et sourde.

Ils franchirent sans encombre le réseau de barbelés par une ouverture et coururent jusqu'à une rue proche où dormaient quelques voitures. Une minute plus tard, Raoul fractura l'une d'elles, arracha les fils au tableau de bord et lança le moteur.

Puis il se raidit, ses deux grosses pattes sur le volant.

Un pick-up passa lentement juste à côté d'eux, chargé de miliciens qui guettaient on ne sait quoi dans le noir. Mais ils s'éloignèrent et, quelques instants plus tard, leurs rafales crépitèrent autour de la villa-prison. Les Russes avaient dû prendre les Cobras pour cible. Dans la nuit, ils se tiraient tous dessus.

Raoul démarra avec un sourire et les trois amis s'enfoncèrent dans la nuit.

Quatrième partie

Disparu, tu as disparu
Disparue
Au coin de la rue
Je t'ai jamais revue

Jean-Pierre Mader / *Disparue*

Victoire devait guetter l'appel, car elle décrocha avant la fin de la première sonnerie.

— Ça va maman ? Pourquoi tu m'as pas appelée hier ? Il pleut, là où tu es ?

Nadget n'avait qu'à fermer les yeux pour se figurer la cuisine, avec les dessins de gros bonshommes au feutre sur le réfrigérateur et leurs cheveux en forme de râteau ; elle imaginait presque les petits doigts de sa fille entre les siens.

— Ça va. Il pleut beaucoup mais ça ne dure pas longtemps. Hier, c'était compliqué ma chérie.

— T'es triste ?

— Mais non puisqu'on se parle.

— D'accord. Mais tu rentres quand ?

Nadget s'agaçait de l'attention de Bachelu dans son dos.

— Bientôt, répondit-elle en sentant sa gorge l'étrangler.

En reposant doucement le téléphone portable que ce dernier lui avait prêté, la jeune femme avait les larmes aux yeux, mais elle se sentait plus forte aussi. Tout ce qu'elle faisait, c'était pour Victoire.

— Un café ?

Elle se concentra, avant de se retourner avec un sourire éblouissant. Ils s'étaient installés au salon, qui donnait sur la piscine, et au-delà sur le parc arboré. Contrairement à ce que Nadget avait d'abord pensé, le petit homme se révélait plutôt agréable et attentionné. Certes, il était vaniteux, souvent méprisant, mais il montrait certains aspects attendrissants, presque enfantins, qui la déroutaient et la troublaient.

Les choses avaient pourtant bien mal commencé.

Après l'épisode du Radisson, il avait manqué de la gifler (heureusement, ni lui ni personne n'avait remarqué qu'elle avait aidé Denis à s'échapper). Il hurlait contre les mercenaires, contre les employés de l'hôtel, contre cette connasse de Mermaid qui avait foutu le feu et permis la fuite de ce connard de Florin avec le masque authentique. La police et les Cobras avaient retourné l'établissement, ratissé le quartier et mis des barrages en ville.

Plus de Denis. Plus de fétiche.

Pendant un temps, Nadget avait pensé que Bachelu la renverrait en résidence surveillée avec Colette et les autres, mais il s'était radouci et l'avait invitée à dîner, et tout était rentré dans l'ordre. Dans sa carrière de journaliste, la jeune femme avait suffisamment croisé d'hommes riches et puissants comme lui, persuadés d'être irrésistibles, pour savoir les manœuvrer. Elle lui avait fait comprendre qu'elle avait besoin de son aide, qu'elle n'en pouvait plus de ce groupe et de ces missions secrètes, de cette Colette Florin à moitié folle, de ces types autour d'elle, ces ringards qui croyaient encore à la patrie, l'honneur, la probité...

— Moi, je ne peux pas me permettre ce luxe, lui avait-elle dit en prenant son poignet. On ne m'a jamais rien donné. Le peu que j'ai, j'ai dû le prendre de force.

Bachelu approuvait avec un sourire qui avait dû lui coûter des fortunes en orthodontie.

Comme la jeune femme – et Colette – l'espérait, il n'avait pas tardé à lui proposer de rester à

Brazzaville, dans sa propre villa. Mais elle n'avait accepté qu'après moult réticences, histoire de ne pas donner l'impression de céder trop vite.

Après leur café, ils se séparèrent et Nadget remonta sans sa chambre, surprise de découvrir sur son lit *king size* une collection de vêtements neufs, des chaussures et même une robe moulante qui la rendit perplexe. Après une longue douche, elle choisit un débardeur et un pantalon de toile, et passa le reste de sa matinée à zapper sur les chaînes de télévision.

Encore prudent, Bachelu lui avait interdit l'accès à Internet et au téléphone. Pour l'instant, elle se gardait d'enfreindre la consigne, sachant la villa truffée de caméras de surveillance.

L'état d'urgence était maintenu, apprit-elle. Les liaisons aériennes suspendues, et les élections reportées. Le pays était sous contrôle, assurait la télévision d'État, qui montrait les rues de Brazza sillonnées de Cobras en armes. Une grande manifestation de soutien au Président aurait lieu dimanche.

Mais Nadget connaissait trop les médias pour être dupe. Car ces troubles et ces attentats semblaient bien réels, et non des provocations organisées par le pouvoir. Tôt le matin, elle avait surpris une conversation entre deux domestiques, dont la version des faits était tout autre que celle des médias officiels : la capitale était en ébullition, on avait vu de nombreux Ninjas, ces partisans armés du pasteur Mboundou. Ils donnaient la main aux étudiants révoltés...

Nadget ferma les yeux, songeant à Denis errant dans ce chaos, Denis qui devait ne pas comprendre sa trahison et la haïr, une meute à ses trousses. Elle se prit à espérer qu'il soit arrêté le plus vite possible, et surtout qu'il ne résiste pas, et que ces ordures de Bachelu et Kibanga ne le fassent pas empoisonner. Ces pensées étaient très pénibles, mais lui donnaient aussi ce qu'il fallait de force et de ruse pour aller au bout de sa mission.

Telle la Belle attendant la Bête dans son château fabuleux, la jeune femme passa l'après-midi sous un parasol près de la piscine. Au soir, une multitude d'animaux firent leur apparition, des léopards et des oiseaux immenses. Ils arrivaient devant sa chambre, attaquaient sa porte de leurs griffes et de leurs becs...

Elle émergea brusquement de son cauchemar.

Bachelu l'attendait dans le couloir, en chemise irréprochable.

— Pardon de vous réveiller. Je reçois du monde à dîner ce soir. Ça me ferait plaisir que vous veniez.

Malgré lui, il explorait sa chambre du regard, par-dessus son épaule.

— Quel dîner ? Qui vient ?

— Vous ne les connaissez pas. Mais eux seront ravis de vous connaître.

— Je suis censée être qui, pour vous ?

Il réfléchit un moment avant de répondre : et elle, qui voulait-elle être pour lui ?

— Je dois vraiment le dire maintenant ?

— J'attendrai le temps qu'il faudra, souffla-t-il, son visage adouci dans la pénombre. Puis lentement, il posa la main sur son épaule, la poussa à l'intérieur et la fit pivoter vers le miroir. Regardez-vous, Nadget. Vous êtes une femme superbe et intelligente. Je vous veux à mes côtés.

— À vos côtés pour quoi ?

— Vous savez très bien pour quoi. Réfléchissez.

— Vous ne me connaissez pas.

— Bien sûr que si. Vous garderez votre métier, je ne vous en empêcherai pas, bien au contraire. Je vous donnerai accès à mes relations, et vous aurez plus d'influence que jamais. À un niveau mondial. Nous aurons tout. Vous aurez tout, vous et votre fille.

Longtemps, leurs yeux se croisèrent dans la glace, puis elle repoussa doucement sa main qui se faisait plus caressante.

— Je ne suis pas à vendre, Philippe.

Elle éprouva à la fois honte et plaisir en voyant scintiller l'iris de Bachelu.

— Essayons d'abord ce dîner, d'accord ? dit-elle en faisant naître deux fossettes aux joues.

Au soir, les invités arrivèrent. Tous Chinois, à sa grande surprise. Elle était presque la seule femme, mince et jeune, le corps sculpté dans une robe bleu nuit scintillante, parée d'un ensemble d'argent et de diamants d'une grande marque de joaillerie. Dans le miroir, avant de descendre, elle s'était à peine reconnue.

Selon l'ancienne coutume chinoise, en fin de repas, chacun se leva pour porter un toast en longues phrases pompeuses.

Vint le tour de Nadget :

— À l'amitié éternelle entre la grande Chine et l'Afrique éternelle ! jura-t-elle en vidant son verre d'alcool pur.

Quelques années plus tôt, elle avait formulé exactement le même genre de vœu, devant les pontes du Parti communiste chinois, dans le Henan. Avec son caméraman, ils avaient fini ivres morts, mais ils avaient pu tourner dans l'usine locale de viscose, où de discrets prélèvements d'eaux usées avaient révélé par la suite un taux très élevé d'acide citrique et de sulfate de soude, qui expliquait l'explosion locale des cancers et la destruction de la faune locale.

Ce soir, c'était pareil : ces gens étaient des pillards sans scrupule, et elle ne leur ferait aucun cadeau.

Une fois les hôtes repartis, Bachelu se montra ravi et ne tenta aucunement de forcer sa chambre. Au contraire, il se pencha vers elle et lui baisa la main, l'air d'un enfant qui vient de recevoir ses cadeaux de Noël.

— Vous êtes parfaite. Réfléchissez à ce que je vous ai dit, murmura-t-il avant qu'elle ne referme.

Nadget se sentait épuisée.

Dehors, c'était la nuit africaine, et très loin d'ici, les siens, et surtout Victoire. Un peu plus tôt dans l'après-midi, elle avait volé le smartphone d'une des femmes de ménage, sachant très bien que cette dernière ne s'en plaindrait pas, pour éviter les histoires et garder son emploi. Elle n'en était pas fière, mais c'était le seul moyen.

Par la fenêtre, deux heures plus tôt, elle avait mitraillé l'arrivée des Chinois. Pas un ne manquait sur les images, grâce aux somptueux éclairages autour de la villa du maître.

Ne restait plus qu'à trouver un moyen de faire parvenir ces photos au contact que lui avait fourni Colette.

Comploteries

Se déplacer à trois Occidentaux d'un âge certain dans une voiture volée, en plein milieu d'une ville en état d'urgence, aurait découragé bien du monde, mais pas Raoul ni Momo, et encore moins Colette. Vers trois heures du matin, ils arrivèrent devant un immeuble de l'avenue Foch, dans le quartier des affaires où se trouvaient les locaux de GT International, société spécialisée dans le transport aérien, maritime, routier et ferroviaire.

Son P.-D.G., un certain Vincent Pouget, était également *honorable correspondant* de la DGSE, la Direction générale de la sécurité extérieure, notre petite CIA française. Après avoir forcé l'accès de l'entreprise, ils craquèrent les codes du réseau informatique, et purent contacter son dirigeant par ordinateur, via une messagerie cryptée.

Nous sommes à Brazzaville. Je vous appelle au sujet du contrat pour Narbonne, écrivit Colette.

Naturellement, il s'agissait d'une phrase codée, un appel au secours. Son interlocuteur promit via la messagerie d'arriver avant la tombée de la nuit du lendemain : il y avait une journée de route. En l'attendant, il alerterait Hortense, sa fidèle secrétaire, qu'elle vienne au plus vite leur porter assistance.

Avez-vous des nouvelles de Bordeaux ? pianota la vieille dame.

Rien pour le moment, répondit Pouget avant de refermer l'application.

Très vite arrivée dans les bureaux de GT International, Hortense installa le trio dans le local d'archives, à l'abri des regards des autres employés qui n'allaient pas tarder. Elle fournit à Colette un téléphone portable et un ordinateur pour Momo, ainsi que de quoi boire et manger, en particulier pour ce dernier et son estomac en forme de tonneau des Danaïdes.

Après un petit somme réparateur, la grand-mère passa la journée à fouiner sur le darknet, puis échangea par messagerie cryptée avec de mystérieux correspondants parisiens. Raoul pestait dans son coin contre son inactivité forcée, et surtout contre Nadget, qui le décevait beaucoup, mais vraiment beaucoup. Colette le fit taire sèchement.

Comme prévu, Vincent Pouget arriva le soir vers huit heures. C'était un long personnage aux traits burinés, l'œil bleu moqueur, qui écrasa tour à tour les mains des trois membres du groupe. Puis il les guida jusqu'à son pick-up au rez-de-chaussée. Après de longs détours pour éviter les contrôles, ils arrivèrent à Poto-Poto, tranquille quartier résidentiel, dont les bâtisses coloniales lézardées se succédaient le long d'avenues plantées de bananiers ou de manguiers. Les néons des échoppes trouaient la nuit douce, dans des odeurs de friture et de pili-pili.

Ornée de colonnades, sa petite maison en forme de L se dressait autour d'une cour pavée de bleu et d'orange. Ils dînèrent de brochettes de poisson et de poulet, d'un ragoût d'épinards puis de tartes à la banane, le tout arrosé d'un bon Luberon.

— Bon, c'est un peu le bordel, annonça Pouget une fois la table débarrassée. Au début, j'ai cru que papa Kibanga nous refaisait le truc du coup d'État, avec provocateurs, état d'urgence à la clé, et cetera. Sauf que…

Dépliant une carte d'état-major, il pointa un vaste territoire carré d'environ 150 kilomètres de côté, à l'extrémité nord-est du Congo.

— ... ça, c'est la zone d'influence du pasteur Mboundou et des Ninjas. Bera-Ndjoko, dans la région de la Likouala, à plus de 1 000 bornes à vol d'oiseau de Brazza. Dont la moitié de forêts marécageuses sur le trajet, voyez le bazar. Mais voyez-vous, mes informateurs ont signalé des Ninjas ici, dans le Pool.

Il déplaça son doigt sur un territoire en forme de haricot, autour de Brazzaville.

— Comment ils ont fait ? Ils ont creusé un tunnel ?

Pouget glissa l'index jusqu'à la côte, tout au sud.

— Cette enclave-là appartient à l'Angola. Et il paraît que le pasteur Mboundou serait au mieux avec le président Mourinho.

— Les Ninjas se seraient infiltrés par là ? supposa Raoul, dont l'œil brillait dès qu'il s'agissait de bagarre.

— C'est ce que je pense. Ils ont pu passer par petits groupes et même rentrer dans Brazza. S'ils font leur jonction avec les étudiants, et on dit que c'est déjà le cas, ça pourrait chauffer très fort.

— L'Angola pourrait intervenir ?

Pouget répondit d'une mimique indécise.

— Pas évident. Ça dépend pas mal de ce que décidera Paris.

Les regards se tournèrent vers Colette, interrogatifs.

— Je ne suis pas le quai d'Orsay, fit cette dernière avec une mimique d'ignorance. Ce que je sais, c'est que notre mission a été confirmée : nous devons récupérer le masque et le donner à Kibanga, ou à Bachelu.

— Mais personne ne sait où il est, ce masque. Si ça se trouve, Kibanga l'a déjà récupéré.

— Ou pas... Nous n'en savons rien. Avez-vous eu des nouvelles de Bordeaux ?

Pouget consulta son application de messagerie cryptée avant de répondre par la négative.

Habitués aux expressions sibyllines de leur patronne, Raoul et Momo ne cherchèrent pas à comprendre. Ils ignoraient que l'indicatif « Bordeaux » désignait Nadget, que la vieille dame avait envoyée en mission auprès de Bachelu.

Maintenant, elle le regrettait presque.

Elle ne lui avait pas forcé la main, pourtant.

— Vous êtes sûre que c'est oui ? lui avait-elle demandé, alors qu'elles s'entretenaient en aparté à Caudebec, peu avant leur départ en Afrique. Vous n'êtes pas obligée d'accepter, je vous le redis.

— Vous pensez que je ne suis pas capable ?

— Ce n'est pas la question. Je sais que vous pouvez le faire, j'en suis même absolument convaincue. Mais ce sera très difficile. Je ne sais même pas si l'occasion d'agir se présentera. Et puis, Bachelu est un homme expérimenté, capable du pire. Le gouvernement essaye de le piéger depuis bien longtemps et il s'en est tiré à chaque fois.

— Alors, on va voir si je suis plus maligne que le gouvernement, avait souri Nadget, qui tâchait de cacher son trouble. Et si c'est vrai qu'il adore les jolies brunes...

Les deux femmes s'étaient brièvement étreintes.

Ce qui s'était passé depuis, Colette n'en avait pas la moindre idée.

Émergeant de ses pensées, la vieille dame ordonna à Pouget d'essayer d'obtenir des renseignements au sujet de Denis, mais aussi du masque. Kibanga l'avait-il récupéré ? Ou quelqu'un d'autre ? Ensuite, on aviserait.

— Je vais essayer, mais je dois faire gaffe, sinon je risque de griller mes contacts à Brazza, soupira Pouget. Si votre Denis s'est enfui, il doit avoir tous les services secrets de Kibanga sur le dos. D'ailleurs, ils l'ont peut-être *déjà* trouvé…

Il n'osa pas préciser sa pensée, mais tous avaient compris ce que cela pouvait vouloir signifier pour lui.

Hyposthénie

Denis remua les lèvres, puis le bout du nez. Tout fonctionnait encore, mais c'était douloureux. On aurait dit un boxeur essayant de se remettre les os du visage en place à grand renfort de grimaces.

En s'éloignant du Radisson deux jours plus tôt, son masque punu sous le bras, le jeune homme avait trouvé Brazzaville en pleine panique. Une foule compacte fuyait le centre pour les quartiers périphériques, Makélékélé ou Mfilou. Des femmes, des enfants, des vieillards terrorisés par des rumeurs d'attentats, de combats entre Cobras et Ninjas. Denis avait suivi le mouvement, parce que, à vrai dire, il n'avait pas franchement de plan d'action.

À ce moment-là, il voyait surtout ce qu'il refusait de faire : rendre le masque à Kibanga, cet empoisonneur en série, abandonner Colette et les siens, par exemple en se glissant dans un bac vers Kinshasa, sur l'autre rive. Et surtout il ne voulait pas contacter Nadget, la fourbe, la menteuse, la traîtresse. Rien qu'en y pensant, sa gorge se serrait et ses yeux piquaient.

Quelle énorme désillusion !

Pourquoi avait-elle fait ça ? Pour séduire cette espèce de nain prétentieux, ce Bachelu ? L'idée lui semblait tellement insupportable qu'il préférait ne plus chercher à comprendre.

L'une de ses premières tâches, en tout cas, avait été de choisir une bonne cachette pour le masque. Il risquait trop de se le faire reprendre en le gardant avec lui. Cela fait, il avait dormi dans une masure envahie de végétation, découvrant à l'aube Brazza déserte, sillonnée par les pick-up des Cobras.

En fin de matinée, il fut pris en chasse par un groupe de paramilitaires à bérets violets. Il réussit à assommer le plus rapide et à distancer les autres, mais tomba 100 mètres plus loin en plein milieu d'une troupe de miliciens, qui le rouèrent de coups avant de le jeter dans un autobus rempli de prisonniers. Avec horreur, il remarqua sur le trajet quelques cadavres allongés au bord des caniveaux, au bout de longues traînées déjà brunes.

Un quart d'heure plus tard, ils arrivaient au grand stade Massamba, dans le quartier des ambassades, où on les entassa dans un long couloir bétonné des soubassements, qui fleurait bon la sueur et l'urine. Interdiction de parler, pas d'eau, pas de nourriture et pas de toilettes. Au moindre mot, les gardiens jouaient de la matraque, certains sans conviction, mais d'autres avec l'inévitable délectation des imbéciles frustrés dans ce genre de circonstances. La majorité des captifs étaient des étudiants, mais on y comptait aussi quelques Français, cadres expatriés de sociétés pétrolières, portuaires ou autres, qui n'en revenaient pas d'être traités comme de vulgaires Congolais.

Les rumeurs allaient bon train malgré le silence imposé.

Tour à tour, Denis apprit que les élections présidentielles étaient annulées (indice de probabilité : 100 %) ; que les Ninjas du pasteur Mboundou tenaient une partie de la ville (indice : 50 %) ; ou que l'armée française allait bientôt intervenir depuis le Gabon (indice : 1 %).

Parfois, leurs gardiens promenaient parmi eux un prisonnier encagoulé, qui s'arrêtait devant l'un ou l'autre pour le désigner du doigt. Alors, le malheureux était emporté comme un paquet tandis qu'une ondée de lâche soulagement parcourait la geôle improvisée. À plusieurs reprises, des rafales retentirent. Au soir, Denis, épuisé, se coucha dans une flaque puante, coincé entre des pieds et des postérieurs.

Il rêvait d'un hélicoptère. Colette en descendait, elle lui secouait l'épaule et lui demandait de la suivre. Mais bizarrement, elle avait une grosse voix d'homme. Le jeune homme s'éveilla en sursaut, trempé de sueur et la gorge sèche comme un bout de carton.

— Suis-moi. Ne dis rien.

Deux personnages s'étaient penchés sur lui tandis qu'un troisième guettait plus loin. Il voulut esquiver, mais couché sur le béton contre une paire de fesses, la chose était malaisée. Des poignes d'acier lui prirent les bras pour le relever.

— Je suis citoyen français, dit-il.

— On sait. Tais-toi.

Ils le soulevèrent et l'emportèrent, slalomant parmi les prisonniers allongés. Une grille s'ouvrit, puis des portes. Sur le dos, Denis voyait défiler les néons au-dessus de lui.

Lorsqu'on le reposa sur ses pieds, il se trouvait dans un vestiaire transformé en cellule, entouré d'une triple rangée d'hommes aux bras croisés, certains torses nus. L'un d'eux le dévisageait particulièrement, assis sur une chaise en plastique qui ressemblait à un trône.

Un homme d'âge mûr, chétif, les traits fins et l'autorité évidente.

Un homme qu'il connaissait.

On le poussa vers lui, comme dans une cérémonie sacrificielle. Ou plutôt comme devant un chef de gang, dans un pénitencier de Louisiane.

Ses idées se bloquèrent, son souffle aussi. Il allait se faire égorger. On n'entendrait plus jamais parler de lui.

— Ravi de vous rencontrer, monsieur Florin, le salua son hôte, qui maintenant se dressait devant lui.

Aucun doute, c'était lui. Celui qu'il croyait dans le coma à Paris.

Jean-Félix Mboundou, l'antiquaire ressuscité.

Photographies

Pour la trente ou quarantième fois depuis son réveil, Félicité Tchitchimba fouilla son sac à main. Puis elle retourna son cabas, le salon et les chambres de ses enfants de l'appartement familial, quartier Moungali.

Rien.

Où l'avait-elle perdu, ce portable ? C'était un grand smartphone dernier cri de marque chinoise, offert par sa famille à l'occasion de ses 30 ans. Un magnifique appareil dont elle prenait grand soin, d'abord parce que c'était un cadeau, ensuite parce qu'il lui permettait de communiquer avec sa famille en France, et enfin parce que, ainsi, elle était toujours joignable pour le boulot.

Un beau travail bien payé, qu'elle ne voulait perdre pour rien au monde, chez un homme important, qui paraît-il, avait l'oreille du Crocodile en personne.

En arrivant près de sa villa – enfin, plutôt un palais – elle traînait des sandales et la peur lui tordait le ventre. Sa sœur dans le Val-d'Oise allait forcément essayer de l'appeler, elle ne la trouverait plus sur Skype, alors elle préviendrait son mari. Et alors il se mettrait en colère, il aurait des soupçons et la battrait. Voilà pourquoi chaque minute passée sans son nouveau téléphone était un supplice.

Après avoir salué ses collègues, Félicité commença son ménage en laissant ses yeux traîner partout, comme les jours précédents. De même, elle louchait sur les autres employés en tâchant de deviner qui parmi eux aurait pu la dépouiller. Une nouvelle venue avait fait son apparition, une belle Française qui, visiblement, envoûtait le patron – et on pouvait le comprendre.

Mais ça ne pouvait pas être elle, la voleuse. Elle devait être riche, et avoir assez d'argent pour s'acheter tous les smartphones qu'elle voulait, des ordinateurs, des vêtements, des voitures et même des maisons.

Alors qui ? Et où, quand ?

Nadget, qui s'était écartée pour laisser passer Félicité avec son balai, lui sourit et poussa la porte de sa chambre. Pauvre femme !

Voilà deux jours qu'elle la regardait se décomposer, chercher sans relâche et interroger les uns et les autres. Sa détresse faisait peine à voir, mais elle avait besoin de cet appareil. Sans compter qu'elle avait eu la main heureuse en trouvant non seulement son chargeur, mais en découvrant que le téléphone n'était protégé par aucun code d'accès.

Pour le reste, c'était relativement simple. Cachée derrière les rideaux de sa chambre, elle prenait en photo tous les visiteurs qui arrivaient chez Bachelu.

Quelques hauts fonctionnaires congolais.

Des militaires, haut gradés.

Un personnage énorme, qui ressemblait à ces monstres gélatineux qu'on voit dans certains vieux films d'anticipation. Habillé en veste à col pointu à la Mobutu, dite *Abacost*[1], neuf rangées de décorations militaires alourdissaient son poitrail à gauche.

1. Diminutif pour « À bas le costume », qui était une forme de lutte contre les anciennes influences occidentales.

Elle revit aussi l'un des Chinois qui étaient présents au dîner, la quarantaine replète, les yeux malins. Un tatouage ornait le dos de sa main, rouge, en forme de dragon.

Un matin, elle réussit même à photographier la couverture d'un dossier qui traînait dans le salon, où était inscrit ceci :

CHIMECO / N-NDOKI / CLSE

Caché dans les toilettes aux environs de minuit, Nadget qui avait enfin trouvé la clé du réseau Wi-Fi, se connecta sans difficulté. Elle ouvrit l'application de messagerie cryptée, composa le nom que lui avait confié Colette, et envoya toutes ces images volées assorties d'un message.

Homonymie

Contrairement à ce qu'il espérait, Denis se réveilla exactement dans le même décor. Mais cette fois, il était assis sur la chaise en plastique de l'antiquaire, qui lui faisait face.

— Comment vous sentez-vous, monsieur Florin ?

— J'ai la tête qui tourne un peu. Qu'est-ce qui s'est passé ?

— Vous vous êtes évanoui, sourit Mboundou.

Ses sbires, serrés en rang autour de lui, émirent un petit rire. L'un d'eux releva la tête de Denis pour faire couler un peu d'eau entre ses lèvres. Même croupie, elle lui parut excellente, voire meilleure que son bon vieux Gevrey-Chambertin, à Caudebec.

S'étant remis, le jeune homme dévisagea Mboundou avec méfiance.

— Qu'est-ce que vous faites là ? Je vous croyais dans le coma à Paris.

L'homme sourit en inclinant le buste, ce qui lui donnait l'air d'un prince malgré son costume plus que défraîchi :

— Mon nom est Hubert-Félix Mboundou. Le pasteur Mboundou, si vous préférez. Il est vrai qu'on me confond très souvent avec Jean-Félix Mboundou, mon frère jumeau à Paris.

D'un geste élégant, il lui présenta ses lieutenants, tous officiers dans la milice Ninja.

— Vous vous moquez de moi. Pourquoi Kibanga vous garderait ici au lieu de vous exécuter ?

Les grosses épaules des Ninjas furent secouées de petits rires.

— Parce qu'il *ne sait pas* que nous sommes ici ! Nous étions venus à Brazzaville pour lancer une contre-manifestation ce dimanche, pendant sa grande cérémonie du masque sacré. Malheureusement, Kibanga a fait son coup d'État, nous avons été pris dans une rafle et jetés ici.

Denis le regarda d'un air sceptique.

— Et personne ne vous a reconnu ?

— Bien sûr que si. La plupart des gardiens savent que je suis là, mais figurez-vous que le Crocodile n'est plus ce qu'il était. Il ne fait plus aussi peur qu'autrefois. Ils ont préféré fermer les yeux sur ma présence. Même leurs indicateurs en cagoules sont dévorés par la peur ! Ils font semblant de ne pas me reconnaître. On ne sait jamais ce que réserve l'avenir, n'est-ce pas ?

Denis acquiesça mollement.

— Bon, et si vous me parliez du masque, maintenant ? Vous étiez venus au Congo pour le donner à Kibanga, n'est-ce pas ?

— C'est vrai.

— Et ?

Il le scrutait intensément, ses yeux brillant comme l'obsidienne dans la pénombre. Florin eut envie de lui dire la vérité, mais qu'y gagnerait-il ? Dans la position où il était, le Pasteur ne pourrait pas beaucoup l'aider. Au contraire, il courrait plutôt le risque de révéler la cachette du masque punu s'il était livré aux tortionnaires de Kibanga.

Il se contenta donc de confirmer qu'ils étaient venus donner le fétiche à Kibanga, qui n'en possédait qu'une vulgaire copie chinoise. Mais après l'épisode de l'hôtel, il s'était enfui et ignorait qui le détenait à présent – peut-être Bachelu ? Ou alors il avait été détruit dans l'incendie au Radisson.

Mboundou échangea des regards perplexes avec ses lieutenants.

Mais il n'eut pas le temps de reprendre la parole. Des bruits de pas s'approchèrent et la porte du vestiaire s'ouvrit avec fracas. Une dizaine de visiteurs armés entouraient un homme à la tête couverte d'une cagoule noire percée de trous pour les yeux. Ils le poussèrent en avant dans un silence de mort. La chemise du mouchard était bleu électrique, déchirée au col et tachée de sang. Il était maigre, fiévreux, les aisselles et le dos inondés de sueur. Son doigt se tendit vers un prisonnier, aussitôt emporté par deux gardes républicains.

Un autre subit le même sort.

On entendait les souffles courts, presque les battements de cœurs. L'homme encapuchonné s'arrêta devant le Pasteur, qui maîtrisait sa respiration avec peine. Denis vit que ses mains tremblaient.

— Je l'ai ! s'exclama Pouget en brandissant son smartphone, heureux comme un gamin.

Il se tenait à l'entrée de la chambre de Colette, qui le fit entrer aussitôt. Ils décortiquèrent le message de Nadget ainsi que ses photos, ce qui ne fut pas long, Pouget étant à lui seul une encyclopédie vivante du Congo, de la politique, des affaires et de la corruption.

Après une longue conversation cryptée avec Paris, la vieille dame réunit ses troupes autour d'un déjeuner constitué de liboke de porc et d'un copieux machanata. Elle était à la fois sombre et joyeuse, ressemblant sans le savoir à ses ancêtres Florin, lorsque ceux-ci s'apprêtaient à piller un galion espagnol ou anglais.

— Mes amis, dit-elle, nous savons maintenant ce qui est en train de se tramer au Congo.

À son invitation, l'honorable correspondant leur montra son écran de portable, où s'affichait la photo d'un Asiatique d'une quarantaine d'années, rondouillard et l'air rusé.

— Je vous présente le colonel Ping, le nouveau partenaire privilégié du président Kibanga. Il est le représentant en Afrique du consortium Chimeco, *China Metal Corporation,* spécialisé dans l'exploitation de ressources minières et métalliques. Cette entreprise est impliquée dans toutes les grosses opérations chinoises en Afrique, construction d'infrastructures publiques, routes, stades, hôpitaux, ports.

Pouget grossit une autre image où l'homme apparaissait en chemise à manches courtes, dévoilant ainsi un tatouage de dragon rouge sur le dos de sa main.

— Ping, reprit Colette, est également colonel au sein du Guoanbu, le service de renseignement chinois. On le surnomme parfois *Dragon Rouge*.

Nadget avait photographié à la volée d'autres fils du Ciel chez Bachelu : certains appartenant à Chimeco, les autres à différentes grosses entreprises chinoises du même acabit.

— Beau travail, fit Momo. Ça vient d'où ?

— J'y viens, répondit Colette. Tout ceci prouve clairement que Bachelu et Kibanga sont en train de vendre le Congo à la Chine. Notre mission, je peux vous le dire maintenant, était de dévoiler ce processus et d'y mettre fin, mais je crains que nous soyons arrivés un peu tard.

— Notre mission... vous voulez dire celle de Nadget...

— Vous avez tout compris, mon cher Raoul. Le masque n'était qu'un prétexte, disons un moyen d'approcher Bachelu, passage obligé pour Kibanga. Nous savions que ce personnage entretient une passion pour les belles jeunes femmes originaires du Maghreb. J'avoue que je n'étais pas tellement d'accord pour la manœuvre, mais Nadget a courageusement accepté. J'espère maintenant qu'elle ne va pas se mettre en danger.

— On a qu'à la tirer de là, proposa Raoul, que ces révélations ne semblaient guère étonner. Venant de Colette, il s'attendait à peu près à tout.

— C'est la solution que je préconisais, mais malheureusement sa mission n'est pas terminée. Paris a insisté pour qu'elle reste.

À son visage, les hommes comprirent non seulement qu'elle était fort contrariée, mais qu'en plus ils n'en tireraient plus un mot. Insister aurait été aussi utile que de vouloir forcer un coffre-fort avec une lime à ongles.

— OK. Et nous, on fait quoi ? demanda Raoul d'un air déçu et mécontent.

La cheffe leur expliqua qu'outre l'envoi d'images, Nadget lui avait appris dans son message ce qui s'était précisément passé au Radisson.

— Ce qui signifie que Denis est peut-être caché quelque part en ville. Peut-être avec le masque. J'ai demandé à M. Pouget d'activer les investigations par ses propres moyens. Vous Momo, vous chercherez de votre côté avec vos engins numériques.

— Et moi ? Je fais des réussites ?

— Vous Raoul, préparez-vous. Il pourrait y avoir un peu d'action dans les jours à venir.

Elle n'avait pas besoin de lui demander s'il était d'accord ou non.

Misogynie

Bachelu sourit de toutes ses dents, même si le vernis de douceur et de bienveillance dont il avait fait preuve au début se fissurait peu à peu. La courtoisie, la patience pour arriver à ses fins, pourquoi pas, mais pas trop quand même. Les dérobades de Nadget commençaient à le lasser, et cela se devinait à ses sourires crispés.

Mais la jeune femme s'accrochait, surtout depuis que Colette avait répondu à son message par l'intermédiaire de la messagerie cryptée de Pouget : elle devait insister. Bachelu avait d'autres secrets, et il fallait les mettre au jour. Ce qui intéressait le plus Paris, c'était ce dossier dont elle avait photographié la couverture.

Que cachait cet intitulé : CHIMECO / N-NDOKI / CLSE ?

Pour le savoir, le mieux pour Nadget aurait été de fouiller le bureau de son hôte, mais les multiples caméras intérieures en défendaient l'accès. Et la jeune femme n'avait pas de Momo sous la main, capable de provoquer une panne ou d'injecter des images de pièces vides dans le circuit de vidéosurveillance pour tromper les vigiles.

Restait l'ultime solution, se livrer à Bachelu – mais rien qu'à y penser, la jeune femme en avait des nausées. D'ailleurs, Colette le lui avait formellement interdit :

— Ne vous perdez pas dans cette affaire, ma petite Nadget. Promettez-moi de fuir dès que les choses vont trop loin.

Elle avait promis.

Il faisait déjà chaud lorsque l'ancienne journaliste rejoignit son hôte vers sept heures du matin, au bord de la piscine, où il prenait son café.

— Je vous ai attendue hier soir.

Il l'observait avec un peu de doute et de colère, comme un acheteur plus très sûr de son choix.

— Je sais. Mais je ne me sentais pas très bien.

Un éclair froid passa dans ses yeux.

— Ne jouez pas trop avec moi, Nadget.

Elle s'installa en silence.

Au loin, Brazza s'éveillait dans la torpeur de la matinée. Levé d'un bond, Bachelu se débarrassa de son peignoir de bain. On aurait dit ce Goth chétif dans *Astérix légionnaire*, dont l'énorme manteau de fourrure dissimule la maigreur dérisoire. Après avoir gonflé ses minuscules pectoraux, il fit quelques longueurs, ressortit, s'emmitoufla de tissu-éponge et s'alluma un cigare.

— Que porterez-vous dimanche ? demanda-t-il en recrachant un nuage âcre.

Nez froncé, Nadget lui expliqua qu'elle avait choisi le tailleur blanc, ce qui parut l'enchanter : la plupart des épouses des officiels porteraient une tenue traditionnelle, et il serait maladroit de vouloir les imiter.

Dans deux jours, ils assisteraient à la grande cérémonie où le président Kibanga montrerait à la foule le faux masque chinois.

D'un geste ostensible, Bachelu vérifia l'heure sur sa montre en céramique jaune et triple cadran à 90 000 euros.

— La modiste passe dans une heure pour le chapeau. C'est la meilleure de Brazzaville. Je vous laisse, j'ai beaucoup à faire.

Au passage, quand il se pencha pour lui embrasser l'épaule, elle en profita pour attraper doucement son poignet. Bachelu avait tressailli. Elle surprit dans ses yeux un mélange d'étonnement et de fierté, comme un petit garçon qui retient enfin l'amour de sa maman.

— Il faut que vous me compreniez Philippe, lui murmura-t-elle. J'ai eu tellement de déceptions avant vous.

Elle avait l'impression de jouer un mauvais rôle dans un mauvais téléfilm. Bachelu ne parut rien remarquer. Il souleva sa main dont il baisa la paume.

— Je ne vous décevrai pas.

Son haleine empuantie lui souleva le cœur, et malgré elle, Nadget sentit la peur enserrer sa poitrine.

Catimini

Après avoir expédié ses affaires du jour – très calmes puisque l'activité économique était quasiment à l'arrêt –, Vincent Pouget sortit des bureaux de GT International et descendit l'avenue Foch en direction du fleuve. Tout était très calme, trop sans doute, sans bruit, sans odeur et sans mouvement, comme une jungle qui se tapit dans le silence à l'imminence d'un danger.

Car si l'espèce de panique des jours précédents avait pris fin, la vie n'avait pas pour autant repris son cours normal. Les rares voitures qui circulaient encore étaient sans cesse arrêtées par les barrages des Cobras. Les boutiques et les entreprises tournaient au ralenti, et les passants rasaient les murs. Peu des Brazzavillois qui avaient fui le centre-ville étaient revenus, bien au contraire d'autres les imitaient en catimini, toujours plus nombreux.

Pouget croisa des miliciens qui poussaient devant eux un homme au torse nu, l'arrière du crâne et le dos inondés de sang. Il détourna le regard. Ses pas le menèrent aux alentours du parc du mémorial Savorgnan de Brazza, au bord du Congo. Appuyée sur un bâton, la gigantesque statue de l'explorateur contemplait le fleuve d'un œil nostalgique et perplexe, comme s'il s'interrogeait encore sur ce qu'il avait dit en prenant possession de ces terres près de 150 ans plus tôt : *tous ceux qui toucheront le mât du drapeau tricolore seront libres*, avait-il proclamé. *La France ne reconnaît à personne le droit de maintenir un homme en esclavage !*

Ce que la suite des événements n'avait pas forcément démontré, songeait parfois Pouget. Mais il ne venait pas ici pour méditer sur l'histoire. Contournant l'imposant mausolée de style néo-classique où reposaient les cendres du grand homme – non sans se surveiller régulièrement ses arrières –, il gagna plus loin l'ombre de massifs de bougainvilliers.

Son interlocuteur l'attendait là en fumant nerveusement. Ils se dirigèrent vers le fond du jardin, qui donnait sur un grand bâtiment administratif.

— Ça va plus du tout, dit l'homme en jetant des regards autour d'eux. Tous les jours on ramasse des morts. Généralement des syndicalistes ou des journalistes.

— Qui fait ça ? Les Cobras ?

— Oui, les Cobras. Il paraît qu'ils ont tué pas mal de gens au stade Massamba.

L'informateur de Pouget occupait un poste important au ministère de l'Intérieur. Non seulement la police, mais aussi une bonne partie de l'armée et même de la Garde républicaine renâclaient à prendre position pour le Crocodile. De nombreux hauts gradés étaient d'ailleurs partis en permission, tout comme certains ministres, aux abonnés absents. Les services secrets eux-mêmes se faisaient, paraît-il, très discrets.

— Des nouvelles des Ninjas ?

Le haut fonctionnaire sautillait sur place. Il donnait l'impression de vouloir détaler au moindre bruit suspect.

— On dit qu'ils tiennent Makélékélé, et qu'il y aurait des groupes dans Brazza même. Ce qui est sûr, c'est que ma cousine habite Ouenzé, et ils contrôlent pratiquement l'accès à l'aéroport. Ça sent mauvais.

Ils s'interrompirent en voyant un hélicoptère les survoler – pas du matériel récent, se dit Pouget.

— Et pour Denis Florin ?

Le haut fonctionnaire jeta un nouveau regard alentour.

— Écoute, c'est difficile d'avoir de bonnes informations en ce moment.

— C'est pour ça que je fais appel à toi, sourit Pouget. Tu as quelque chose pour moi ?

— Oui. C'est pas du sûr à 100 %, mais je te préviens que ça vaut plus que 500 euros.

Sa tête semblait comme montée sur un roulement à billes. Jusqu'à présent, Ngolo n'avait jamais déçu Pouget. Aussi décida-t-il de lui accorder 2 000 euros pour ses informations, payables en deux fois.

Et c'était bien ce qu'elles valaient, en effet.

Vingt minutes plus tard, l'agent de la DGSE déboulait tout excité dans sa maison de Poto-Poto où l'attendaient Colette et ses tueurs.

Cérémonie

Finalement, l'homme en cagoule n'avait pas dénoncé le Pasteur.

Après un temps d'hésitation, il était reparti et le vestiaire était retombé dans un morne oubli. Quelques jours étaient passés. Le temps s'était suspendu pour le millier de prisonniers du stade Massamba, abrutis de faim et de froid, et tremblant dans l'ombre.

Les gardiens parlaient beaucoup de la grande manifestation de soutien au président Kibanga, prévue pour le dimanche suivant. Il voulait y annoncer quelque chose d'extraordinaire, mais personne ne savait quoi, à part Denis, qui supposait qu'il s'agissait de brandir le masque sacré.

Mboundou aussi devait s'en douter, et avait plusieurs fois abordé le sujet avec Florin, qui s'en tenait à sa position et gardait le silence.

Le samedi soir, ils apprirent que plusieurs centaines de Cobras bien équipés se concentraient autour du stade.

Le Pasteur faisait grise mine :

— La situation devient très préoccupante. Si nous sommes toujours enfermés, cela signifie que mes Ninjas n'ont pas réussi à investir Brazza. Si Kibanga reprend la main après cette cérémonie, il fera le ménage ici, et nous ne serons plus protégés. Ni vous, ni moi.

Il le scruta d'un regard insistant, mais Denis se contenta d'afficher un air stupide.

L'aube du dimanche arriva. Dans une sorte de brume nauséeuse, deux prisonniers de corvée renouvelèrent l'eau pourrie des seaux, on distribua des denrées moisies qui avaient dû autrefois être des bananes plantain, puis le jour s'éleva en même temps que des musiques stridentes, au loin.

Parfois, des orateurs criaient dans leurs haut-parleurs entre deux larsens. L'opération était un succès, confirma un garde au grand dépit du Pasteur. Tout Brazzaville se rassemblait sur l'ancien boulevard des Armées, des dizaines de milliers de personnes agitant des petits drapeaux, revêtues de tee-shirts à l'effigie du Vieux Crocodile. Ironie du sort, tout cela se déroulait à quelques minutes à pied du stade.

Même artificiel, tout cet enthousiasme était comme une torture.

Acrobaties

Tout était retransmis en direct à la télévision.

D'abord, une multitude d'individus s'étaient répandus tel un long fleuve coloré sur l'avenue centrale de Brazza, où d'énormes barnums protégeaient les tribunes officielles, non loin du ministère des Affaires étrangères. Des écrans géants relayaient l'événement tous les 100 mètres, façon concert des Rolling Stones.

L'annonce du président Kibanga avait provoqué une onde de choc dans le pays : il allait donc montrer au pays le masque sacré punu, le masque des masques ! C'était une nouvelle extraordinaire, on allait enfin voir cet objet mythique dont chaque famille avait entendu parler depuis toujours. Comment l'avait-il récupéré, mystère... Mais c'était un tour de force. Un peu comme si l'évêque de Lourdes annonçait une prochaine réapparition de la Vierge à Massabielle.

Indifférente à la touffeur dans la camionnette et les dents serrées, Colette suivait la cérémonie sur une télévision minuscule appartenant à un mur d'écrans qui aurait beaucoup plu aux ingénieurs de Cap Canaveral. Ce chef-d'œuvre numérique était l'œuvre de Momo, qui de son côté scrutait le stade Massamba sous à peu près toutes ses coutures : filmé de très haut par un satellite d'observation ; vu de moins loin grâce à la caméra d'un drone militaire ; et d'encore plus près depuis le toit d'un immeuble voisin. Pour faire bonne mesure, le barbu avait détourné le système de vidéosurveillance de cette partie de la capitale, si bien qu'aucun détail ne leur échappait.

Apprenant par l'indicateur de Pouget que Denis était probablement enfermé au stade avec les étudiants raflés, Colette avait très vite réagi, d'autant que l'informateur avait précisé que le Vieux Crocodile se préparait à une sévère reprise en main du pays, dès la cérémonie terminée. Les prisonniers jusqu'alors simplement entassés seraient interrogés un à un. Ils tomberaient forcément sur Denis !

Colette toucha le poignet de Momo, qui aspirait une brochette de poulet mariné. Le geek barbu consulta un cadran numérique avant de mettre son casque à micro. C'était l'heure.

— Rouge-frelon de Rouge-autorité. Parlez.

— *Ici Rouge-frelon, quoi encore ?* crachota une voix lointaine.

Momo eut une mimique agacée. Pour un ancien militaire, Raoul avait toujours eu un respect très relatif des procédures radio.

— Combien de temps avant d'être sur zone ?

— *Dix minutes max.*

On entendait derrière lui le hurlement d'un turbomoteur d'hélicoptère. Colette consulta la télévision, dubitative : les tribunes officielles étaient encore à moitié vides.

Elle coiffa ses propres écouteurs :

— Posez-vous immédiatement, Rouge-frelon. C'est trop tôt.

— *Que je me pose où ? Sur la Mercedes à papa Kibanga ?*

— C'est un ordre.

Coupant court aux protestations de Raoul, elle se replongea dans la retransmission de la cérémonie, aussi fascinée qu'une midinette devant les épousailles de Kate et William. Elle observait surtout l'arrivée de chaque nouvel invité, la plupart en boubous, comme l'avait voulu Kibanga, avec sa grande idée de retour à la terre et à l'authentique qui excluait *de facto* les costumes à l'occidentale. Quelques officiels avaient poussé la servilité jusqu'à se parer de grands colliers de plumes, comme autrefois.

Cependant, malgré les efforts du réalisateur et de ses cameramans, on voyait clairement que la tribune présidentielle n'était pas remplie. De même, le boulevard paraissait relativement clairsemé.

Néanmoins la cérémonie finit par commencer avec le largage de quatre parachutistes qui déployèrent une immense banderole de soutien au président Kibanga. Suivit une troupe de Cobras dont les efforts pour ressembler à une troupe d'élite se révélèrent assez pathétiques, puis un défilé de femmes, et enfin d'écoliers clamant leur amour pour le Vieux Crocodile.

Chaque nouvelle attraction était saluée de maigres acclamations. Colette aurait juré entendre des sifflets ou des huées, bientôt couverts par le discours de Kibanga, dont la voix sépulcrale se mit à rouler sur l'avenue. La vieille dame sursauta presque en voyant apparaître Nadget en gros plan, superbe dans son tailleur de haute couture et son chapeau noir. Une véritable princesse berbère aux yeux légèrement soulignés de khôl, avec à ses côtés l'insignifiant Bachelu.

Puis elle reporta son attention sur les autres écrans, où l'on voyait les abords du stade Massamba et son dispositif de sécurité. Tout était désert autour. Pas un passant, pas une voiture… sauf un camion-citerne qui roulait lentement vers l'immense bâtiment.

C'était *Rouge-pétard* : un engin de 35 mètres cubes, comme ceux qui approvisionnent les gros-porteurs en kérosène. Il ne s'arrêta pas aux ordres des miliciens Cobras, qui s'égaillèrent en tous sens. Le monstre à la dérive envoya dinguer leur automitrailleuse comme un jouet d'enfant, écrasa deux motos de police et finit sa course au pied du stade.

À peine son chauffeur s'était-il sauvé en courant qu'un flash dantesque blanchit d'un coup tous les écrans de contrôle.

Lorsque l'image revint, tout le côté nord du stade disparaissait sous un torrent de flammes.

— Bien joué, Rouge-pétard, sourit Colette dans son micro.

À la télévision, Kibanga s'était interrompu, surpris par la déflagration. Il fronça un sourcil et reprit son discours d'un ton indécis. Le réalisateur n'utilisait plus que ce cadrage-là, évitant systématiquement les plans plus larges qui dévoilaient l'avenue de plus en plus désertée.

L'œil pétillant rivé vers ses écrans, Colette vit un minicar s'approcher de l'accès sud du stade, à l'opposé de l'incendie : *Rouge-sésame* entrait dans la danse.

Il s'arrêta et vomit par ses portières un groupe d'assaut en combinaisons et cagoules noires, qui dispersa les derniers Cobras d'un tir rasant de balles en caoutchouc anti-émeute, combiné à l'emploi massif de grenades lacrymogènes.

Deux membres du commando apposèrent sur un portail un cadre métallique bardé d'explosifs, identique à ceux qu'utilisent les braqueurs de fourgons blindés de transports de fonds. Le battant creva dans un bruit caverneux et ils s'engouffrèrent à l'intérieur.

Colette ne tenait plus en place.

On entendait des explosions lointaines, mais aucune riposte. Bientôt, les premiers prisonniers libérés sortirent par le portail éventré. Ils hésitaient quelques pas au soleil, puis trottinaient et couraient, découvrant l'esplanade abandonnée. Vus de haut par les drones, ils ressemblaient à des fourmis fuyant un incendie.

Momo toucha Colette au coude. Un vrombissement s'élevait au-dessus de leur camionnette bourrée d'électronique. Ils se sourirent, en vieux gamins farceurs qu'ils étaient : *Rouge-frelon* arrivait.

En effet, l'hélicoptère parut bientôt sur les écrans de surveillance, peint en noir antireflet, sans élément d'identification. Un appareil de pirates. D'une courbe élégante, il survola les hautes tribunes du stade Massamba et se posa en plein centre de la pelouse.

— *Rouge-autorité de Rouge-frelon*, grogna Raoul à la radio. *On est sur zone.*

— On voit, répondit Momo du tac au tac. À votre initiative, messieurs.

Reconnaissable entre toutes malgré sa combinaison noire, la haute silhouette de Raoul jaillit de l'hélicoptère, tandis que ses acolytes tenaient les rares gardiens en respect. Le son de l'action leur parvenait en intégralité grâce au réseau de radio tactique, reliée à leurs micros et leurs oreillettes.

Nadget était trop jeune pour avoir vécu l'événement, mais elle savait très bien ce qui s'était passé en 1989, lors de la chute de Ceausescu, le dirigeant tyrannique de la Roumanie communiste d'alors. Elle connaissait par cœur ces images où le *Génie des Carpates* faisait un discours du haut de son balcon, pendant lequel des huées et des sifflets se faisaient entendre. Il levait la main pour demander le silence, incrédule et souriant.

Il était déjà mort mais ne le savait pas.

À ses côtés, un gros policier se penchait vers la foule et disparaissait, sans doute dans l'intention d'aller mater les rebelles. En réalité, il trahirait son maître et ne le rejoindrait jamais sur le balcon.

Pour Kibanga, c'était la même chose, se dit Nadget, qui aurait donné 10 ans de sa vie pour être ici une caméra à la main plutôt que de jouer la maîtresse d'un escroc.

La foule clairsemée aurait dû lui mettre la puce à l'oreille. Du temps de la splendeur du clan Kibanga, l'avenue aurait été noire d'une foule enthousiaste à perte de vue. Mais les menaces des chefs de quartiers n'avaient eu aucun effet. D'une certaine façon, la comédie était terminée. Le Crocodile n'inspirait plus la peur et chacun comprenait qu'on pouvait lui désobéir sans crainte.

La situation avait empiré juste après l'explosion du stade et de l'incendie qui avait suivi. Le public fuyait par vagues, des centaines d'hommes ou des mères de famille avec leurs enfants, et même des policiers – du moins ceux qui n'étaient pas trop près des tribunes officielles. De nombreux Cobras plièrent bagage à leur tour, s'estimant sans doute trop peu payés pour risquer leur vie.

Quelques invités du Président s'éclipsèrent, les uns discrètement, les autres ostensiblement, vidant d'un coup plusieurs rangées de sièges en plastique. Ils avaient beau être notables et puissants, la peur se lisait sur leurs traits. Une rafale toute proche fit courber les épaules.

Kibanga continuait son discours, malgré des interruptions toujours plus fréquentes.

Il parlait du masque punu, des forces de la nature.

Personne n'écoutait. Certains cameramans avaient abandonné leur poste, d'autres braquaient leurs objectifs vers les mouvements de foule sur l'avenue ou vers l'immense panache de fumée s'élevant du stade.

Le Crocodile avait sans doute l'intention de continuer jusqu'au moment où il élèverait le masque, mais d'autres coups de feu l'en empêchèrent, plus proches, cette fois suivis de tirs de riposte. Nadget se retrouva à quatre pattes à côté de Bachelu, gris de terreur. Des femmes et des hommes les enjambaient et les piétinaient sans pitié.

Qui faisait feu, où ? Impossible de le savoir.

Comme dans un mauvais film de gangsters, la jeune femme vit un militaire grimacer dans un nuage rouge, juste à côté de Kibanga. Il disparut de son champ de vision. Une partie des gardes du corps rafalaient au hasard, tandis que d'autres emportaient le Président, dont un côté du visage était parsemé de taches rouges. Était-il touché ?

Un barnum s'écroula dans des hurlements de panique. Nadget se sentit soulevée et emportée jusqu'au convoi présidentiel, entouré de Cobras survoltés.

Cavalerie

Le groupe d'assaut ne trouvait toujours pas Denis.

En s'enfonçant avec ses hommes dans les profondeurs du stade, Raoul se voyait comme un bateau qui remonte des rapides. Les étudiants couraient à contre sens autour d'eux, obsédés par l'idée de sortir, quitte à s'écraser les uns les autres. Des silhouettes l'esquivaient en rasant les murs, parfois même en rampant.

De temps à autre, ils en arrêtaient un pour l'interroger, mais ils avaient l'air comme fous. Autant demander ses papiers d'identité à un type qui fuit un incendie de forêt.

L'ancien officier parachutiste commençait à s'agacer, et même à craindre pour leur sécurité. Florin était peut-être déjà sorti, et ils cherchaient pour rien. Si jamais les Cobras revenaient en force, ils auraient l'avantage du nombre, et lui et ses hommes seraient pris au piège dans ces saloperies de souterrains.

— *ENI*[1] *en vue*, fit soudain un commando juste derrière lui. Sa voix était jeune, brève comme une rafale de pistolet automatique. *Je neutralise.*

Ils se mirent à l'abri tandis qu'un Cobra les ciblait, caché au détour d'un couloir. Une seconde plus tard il était mort, séché par deux détonations

1. Élément hostile, en langage militaire.

successives. La ferraille de son fusil d'assaut résonna sur le béton.

Une dizaine de prisonniers dont il devait empêcher la fuite surgit aussitôt du néant, et la troupe reprit son avancée jusqu'à une sorte de cul-de-sac.

— *Vestiaire à gauche*, annonça l'éclaireur dans les oreillettes.

Mais la porte résistait. Soit la pièce était tout simplement vide et verrouillée, soit elle était pleine d'otages qui s'y étaient barricadés, croyant à un massacre général.

D'un coup de menton, Raoul désigna la porte à un membre de l'équipe.

En moins de temps qu'il n'en fallait pour le dire, une petite dose d'explosif l'arracha de ses gonds.

— Sortez de là, on vient vous libérer, lança l'officier dont le souffle se hachait au rythme de sa course. Tirez-vous, bon Dieu !

Personne ne se montrait. Ils jetèrent un regard prudent vers l'intérieur, mais avec la fumée de l'explosion, on n'y voyait pas plus qu'à Londres un soir de brouillard.

— On sort, mais promettez-nous de ne pas tirer, fit une voix caverneuse.

— Bien sûr qu'on promet, mais grouillez-vous, on va pas faire salon non plus.

Après une ultime hésitation et quelques chuchotements, un personnage apparut lentement, mains levées. Un homme aux habits crasseux, plutôt petit et mince, mais les traits fins et l'allure princière.

Raoul reconnut le pasteur Mboundou en un éclair, en même temps qu'il comprenait la situation : l'opposant avait été raflé par hasard, et personne n'avait osé le dire aux chefs.

— Qui êtes-vous ? demanda posément Mboundou.

En temps ordinaire, Raoul lui aurait bien répondu une bonne grossièreté de son cru, mais on n'était pas en temps ordinaire. On l'était d'autant moins que Denis venait de surgir lui aussi du fond du vestiaire.

— Eh ben, pas trop tôt, se contenta de grogner le colosse, avant de regarder à nouveau Mboundou.

Il avait déjà pris sa décision. Au vu des circonstances, il ne serait pas forcément malhabile de tendre la main aux ennemis du président Kibanga.

Ôtant son masque à gaz, il lui offrit son plus beau sourire.

— Nous, on est la France, dit-il en tendant la main. Et la France vous offre un voyage en hélicoptère. Ça vous intéresse ?

Hallali

Le convoi présidentiel fonçait vers le Palais du Peuple, distant d'à peine plus de trois kilomètres du lieu de la cérémonie. Nadget et Bachelu avaient été quasiment jetés dans une voiture, juste derrière celle du Crocodile, et bien que le trajet fût court, ils eurent tout le temps d'assister à des scènes terrifiantes.

Un homme courait sur un trottoir, poursuivi par tout un peuple en rage. Il trébucha et Nadget le vit aussitôt englouti dans un tourbillon de coups de pieds, de poings et de bâtons. Juchés sur les portières aux vitres baissées, les derniers fidèles de Kibanga couvraient le trajet, fusils d'assaut braqués. Deux ou trois fois, la voiture de tête s'arrêta et ils ne repartirent qu'après une fusillade nourrie. À chaque fois ils semaient des cadavres en route. Ils dépassèrent une voiture en flammes, des boutiques pillées dans une ambiance de chaos.

La jeune femme avait déjà vécu des moments difficiles, et parfois risqué sa vie, mais toujours pour le travail. Elle était là pour filmer, pour témoigner. Ici, elle n'avait qu'à espérer que leurs voitures ne soient pas arrêtées pour de bon. Si par malheur cela arrivait, elle finirait lynchée par la foule, ça ne faisait aucun doute. Elle tremblait de terreur, non pour elle, mais surtout à l'idée de ne pas revoir Victoire, elle en pleurait presque.

Arrivé à un carrefour où flambait une automitrailleuse de fabrication russe ou chinoise, le convoi s'engagea à vive allure dans une allée qui, comme à Chambord, menait à une imposante bâtisse à colonnades de style colonial. Le Palais du Peuple. Il ne s'y trouvait plus aucun soldat, uniquement des fonctionnaires et des domestiques affolés. Une myriade de feuilles tourbillonnait devant la façade, cotillons d'une étrange fête. On brûlait les archives.

Cependant Bachelu textotait avec frénésie, le visage ruisselant de sueur. Finalement, après une brève conversation au téléphone alors qu'ils arrivaient devant l'entrée d'honneur, il ordonna brusquement au chauffeur de s'arrêter.

— Quoi, patron ?

— Fais demi-tour.

Le président Kibanga venait d'arriver sur le perron, entouré de trois géants armés, une joue ruisselante de sang. Il semblait les attendre.

— Fais demi-tour, connard, siffla Bachelu en pointant un pistolet sur le conducteur. Bouge !

Kibanga observait de loin sans comprendre. Son regard autrefois féroce semblait surtout incrédule, exactement comme celui de Ceausescu, 25 ans plus tôt. Le monde lui manquait et il ne comprenait pas pourquoi. Ce n'était qu'un assassin, pensa Nadget, un homme cruel et sanguinaire. Pourtant, songeant au sort qui l'attendait, elle eut pitié de lui.

Il les regarda s'éloigner dans un grand virage, une main vaguement en l'air comme pour les retenir.

En roulant dans l'autre sens, ils croisèrent des Ninjas qui arrivaient déjà, mêlés à des émeutiers armés de barres de fer. Ils arrivaient en flots, comme une marée montante que rien ne peut arrêter. Plus vite que ça, insistait Bachelu. Roule, espèce de connard. Au bout de l'allée, il le fit stopper et ils troquèrent leurs véhicules pour deux gros tout-terrain qui les attendaient : ceux de ses mercenaires russes, d'un calme olympien malgré la tension extrême.

Le chauffeur voulut embarquer lui aussi mais Bachelu braqua son arme.

— Casse-toi.

Nadget en eut le souffle coupé. Elle se redressa sur son siège mais il était déjà trop tard, et comme dans un cauchemar le Russe au volant démarra en trombe au milieu d'une petite foule hurlante. Presque aussitôt le malheureux chauffeur fut repéré, frappé et traîné en sol. La dernière vision qu'elle eut de lui fut celle de son pied au milieu d'une grappe humaine, il avait perdu sa chaussure, son gros orteil dépassait d'un trou.

Bachelu était déjà passé à autre chose. Il tenait encore son pistolet en main, l'œil trouble et les lèvres humides.

— Connard de Kibanga, qu'est-ce qu'il croyait ? Que j'allais faire Camerone avec lui ? Me faire buter ! Putain !

Ce fut tout pour son éloge funèbre.

Ils croisaient de moins en moins de monde. Quelques minutes plus tard, ils arrivèrent dans le quartier résidentiel où se dressait sa villa. Sans même le regarder, Nadget devinait les sentiments qui agitaient son voisin, encore tout frémissant, son soulagement d'avoir échappé à la mort, sa satisfaction d'avoir été plus malin, sa fureur d'être écarté du pouvoir, sa soif de vengeance.

Il consulta sa montre ridicule.

— Un jet nous attend dans une demi-heure à Maya-Maya, dit-il. Est-ce que tu viens ?

La jeune femme ne réussit pas à prononcer un mot. Elle pensait encore au chauffeur. Pourquoi l'avoir abandonné ? Il aurait suffi de l'embarquer et de le déposer 200 mètres plus loin, et il aurait survécu. Les remords la poursuivraient longtemps, cette image horrible et dérisoire, ce pied à la chaussette trouée qui s'agitait en l'air.

— Où est-ce qu'on part ?

— On rentre en France. Le Congo, c'est fini.

— Et Kibanga ?

Sa seule réponse fut une moue de mépris. Il ne lui portait aucune attention, n'offrant de lui que sa grosse mâchoire de profil, dans l'ombre du Range Rover.

La jeune femme était trop horrifiée pour discuter, et même pour raisonner. La seule chose qu'elle savait, c'est qu'elle n'avait pas fini son travail auprès de Bachelu. Et elle ressentait aussi une envie folle d'aller au bout, de détruire cet homme.

Elle acquiesça du bout des lèvres.

Sans remarquer que l'ex-conseiller la regardait avec une acuité nouvelle, où le désir de faire mal apparaissait plus que le désir tout court.

Diplomatie

Kibanga était mort, ou alors il s'était suicidé – c'est du moins ce qui se racontait dans la rue et sur les réseaux. On disait aussi que les Ninjas occupaient plusieurs ministères, ainsi que la radio-télévision nationale. Des combats avaient éclaté autour de l'aéroport, combats sporadiques où les Ninjas avaient systématiquement eu l'avantage. Enfin, le chef d'état-major de l'armée s'était déclaré favorable à un *renouveau démocratique*, dont le pasteur Mboundou serait le meilleur garant, si par hasard il était élu.

Bref, le vent du renouveau avait soufflé assez fort pour retourner d'un seul coup toutes les vestes. En moins d'une demi-journée, il ne se trouva plus personne pour ne pas affirmer qu'il avait toujours secrètement détesté le Crocodile et ses sbires (ce qui d'ailleurs n'était pas forcément un mensonge).

La très probable réapparition du pasteur Mboundou était sur toutes les lèvres. Après avoir échappé par miracle aux bourreaux du Crocodile, il s'apprêtait à faire un grand discours sur l'ancien boulevard des Armées, exactement comme son ennemi avant sa chute.

Mais cette fois, il ne serait pas question d'y exhiber un masque sacré. Les Congolais n'avaient pas besoin de symboles, de magie ou de superstitions, mais de liberté et de conditions de vie décentes.

C'est en tout cas ce qu'avait affirmé le Pasteur dès sa première rencontre avec Colette. De retour du stade en feu, l'hélicoptère de Raoul l'avait déposé avec ses principaux lieutenants à quelque distance de Brazzaville, dans un bungalow de luxe.

— Je sais que le Crocodile voulait ce masque et qu'il était prêt à tout pour le récupérer, avait dit Mboundou, alors qu'il reprenait des forces avec son hôtesse sur la coursive, au-dessus du jardin tropical.

Colette se garda bien de répondre. Leurs regards se perdaient vers les ondulations herbeuses des plateaux Batéké, sous le crépuscule sanglant.

Mboundou sourit finement.

— Je suppose que votre travail était de donner cette sculpture à Kibanga en échange de contreparties, n'est-ce pas ? Votre gouvernement avait dû avoir vent de son rapprochement avec nos amis Chinois, et devait s'en inquiéter. Il lui offrait ce masque sacré, en échange de quoi Kibanga le rassurait sur ces partenariats en matière de contrats sur le pétrole, d'exploitations minières et autres, n'est-ce pas ?

Colette admit que l'hypothèse n'était pas forcément inexacte.

Mboundou soupira avant de se tourner vers Denis qui suivait l'entretien d'un air maussade.

— Eh bien, ce masque ne m'intéresse pas. Sachez simplement que s'il me revenait entre les mains, je lui trouverais une bonne place dans le grand musée d'Art du bassin de Congo que je compte créer, lorsque je serai au pouvoir.

— Et qu'est-ce qui vous intéresse alors, monsieur Mboundou ?

— Je pense que le temps est venu pour moi de gouverner ce pays, qu'en pensez-vous ? Il me semble que toutes les conditions sont réunies. À moins, chère madame, que vous et vos amis n'ayez d'autres projets me concernant ?

— Comme ?

— Comme, me mettre définitivement hors circuit. Un cerveau tordu pourrait penser que la France aurait tout intérêt à remettre au pouvoir un membre du clan Kibanga, ce qui lui assurerait une loyauté sans faille puisque celui-ci lui devrait tout. Mais personne ici n'a le cerveau tordu, n'est-ce pas ? En tout cas, si vous me relâchez, sachez que je reconduirai tous les contrats avec la France.

— Quelles garanties apportez-vous ? demanda Colette, l'œil plus dur derrière ses mains jointes. La Chine sait se montrer très généreuse avec ses partenaires, vous pourriez être tenté, comme M. Kibanga.

— Sans doute, oui. À l'heure qu'il est, je ne doute pas que ce cher colonel Ping et ses amis de Chimeco me cherchent déjà pour me proposer des ponts d'or. Mais je n'accepterai pas, figurez-vous. Les Chinois sont très sympathiques, mais ils cumulent un certain nombre de défauts. Avez-vous déjà vu l'armée chinoise venir en aide à qui que ce soit, quelque part dans le monde ? Moi non. Nous n'avons pas la même conception du monde. Ces gens sont exactement comme les Américains, ils confondent bonheur et confort matériel. C'est une erreur qui ne rend pas les gens heureux, car même s'ils mangent à s'en faire éclater la panse, au final ils n'en ont jamais assez. Sans liberté et sans justice, sans harmonie, le confort n'est rien qu'un collier d'esclave. (On ne l'appelait pas le Pasteur pour rien, songea Denis, qui fut presque tenté d'applaudir.) Et puis, sourit-il en désignant Raoul, qui somnolait plus loin dans un immense fauteuil en osier style Emmanuelle, quel autre pays que la France pourrait offrir le soutien d'une bande de zozos tels que vous ?

Le visage de Colette s'éclaira d'un sourire éblouissant.

— Nous, des zozos ?

Mboundou sourit à son tour, reprit une gorgée de bière et pivota vers Denis.

— Je sais pourquoi vous avez gardé le silence à propos du masque, et je ne vous en veux pas. Et je sais aussi ce qui vous motivait. Son visage s'était durci, comme encore plus émacié : Kibanga détient le secret du poison. Il a plongé mon frère et mon neveu dans cette espèce d'horrible coma, et je n'ignore pas qu'un de vos proches est touché. Sachez que nous sommes dans le même camp, et que je mettrai tout en œuvre pour trouver un antidote. Vous pouvez compter sur moi.

Denis opina du chef, les yeux déjà humides.

Il fallait aider ce vieux Chignard, d'accord.

Mais ce n'était ni le plus urgent, ni le plus inquiétant…

Cross-country

Ils s'envolèrent dans la nuit tombante, juste après avoir reçu le feu vert de l'Élysée.

Denis refusait d'attendre une seconde de plus, tout comme Colette, d'ailleurs. Nadget avait déjà fait beaucoup, et pris d'énormes risques. Ils devaient la récupérer au plus vite.

Encore fallait-il savoir où elle se trouvait.

Après s'être équipé d'un casque léger et d'un treillis de combat, Denis s'était embarqué dans un hélicoptère de type NH90 *Caïman* – non immatriculé – bourré d'électronique et de barbus sportifs appartenant aux forces spéciales. Un deuxième appareil suivait, semblable en tous points, Raoul et Momo à son bord.

Partis de la savane vallonnée des plateaux Batéké, ils longèrent dans le soleil couchant le grand fleuve Congo sur lequel passait l'une de ces péniches-bidonvilles de 200 mètres de long, seul moyen pour les habitants de République démocratique du Congo de rallier Kisangani à la capitale Kinshasa. Régulièrement, des voyageurs tombaient et se noyaient.

Une demi-heure plus tard, Denis sentit que son voisin le poussait du coude. Au loin scintillaient les paillettes d'or de Brazzaville, dans l'ombre déjà dense.

Nadget s'y trouvait-elle encore ? Était-elle seulement vivante ? Des témoins l'avaient vue fuyant la tribune présidentielle dans le convoi de Kibanga, qui ensuite avait rallié le Palais du Peuple. Or celui-ci avait subi un assaut meurtrier, causant des dizaines de morts. Même en admettant qu'elle ait pu s'échapper, comment aurait-elle survécu par la suite, dans ce chaos sanglant ?

Denis fixait l'horizon, la mine contrariée. Lorsque sa grand-mère lui avait parlé de la mission de Nadget, aussitôt après son évasion, il avait failli exploser d'indignation. Raoul et Momo avaient dû s'y mettre à deux pour l'empêcher de partir immédiatement pour Brazzaville.

— Tu l'as mise en danger ! avait-il hurlé, écarlate et dansant la gigue dans la coursive du bungalow. Et tout ça sans rien me dire, évidemment !

— Dans notre métier, il faut en savoir le moins possible. De toute façon qu'aurais-tu fait, si je te l'avais dit ? Tu nous aurais empêchés ? Et de quel droit ? C'est toi qui donnes les ordres ou c'est le Président ?

Il n'y avait rien à répondre.

À présent, les hélicoptères survolaient les faubourgs de la ville, dans une chaleur de four. Une voix métallique annonça dans le circuit interne qu'ils arrivaient en vue de la DZ. Presque aussitôt et pour la troisième fois depuis leur départ, une averse diluvienne frappa leurs appareils. Arrivés au-dessus d'un grand carrefour entre deux avenues, ils se posèrent et les hommes en jaillirent en file indienne, exactement comme dans un jeu vidéo, tandis que les équipages mettaient leurs mitrailleuses lourdes en batterie.

Quelques habitants de Brazza observaient la scène à bonne distance, estomaqués. Sous une averse d'anthologie, les hélicos *Caïman* ressemblaient à des monstres futuristes dont serait sortie une colonie d'insectes aux gros yeux protubérants (en réalité leurs jumelles de vision nocturne). L'odeur fraîche d'un sol sec brusquement détrempé s'élevait dans l'air.

La troupe avança rapidement en respectant les distances, cinq mètres entre chaque homme, deux éclaireurs en pointe. Bientôt ils atteignirent la propriété de Bachelu. Sous son rideau humide, elle ressemblait à un décor de film hollywoodien abandonné, des vapeurs chaudes s'élevant de la pelouse.

La grille était grande ouverte. Au détour d'une allée, l'un des hommes de pointe leva le poing ganté. Ils s'immobilisent et s'accroupirent. Dix pas devant, un amas sombre leur barrait la route. Denis, qui voyait tout en vert grâce au système d'intensification de lumière, comprit avec horreur qu'il s'agissait d'un cadavre à demi carbonisé.

Une main posée sur son bras le fit sursauter.

Raoul se penchait sur lui, tout curieux avec sa tête verte et ses yeux très blancs.

— Ne t'en fais pas, on va la retrouver.

Le jeune homme sentit monter un sanglot et détourna la tête, sans prendre garde à l'eau qui s'infiltrait partout, jusqu'au milieu du dos. Avec ça, il ressemblait plus à Gene Kelly dans *Dansons sous la pluie* qu'à un soldat d'élite.

Entre-temps, l'éclaireur avait prudemment inspecté le corps, de crainte qu'il ne soit piégé. C'était celui d'un homme entre 20 et 30 ans, en excellente condition physique, blond d'après ce qui restait de son visage, précisa-t-il d'un ton neutre. Possiblement un mercenaire russe.

Ils investirent prudemment le rez-de-chaussée désert. La villa ne semblait pas avoir été pillée, comme Denis se l'imaginait, mais simplement très vite abandonnée, et il ressentait une sorte de peur collée aux murs, une impression de vie interrompue qui serrait le cœur. Quelque chose de terrible s'était passé là.

Au détour d'un couloir en effet, une traînée sombre apparut au sol, dans ce décor artificiellement verdâtre. Encore du sang, une grosse flaque, puis de nombreux étuis en cuivre.

— 5,45. Kalach, commenta l'homme de tête, et ils repartirent le long des murs comme de grosses fourmis vertes, dans un ballet silencieux, Denis à l'arrière.

Un corps obstruait le haut de l'escalier. Un autre Russe. Plus loin deux noirs, des miliciens ou peut-être tout simplement des voleurs, jetés au sol dans d'étranges postures.

L'ancien notaire se sentait dégouliner, de pluie, de sueur, d'angoisse.

À l'étage, les chambres avaient été fouillées, des habits traînaient au sol. Ces hommes étaient-ils des pillards ? Ou était-ce une embuscade ?

Ils trouvèrent le bureau dans un désordre apocalyptique, l'écran d'ordinateur explosé, des papiers partout, des livres, des vieilles factures étalées sur le fauteuil renversé. Que s'était-il passé ?

Alors qu'ils ressortaient, perplexes, des bruits leur parvinrent du rez-de-chaussée. Les commandos avaient arrêté une jeune femme aux pieds nus, qui tremblait de tous ses membres. À vrai dire, Denis ne pensait pas qu'on puisse trembler si fort, au point d'en claquer des dents, ce qui lui donnait un l'air d'un zombie dans la lumière.

Elle se laissa glisser au sol et saisit la main de Raoul pour l'embrasser.

— Ne me tuez pas. J'ai trois enfants.

Le colosse la releva délicatement, tandis que son gardien racontait qu'il l'avait trouvée alors qu'elle fouillait le sous-sol.

— Vous cherchez quoi ? fit doucement Raoul.

Entre sa carrure de déménageur, son gilet tactique et ses jumelles à la place des yeux, il devait paraître plus effrayant que Belzébuth en personne, dans toute cette obscurité.

Félicité Tchitchimba gémit en s'écroulant de nouveau.

— Pitié. Pitié. Je cherchais mon portable. Violez-moi, faites ce que vous voulez mais ne me tuez pas. J'ai trois enfants.

Denis la fit se redresser.

— Personne ne va vous tuer. Vous travaillez ici ?

Elle acquiesça, plus morte que vive. Celui-là faisait un peu moins peur, même s'il la fixait lui aussi de ces sortes d'yeux en métal, qui sans doute lui permettaient d'y voir clair dans l'obscurité.

— Est-ce que vous avez vu une jeune femme blanche ? reprit-il. Une Française. Elle a mon âge à peu près, brune. Elle s'appelle Nadget.

La femme de ménage sentit son cœur s'arrêter, son ventre se vider, sa vie la fuir. Ils allaient la tuer. Elle avait vu ce qu'il ne fallait pas voir.

— Je cherchais juste mon portable.

— On a compris, s'agaça le géant. On vous demande si vous avez vu une femme qui s'appelle Nadget, et si oui, quand ?

Félicité laissait ses larmes couler. Fallait-il dire ? Se taire ? Elle avait l'impression de devoir tirer à pile ou face avec sa propre vie. Elle se tourna vers celui des deux hommes qui lui semblait le moins méchant.

Oui, elle connaissait Nadget, qui vivait ici depuis plusieurs jours. Elle et monsieur étaient rentrés ici vers 3 heures de l'après-midi, alors que ça bardait en ville. Monsieur avait fait ses bagages, et ensuite il l'avait cherchée.

— Et ?

— Et il l'a trouvée.

— Où ? murmura Denis, le cœur au bord des lèvres.

Il devinait déjà sa réponse.

— Dans son bureau. C'est là qu'il y a eu une grosse bagarre.

— Vous voulez dire, entre Bachelu et Nadget ?

— C'est ça. C'est ça exactement. Je n'ai rien fait, mais je ne pouvais rien faire, vous comprenez ?

— Bien sûr qu'on comprend, la pressa Raoul. Continuez.

— Ensuite, je crois qu'il l'a blessée. Beaucoup blessée.

Elle se tut et recula d'un pas, saisi par l'attitude de Denis.

— Continuez.

— Je les ai vus partir. Je dirais, peut-être une demi-heure plus tard. Quelqu'un la portait, la fille. Elle était endormie. Enfin quelque chose comme ça. Elle avait l'air de dormir, mais elle avait les yeux ouverts. Droguée peut-être ? Et puis leur voiture est partie.

Denis sentit sa tête tourner, tandis qu'un flot de salive lui encombrait la bouche. Il allait vomir. Vomir de peur ou de déception, les deux peut-être. Oh non. Pas Nadget.

Bousculant Raoul, il se précipita vers le bureau. D'abord, il n'y trouva rien. Puis, tâtonnant dans le noir, il tomba sur une bouteille en plastique. Et dans cette bouteille en plastique, un reste de liquide vert.

Un liquide vert qui sentait légèrement l'amande.

Cinquième partie

Résiste
Suis ton cœur qui insiste
Ce monde n'est pas le tien, viens
Bats-toi, signe et persiste
Résiste

France Gall / *Résiste*

Suivi

Un parfum d'été régnait sur le parc de la place des Vosges, où flottait une légère poussière d'or. Deux nounous discutaient sur un banc en lorgnant sur les blonds bambins dont elles avaient la charge. Deux Africaines en boubous aux couleurs vives, rappel cuisant pour Denis de tout ce qu'il avait vécu ces dernières semaines.

Assis à l'arrière d'une camionnette aux vitres teintées, en compagnie de Raoul et de Momo et ses montagnes d'équipements électroniques, il observait depuis plusieurs jours l'entrée d'un hôtel particulier.

Sans aucun succès jusque-là.

Le Crocodile avait disparu, sans doute carbonisé dans l'incendie d'une partie du palais présidentiel. Dès cette nouvelle connue, des danses de joie avaient éclaté à Brazza, mais aussi des règlements de comptes, suivis de nombreux ralliements, puis d'une élection qui avait triomphalement porté le pasteur Mboundou au pouvoir.

Mais ils n'avaient pas retrouvé Nadget.

Tout ce qu'on pouvait dire, d'après les témoignages et le reste de poison retrouvé dans le bureau de Bachelu, c'est que la jeune femme avait probablement été plongée en catalepsie, et qu'elle avait quitté la villa en compagnie de l'ex-conseiller. Ensuite, elle avait peut-être regagné la France avec lui dans son jet privé, mais rien n'était moins sûr.

Avant de quitter le Congo, Denis et les autres avaient fait le tour des hôpitaux de Brazzaville, l'aéroport, les prisons, ils avaient même inspecté la morgue et interrogé des témoins des derniers moments de Kibanga, au Palais du Peuple. Rien.

Un soir, seul dans sa chambre d'hôtel, Denis en avait pleuré.

— Ça bouge, dit Raoul, qui ne perdait pas des yeux l'appartement de Bachelu.

Le modeste pied-à-terre de 250 mètres carrés de l'ex-conseiller donnait d'un côté sur un jardin à la française, de l'autre sur la place des Vosges. Ils l'avaient placé sous surveillance dans l'espoir d'y repérer Nadget, mais cela ne donnait rien pour le moment. Les rideaux étaient toujours soigneusement clos, et l'écoute à distance restait inutile. Pour savoir si la jeune femme se trouvait dans cet appartement, le mieux aurait sans doute été d'y pénétrer, mais il était plus sévèrement gardé que le siège de la CIA en Virginie.

Non seulement l'ancien conseiller spécial employait des mercenaires russes pour sa garde rapprochée, sosies parfaits d'androïdes-tueurs blonds dans *Terminator 2*, mais en plus son logement fourmillait de vigiles, la plupart africains, à peu près aussi hauts et larges que les statues de l'île de Pâques.

Le portail Grand Siècle de l'hôtel particulier s'ouvrit lentement, laissant passer une énorme limousine où se reflétaient les façades de luxe sous un ciel pur.

Ils la laissèrent s'éloigner mais ne la suivirent pas, connaissant déjà le programme de Bachelu, pour l'avoir beaucoup épié ces derniers jours : après un court passage dans ses bureaux, avenue de l'Opéra, il déjeunerait probablement dans un restaurant feutré avec quelque relation d'affaires ou politique, avant d'assister à une réunion de travail ou de rendre visite à son avocat, boulevard des Capucines. Deux fois par semaine, il faisait son parcours de golf dans l'Ouest parisien. Le soir, opéra ou théâtre, ou rien du tout, soirée pizza à la maison, raillait Raoul qui n'en pouvait plus de ces filatures.

Denis insistait pour lancer une opération, qu'on en finisse (autrement dit un assaut en règle pour exfiltrer Nadget), mais Colette refusait catégoriquement. D'abord, cet endroit était un vrai bunker, où l'on risquait de faire beaucoup de dégâts. Ensuite et surtout, rien ne garantissait que la jeune femme s'y trouve.

— Bachelu est un homme extrêmement dangereux, mon petit Denis. Sois tranquille, nous agirons, mais à coup sûr seulement.

En attendant, le jeune homme avait passé en revue toutes les autres possibilités. Mais les parents de Nadget ne l'avaient pas revue, pas plus que ses voisins rue Chapon. Sa fille Victoire avait été prise en charge par le père biologique au moment de leur départ en Afrique. Même chose au siège de Happy Influence, qui avait mis en sommeil son compte Instagram.

L'ancien notaire voulut aussi interroger Mermaid, la petite assistante-photographe qui se remettait de ses aventures africaines dans une clinique psychiatrique, près de Bolbec. Avec ses gros murs de granit et ses pavillons désuets au milieu d'un parc gazonné, l'établissement ressemblait vaguement à un repaire d'anciens nazis en Amérique latine.

La jeune fille attendait Denis dans un hall d'entrée grand comme la Sagrada Familia, toute maigre dans un pyjama rose deux fois trop grand pour elle.

— Il paraît que je suis dangereuse pour moi-même, sourit-elle en désignant du menton une infirmière qui ne la perdait pas des yeux. Je suis moche, hein ?

Florin prétendit le contraire, tout en constatant en effet qu'entre son teint maladif, ses lèvres décolorées et sa tignasse violemment colorée, elle faisait un peu peur.

Elle ne parut pas surprise par les questions qu'il était venu lui poser, mais simplement déçue. Avant même qu'il ait fini, un flot de larmes jaillit de ses yeux.

— Excuse-moi. Je chiale tout le temps. Il paraît que c'est normal. Mais non, je n'ai aucune nouvelle de Nadget. Tu sais, j'ai honte.

Ses pupilles noyées de pleurs semblaient vaporeuses, peut-être à cause des anxiolytiques.

— Honte de quoi ?

— De moi. Quand je t'ai vu à Roissy, tout est remonté. Le passé, je veux dire. Je sais pas ce qui m'a pris. Peut-être aussi que j'étais jalouse de Nadget. Et puis ces trucs sur les réseaux, ces algorithmes, ça rend dingue.

L'infirmière commençait à donner des signes d'impatience. Comprenant qu'il ne tirerait pas grand-chose de la pauvre Mermaid, Denis prit congé, mais l'assistante insista pour le raccompagner.

Le somptueux vestibule de marbre rouge résonnaient sous leurs pas. Au loin, de grands tilleuls frissonnaient, baignés de soleil. Le jeune homme sentit les petits doigts de l'assistante se glisser entre les siens, plus musclés.

— Vous vous aimez, hein ?

Denis retira doucement sa main sans répondre, dans une bouffée d'émotion.

— Écoute, je ne sais pas ce que ça vaut, mais Nadget parlait beaucoup de son ancien rédacteur en chef à TV1. Huchet. Tu connais ? Pour elle, c'était comme un grand frère, ou un père. Tu devrais essayer, il sait beaucoup de choses sur elle. Il pourrait peut-être t'aider ?

Le jeune homme bredouilla une réponse et regagna Paris.

Mais Pierre Huchet, qui le reçut le lendemain dans un bistrot au pied de la grosse tour de TV1, n'avait strictement rien à lui offrir, sinon son inquiétude bourrue. Grattouillant sa barbe de trois jours d'un air las, il lui promit de tout faire pour l'aider.

— Et vous, tenez-moi au courant, d'accord ? Elle est peut-être simplement partie quelques jours, si ça se trouve. Vous connaissez Nadget...

Denis se leva, raide et méprisant. Il lui gardait encore rancune de ses démêlés avec TV1 l'année précédente, lorsque la chaîne l'avait harcelé en le traitant de notaire fou, l'accusant publiquement d'avoir assassiné sa grand-mère.

Il poussa le lourd battant vitré avant de revenir sur ses pas pour questionner Huchet à nouveau :

— Murielle Charpente, ça vous dit quelque chose ?

— Non. Qui est-ce ?

— On n'en sait rien, justement. Si vous avez une piste...

Huchet le dévisageait, sourcils froncés. On voyait presque tourner les synapses de son cerveau en perpétuelle ébullition.

— Murielle Charpente, répéta-t-il en sortant son portable pour rentrer le nom dans ses notes. Je vais gratter. C'est en rapport avec Nadget ?

Denis refusa de répondre et, attrapant une trottinette électrique, fila comme le vent vers le centre de Paris. Tout en remontant les voitures à l'arrêt sous le soleil, il songea soudain qu'ils cherchaient peut-être pour rien. Et si Bachelu s'était tout simplement débarrassé d'elle ? Après tout, pourquoi la ramener à Paris ? Il lui suffisait de la jeter dans le fleuve Congo, endormie.

Quatre heures plus tard, cette horrible pensée lui rongeait encore l'esprit. Caché seul dans l'ombre de la place des Vosges, le jeune homme s'imaginait trouvant une arme, forçant l'accès, et tant pis s'il fallait tuer. Le sang de ses ancêtres bouillait en lui, chauffé à blanc par la peur de ne plus revoir Nadget et le remords de l'avoir entraînée dans cette aventure.

Vers minuit, il se calma enfin. Paris s'assoupissait dans la torpeur de l'été. Il décida de s'éloigner, ombre fine dans l'ombre de la place.

Bachelu s'était bien gardé d'allumer la lumière. Mais il avait parfaitement reconnu ce connard d'ancien notaire, caché derrière les arbres. Aussi discrets que puissent être ses suiveurs, il avait fini par les remarquer.

Ce Florin et ces vieux chnoques du groupe du Manoir.

Ils ne le lâcheraient jamais.

Il s'arrêta au milieu du salon pour griller un cigare. Non qu'il soit particulièrement nerveux, mais il devait réfléchir, tenter de trouver une solution. Depuis son retour à Paris, la peur le tenaillait.

Endormie

Après avoir attendu minuit, Bachelu se releva en prenant soin de ne rien allumer. L'expert informatique recruté à prix d'or lui avait assuré que l'appartement était *safe*, et qu'aucun dispositif d'espionnage n'avait été placé à leur insu, ni à l'intérieur ni depuis l'extérieur, mais mieux valait rester prudent.

Il s'habilla donc dans l'obscurité et descendit dans le jardin intérieur qu'il traversa jusqu'à un accès rue de Turenne. Son garde du corps préféré, un colosse à la nuque rase prénommé Yegor, inspecta la rue et lui fit signe qu'il pouvait embarquer dans la voiture qui l'attendait.

Une demi-heure plus tard, ils arrivaient dans une propriété arborée sur les hauteurs de Sèvres. Une douce chaleur régnait sur un ensemble d'élégants bâtiments blancs ultra-modernes et ultra-protégés, auxquels l'éclairage glacial conférait une allure de vaisseau spatial.

L'infirmière de garde le conduisit sans un mot jusqu'à la chambre n° 15, au premier étage, où régnait une pénombre tamisée.

Bachelu s'approcha, sentant comme à chaque fois son cœur s'emballer en redécouvrant le profil parfait de Nadget, ses lèvres qui le fascinaient et qu'il aurait tant aimé posséder.

Mais elle en avait décidé autrement.

Elle ne l'avait suivi que pour l'espionner et le trahir, et d'ailleurs il regrettait de ne pas l'avoir interrogée pour savoir précisément ce qu'elle cherchait, et surtout ce que ses chefs savaient. En principe, tout était verrouillé et il ne risquait rien. En principe seulement. Son avocat le tranquillisait, mais il n'était pas tranquille. L'opération était trop énorme pour qu'il s'en tire aussi facilement.

À Brazzaville, juste après leur fuite *in extremis* du Palais du Peuple, Nadget s'était introduite dans son bureau, l'avait fouillé, et avait eu le temps d'envoyer ce message avec ce portable volé on ne sait où, heureusement peu compréhensible. Mais pour qui cherchait un peu, il pouvait livrer des éléments très précieux.

Des éléments qui pourraient le compromettre, surtout s'ils apparaissaient dans ce rapport parlementaire dont on parlait en coulisses.

Au départ, Bachelu avait pensé abandonner Nadget sur place.

Puis il s'était dit qu'elle ferait une excellente otage, au cas où justement *la Congolaise* apparaîtrait dans le document, mais son avocat lui avait promis qu'il ne contenait rien le concernant, de près ou de loin…

Du bout de l'index, il caressa lentement le front de la jeune femme, son nez. Sa peau était douce comme du satin, son souffle régulier. Qu'il aurait aimé l'entendre à ses côtés, dans la nuit ! Son index se glissa jusqu'à sa bouche, soyeuse, dont il força les lèvres.

Stratégies

Raoul consultait son smartphone d'un air agacé.

— Il débloque, Momo. Il dit qu'il peut pas venir, et il me souhaite une *conne* après-midi.

— L'erreur provient certainement de la correction automatique, je pense qu'il voulait vous souhaiter une *bonne* journée, sourit Colette, qui surveillait son petit-fils du coin de l'œil.

Ce dernier l'ignorait, le regard braqué sur les touristes du parvis de la tour Eiffel. Il se sentait exactement comme eux, perdu et impuissant, au pied d'un monstre de fer et d'acier impossible à escalader. Colette, pourtant, veillait à maintenir le moral de ses troupes en les réunissant régulièrement dans son vaste loft, mais il ne venait qu'à reculons. Il avait l'impression de ne faire que rabâcher les mêmes hypothèses, et finalement ressasser leur impuissance.

Le dernier signe de vie de la jeune femme, la seule piste, était ce message qu'elle avait envoyé depuis Brazzaville, probablement juste avant de recevoir une dose de poison anesthésiant :

CLSE / MURIELLE / CHARPENTE

Mais ils avaient eu beau retourner ces expressions dans tous les sens, Momo avait eu beau mettre au point deux ou trois programmes informatiques pour effectuer toutes sortes de calculs et essayer de dégager une logique, et Denis, expert en cryptologie, avait eu beau passer quelques nuits blanches pour tenter un nombre incalculable de combinaisons, rien n'en sortait. Parfois il en venait à détester Nadget. Pourquoi ce message absurde et sibyllin ? Pourquoi n'avoir pas dit clairement ce qu'elle savait ?

Puis il s'en voulait de lui en vouloir : elle n'avait probablement pas eu le temps de détailler plus. Nez au carreau, il songeait avec tristesse à sa première visite ici, quelques semaines plus tôt. Victoire dormait dans une chambre au niveau supérieur. Lorsque Nadget évoquait le nom de sa fillette, il avait perçu son immense tendresse, au point d'en être jaloux, très bêtement, et il s'en rendait compte.

— Bon, il fout quoi Momo ? grogna Raoul.

— Il est resté place des Vosges, répondit Colette, qui observait son petit-fils à la dérobée. Il est persuadé que Bachelu nous cache certains déplacements. Qu'en penses-tu Denis ? Tu ne dis rien.

— Je pense que Momo a raison. Le seul qui connaît la vérité, c'est Bachelu.

La grand-mère finit son verre et le reposa, soucieuse.

— Nous avons déjà parlé cent fois de s'en prendre à lui, ce n'est pas du tout une bonne idée. Imagine un instant que le coup échoue. Ce serait le meilleur moyen pour qu'il nous échappe. Il risquerait de disparaître pour de bon.

Denis fit volte-face.

— Les risques, c'est Nadget qui les court ! Il faut forcer ce sale type là à nous dire ce qu'il sait. Qu'il commence par nous dire ce qu'il a fait d'elle.

Colette lança un regard inquiet à Raoul.

D'habitude, c'était elle qui effrayait les autres par son audace et sa volonté à toute épreuve. Mais visiblement, Denis avait pris le relais.

— Que veux-tu dire exactement ? Tu veux l'enlever ?

— Déjà, aller fouiller chez lui.

Elle objecta que l'appartement du petit homme était un véritable fort Knox, et que tenter d'y entrer de force pourrait se finir en carnage.

— On ne sera pas obligé d'utiliser la violence.

— Qu'est-ce que tu veux faire ? s'étonna Colette. Te déguiser en femme de ménage ?

Denis eut un demi-sourire.

— Il y a un peu de ça…

Oiseau de nuit

Par certains aspects, la rue du Château d'eau avait un petit air de Brazzaville, mais elle était moins animée et les trottoirs en meilleur état. Denis trouva sans difficulté le petit restaurant qu'on lui avait indiqué, où dînaient sous d'aveuglants néons quelques Sapeurs, ces Africains férus de mode classique, remarquablement élégants.

Dès son arrivée, l'un d'eux, en costume croisé et nœud papillon finement assortis à ses chaussures étincelantes, s'approcha et lui tendit la main.

— Albert-Félix Mboundou. Monsieur Florin, je présume ?

Il fumait une longue pipe, coiffé d'un Borsalino de teinte pourpre.

Denis le salua à son tour et le suivit jusqu'à sa table, chargée de poissons grillés.

— Est-ce ma tenue ou mon prénom qui vous trouble à ce point ? Asseyez-vous donc. Est-ce que vous avez dîné ? Une bière ? Non, rien ?

La faim faisait gargouiller l'estomac du jeune homme comme une vieille plomberie, mais il refusa d'un geste en s'installant face aux trois élégants.

Respectable commerçant à Saint-Denis, Albert-Félix Mboundou était également le cousin de Jules-Félix (le jeune homme empoisonné à Caudebec), et donc le neveu de Jean-Félix (l'antiquaire à Paris, empoisonné lui aussi), par conséquent celui aussi d'Hubert-Félix (le nouveau président du Congo).

Il était en quelque sorte le représentant du clan en France.

Lorsqu'il l'avait contacté deux jours plus tôt, Denis n'espérait pas grand-chose de lui. Il s'était simplement dit que les Mboundou à Paris pourraient l'aider à glaner deux ou trois informations sur Bachelu ou Nadget.

Mais à sa grande surprise, Mboundou l'avait très vite rappelé pour lui expliquer qu'il avait accès à l'appartement de Bachelu.

— Vous vous moquez de moi ?

— Je suis très sérieux, avait répondu son interlocuteur. Savez-vous ce qu'est le *grand remplacement* ?

Pendant une seconde ou deux, Florin avait eu la tentation de lui raccrocher au nez.

— Si c'est pour parler politique ou théories fumeuses, je préfère arrêter toute de suite.

Mboundou s'était excusé, avant de lui donner rendez-vous dans un restaurant africain à Paris : la suite de la conversation ne pouvait se faire au téléphone. À présent, il le dévisageait avec bienveillance, avec ses amis Sapeurs dans leurs tenues fantastiques.

— Pardonnez ma blague de l'autre jour, dit-il d'un air désolé. C'était d'assez mauvais goût, je voulais juste un peu détendre l'atmosphère. J'en viens au fait. Comme vous vous en doutiez, nous savons beaucoup de choses sur Philippe Bachelu. Entre autres, qu'il est actionnaire d'une grande société de nettoyage et de sécurité, dont la plupart des employés ne sont pas français, mais béninois, congolais, gabonais, etc. Voilà pourquoi je vous parlais de grand remplacement, par dérision, tout simplement. Naturellement, M. Bachelu a recours à cette société pour assurer la surveillance de ses biens en France.

— Donc, son appartement place des Vosges, fit Denis avec un soudain intérêt.

— Tout juste, acquiesça Mboundou. Les gardes rapprochés sont Russes, mais la plupart des autres sont des compatriotes. Et entre Africains, nous sommes toujours prêts à un geste de solidarité. Surtout quand il s'agit de mettre à terre un individu aussi peu recommandable que ce Philippe Bachelu. Vraiment, vous ne voulez rien manger ?

Denis, qui depuis quelque temps voyait des étoiles danser devant ses yeux, acquiesça du menton. Presque aussitôt, une serveuse tout sourire glissa sous ses yeux l'œil blanc d'un poisson grillé, qu'il attaqua bien plus vite que ne l'aurait fait Momo lui-même.

Cependant, Mboundou tapait un SMS sur son téléphone portable. Il dut s'y prendre à plusieurs reprises avant de réussir à l'envoyer.

— Stupides appareils, murmura-t-il avant de le reposer. Bon, notre homme est là dans 5 minutes. Je l'ai convaincu de nous aider.

Florin l'observait en avalant une gorgée de bière. Une idée lui trottait en tête, sans savoir exactement laquelle.

— Est-ce que le nom de Murielle Charpente vous dit quelque chose ? demanda-t-il en s'essuyant les lèvres.

Albert-Félix eut l'air surpris. Il ne voyait pas du tout.

L'accronyme CLSE n'évoquait rien pour lui non plus.

À l'heure dite, un géant en bomber kaki franchit la porte et se dirigea sur eux. À force d'espionner l'appartement de Bachelu depuis la camionnette/sous-marin, Denis reconnut immédiatement l'un des vigiles. Mais si impressionnant qu'il fût avec son quintal et ses près de deux mètres de haut, il semblait hésitant, voire mal à l'aise et même contrarié. Au premier échange entre lui et Albert-Félix, Denis comprit que ce dernier lui avait sans doute forcé la main. Les Mboundou étaient désormais des gens importants qu'il convenait de ne pas fâcher, même à 9 000 kilomètres du Congo.

Mais la première réponse du gardien géant le déçut énormément : non, Nadget ne se trouvait pas chez Bachelu.

— Une jeune fille. Une brune. Vous êtes sûr ?

— Je l'aurais forcément vue. Surtout si elle est malade comme vous dites. Je suis désolé, crut-il bon d'ajouter.

De la méfiance, il était passé à l'empathie, et même à une forme de pitié.

— Vous n'y êtes pour rien. Est-ce que vous avez entendu Bachelu en parler ?

Le vigile secoua le menton.

— On n'est pas tellement en contact avec lui. Nous, on garde surtout les accès.

— Donc vous ne savez pas si Bachelu l'a placée ailleurs, par exemple dans un autre appartement ?

L'homme roula sa bière entre ses énormes doigts d'un air embarrassé.

Cette conversation plongea son jeune interlocuteur dans un long silence. Après un temps de réflexion, il sortit de sa veste cinq petits cylindres noirs de la taille d'un dé à coudre, ainsi qu'une vingtaine de cartes mémoires et des piles.

— Ce sont des enregistreurs audio et GPS. Il faudrait en mettre au minimum un dans le bureau de Bachelu et un autre dans sa voiture. Les cartes se changent toutes les 24 heures et les piles tous les trois jours.

Une expression de terreur se peignit sur les traits du vigile.

— Mais vous êtes malade ! C'est une blague ?

— J'ai l'air de blaguer ?

— Et moi alors ? Je suis sans-papiers, et ce Bachelu se trimbale partout avec ses espèces de tueurs russes. Vous savez ce que je risque, s'ils me prennent avec ça ?

Albert-Félix intervint avec un doux sourire.

— Écoute, Moïse. D'abord tu es intelligent et tu ne te feras pas prendre. Ensuite, tu es le seul à pouvoir nous aider. Et monsieur a vraiment, vraiment besoin de toi. Il pourrait te récompenser, en te fournissant par exemple un titre de séjour, qu'est-ce que tu en penses ?

Denis approuva gravement : les papiers, c'était possible. Et pour sa femme, il pourrait obtenir une intégration dans une école d'infirmières. Après un certain nombre de palabres, Moïse voulut bien poser ces appareils, mais il lui fallait 24 heures de délai. Entre les Robocop russes, ses autres collègues et les caméras de surveillance partout, la tâche ne serait pas si simple.

En retrouvant la rue du Château d'eau, Florin se sentait épuisé et amer. Avançant dans une sorte de brouillard, bien que la soirée soit douce et magnifique, il heurta une jeune femme occupée à textoter, s'excusa et reprit sa marche sans savoir où le portaient ses pas.

Saut du lit

— Putain vous avez vu l'heure ?

— Il est trois heures du matin. Mais vous n'étiez pas obligé de décrocher.

Pierre Huchet se redressa sur son lit en veillant à ne pas réveiller sa compagne qui émit un grognement d'ourse.

— J'ai des équipes qui tournent partout dans le monde, je dois être joignable, se justifia le rédacteur en chef en se réfugiant dans sa cuisine, que blanchissait la lune. Bon, vous voulez quoi ?

— Est-ce que vous avez fait des recherches sur Murielle Charpente ?

— Putain, c'était pour me dire ça ! Deux secondes.

Le journaliste posa son téléphone et remit son peignoir chinois qui avait glissé au sol. Il reprit son appareil d'un geste brusque. Oui, il avait enquêté, et sérieusement même, mais ça n'avait rien donné d'intéressant.

— C'est normal. C'était sûrement un problème de correction automatique. C'est pour ça qu'on ne comprenait rien. Je viens juste de réaliser.

Huchet se demanda un bref instant si c'était lui qui était dérangé, ou ce Florin – mais il avait une petite idée de la réponse. S'il n'avait pas été question de Nadget, qu'il devinait en danger, il aurait raccroché.

— Écoutez, reprit-il après une longue inspiration, il est trois heures du matin et je comprends que dalle...

— Est-ce qu'on peut monter ?

La mâchoire du rédacteur en chef s'ouvrit largement. Comment ce fou furieux avait-il eu son adresse ? Par Nadget ? En principe, elle était totalement confidentielle. Il quitta la cuisine jusqu'au salon qui donnait sur la rue. Le type était en bas, en veste de combat sous l'éclairage public orangé, à côté d'un vieux barbu qui ressemblait à Raspoutine.

L'ex-notaire avait dû percevoir le mouvement des rideaux, car il lui fit un signe de la main. Et même quelque chose qui ressemblait à un sourire.

Dix minutes plus tard, Huchet disposait trois tasses, du sucre et une caféière fumante sur un plateau dans son salon, où s'étaient installés Florin et son barbu. Le vieil immeuble endormi craquait sous ses pas. Dehors, l'air était tiède, pur sans les pots d'échappement habituels.

— Évitez de parler trop fort, j'ai les gamins qui dorment, dit le journaliste en remplissant son mug à l'effigie des Rolling Stones. Bon, je vous écoute.

Denis échangea un regard avec Momo.

— Il faut d'abord que vous compreniez que je ne peux pas tout vous dire de cette histoire.

— Je serai un tombeau, soupira Huchet qui regrettait déjà sa couette.

En plusieurs décennies, il en avait croisé un paquet, de fous furieux du genre de Florin, persuadés de venir lui dénoncer le complot du siècle. Il continuait à les recevoir, mais uniquement par conscience professionnelle et sachant très bien qu'ils lui faisaient surtout perdre son temps.

Ignorant son air sceptique, l'ancien notaire lui expliqua que la seule piste dont ils disposaient pour retrouver Nadget était son dernier message, dont il lui tendit une copie sur un morceau de papier :

CLSE / MURIELLE / CHARPENTE

— Dernier message ? Ça veut dire quoi, ca ? Elle a disparu ?

— En effet.

— Merde, c'est quoi ces conneries ! Quel *dernier* message ? Vous en avez parlé à la police ?

— Ça ne nous aiderait pas beaucoup, murmura Denis. Et je vous engage à éviter de le faire de votre côté. Elle est peut-être en danger et ça ne ferait qu'aggraver la situation.

Huchet le regarda, estomaqué. Ce type s'exprimait avec une clarté et même une résolution qui faisaient carrément peur.

— Qu'est-ce que c'est que ces conneries, putain ? C'était pour qui, ce message ?

Florin hésita un court instant avant de répondre.

— Vous n'êtes pas obligé de me croire, mais nous travaillons pour un organisme... qui dépend de l'État. Son collègue l'encouragea à poursuivre d'une inclinaison de la barbe. Ça ne servirait à rien que je vous en dise trop. En bref, voilà pourquoi nous venons vous voir : nous pensons que Nadget a envoyé ce message dans l'urgence, et que les mots ont été modifiés par la correction automatique du smartphone, mais qu'elle n'a pas eu le temps de revenir dessus.

— Comme vous savez peut-être, reprit le barbu qui avait l'air de sommeiller derrière ses lourdes paupières, même si c'était loin d'être le cas, la correction automatique prend en compte les deux ou trois premières lettres avant de proposer un mot complet. Et vous savez le pastis que ça fait si on ne fait pas attention, quand ça écrit *dégueu* au lieu de *dernier*, ou *fellations* à la place de *félicitations*, et j'en passe. Blague à part, ça veut dire que Nadget, elle a tapé quelque chose qui commence par *Mu* ou *Mur*, et c'est devenu *Murielle*. Pour le mot d'après, c'est pareil : elle a tapé *Cha* ou *Char* et ça s'est transformé en *Charpente*. Vous saisissez ?

Huchet saisissait parfaitement. Mais il ne voyait pas du tout en quoi il pourrait les aider.

— Je suis sûr que si, dit Florin. Ce message évoque peut-être quelque chose qu'elle connaissait déjà, par exemple qu'elle aurait traité dans un reportage. Nous avons voulu examiner son ordinateur personnel, mais nous avons découvert que son appartement avait été fouillé de fond en comble…

Le rédacteur en chef sursauta et voulu parler, mais Florin leva la main pour l'en empêcher.

— … tout son matériel informatique a disparu, ainsi que certains dossiers. Sa boîte mail a également été vidée à distance. Alors ma question est simple : est-ce qu'à TV1, vous auriez gardé un ordinateur de l'époque où elle y travaillait ? Ça ne remonte pas à si longtemps que ça.

Le rédacteur en chef mit un moment avant de répondre, tant il était impressionné. Lorsqu'il prétendait œuvrer pour *un organisme qui dépend de l'État,* Florin voulait dire qu'il travaillait pour les services secrets. Et donc Nadget aussi. Il n'en revenait pas.

Pour se donner une contenance, il partit chercher de l'eau fraîche dans la cuisine. Lorsqu'il vida son verre d'un trait, des gouttelettes se formèrent sur sa lèvre supérieure.

— Écoutez, j'aimerais vous aider, enfin surtout aider Nadget, mais malheureusement les postes informatiques sont régulièrement renouvelés et *cleanés*. Il n'y a plus rien à elle à la chaîne.

L'ex-notaire réfléchit un instant.

— Et vos archives ?

— Quelles archives ? Les reportages ? Qu'est-ce que vous voulez faire avec ça ? Il y a des milliers d'heures de programme !

Le sourire de Momo se dessina sous sa vaste barbe.

— Si vous nous donnez accès à vos archives, il y a peut-être quelque chose à faire.

Huchet regarda Florin, interloqué. Puis il consulta sa montre : il était presque quatre heures du matin. Il regarda de nouveau ses interlocuteurs, et comprit à leur expression qu'il perdrait beaucoup d'énergie à leur demander d'attendre une heure décente pour les consulter.

Une heure plus tard, il se retrouva donc, bâillant à s'en décrocher la mâchoire, au deuxième sous-sol de TV1. Il avait fallu réveiller l'informaticien de permanence pour qu'il leur communique les différents codes d'accès.

Un air sec et glacial régnait sur la salle des archives numérisées de la taille d'un terrain de foot, où ronronnaient des centaines de disques durs empilés sur leurs racks. Momo, qui malgré son apparence d'ermite grec se mouvait à son aise dans ce décor de vaisseau spatial, avait déployé son matériel, en l'occurrence un ordinateur portable à coque renforcée, du même type que ceux utilisés par l'armée.

Suivant les indications d'Huchet, il se connecta sur le terminal d'où l'on pouvait consulter l'ensemble des archives.

— Vous faites pas de bile, ça ne modifiera rien dans le système, ça ne fait que l'analyser et il ne restera aucune trace, le rassura-t-il en lançant son opération.

Pendant le trajet, il lui avait expliqué le principe de son programme, très simple en apparence : il allait passer en revue absolument tous les mots utilisés dans les milliers de reportages stockés ici, qu'ils soient prononcés par le journaliste ou par un intervenant, ou consignés dans les fichiers de présentation, les titres ou les résumés. Chaque entité commençant par *Mu* et *Cha* serait automatiquement sélectionnée.

Cette première tâche accomplie, le programme sortirait une liste de tous ces mots, dès lors qu'ils étaient associés. Il ne resterait plus qu'à faire un tri visuel. On verrait très vite si les associations détectées avaient une logique, par exemple si elles avaient un lien quelconque avec le Congo ou avec Bachelu.

Grâce à la puissance du programme concocté par Momo, le résultat sortit en moins de 30 secondes. Bonne surprise, une fois imprimée, la liste ne comptait que quelques dizaines de pages, dont l'informaticien tira trois copies pour qu'ils puissent les consulter chacun de leur côté.

Ils remontèrent dans les bureaux encore déserts, hormis ceux de la rédaction où se préparaient déjà les journaux télévisés du matin. Un jour laiteux baignait les grandes baies vitrées. Au loin le ciel s'enflammait vers l'est, vers la tour Eiffel.

Denis déchiffrait les résultats. Il trouva de nombreux *murs*, *mûr*, *muraille*, *murmure*, *Murielle*... associés à des *chat*, *chapitre*, *charpente*, *charge* ou *charrette*, un véritable inventaire à la Prévert.

Huchet s'était isolé à son bureau, concentré à l'extrême, tout comme Momo. Et ce fut lui qui tomba le premier sur ce qu'ils cherchaient sans le savoir. Et bientôt Denis, puis le rédacteur en chef. Ils se regardèrent dans le grand silence du bureau.

Deux mots accolés qui résumaient l'un des plus grands scandales de la République.

Ennemi

Il avait fait vider l'appartement de Nadget, rue Chapon.

Fait effacer tous ses mails, volé et détruit ses dossiers.

Mais ça n'avait visiblement pas suffi, sinon ces deux connards n'auraient pas réveillé le rédacteur en chef à son domicile. Ils ne se seraient pas rendus au siège de TV1, sans doute pour y consulter les archives, qui ne manqueraient pas de les conduire à une piste plus claire. C'est-à-dire à lui.

À priori, l'option la plus simple aurait été de supprimer Florin, le barbu et tous les autres. Rien qu'à l'idée de débarquer chez la vieille folle, de la voir crever de peur, puis crever tout simplement, il en salivait presque. Mais ce n'était pas une solution.

Non, ce qu'il fallait, c'était faire pression sur eux et interrompre le processus en cours. Ce putain de rapport.

C'était même la seule option.

Réveillé très tôt, Bachelu avait écouté jusqu'au bout le compte rendu de Yegor et de son acolyte français, un ancien des Renseignements généraux à la tête de rat, assez habile dans sa partie. À la fin, il se tut un long moment, debout devant une haute et magnifique fenêtre à croisée.

Des moucherons virevoltaient dans l'éclat du soleil, au-dessus des buis du jardin. Il aurait pu décider de fuir, mais non, il refusait de quitter tout ça. D'ailleurs l'idée n'était pas si bonne : où qu'il aille, on le retrouverait forcément. Il y avait trop d'argent en jeu. Il avait floué trop de monde.

Il réalisa avec une certaine amertume qu'il était un peu coincé.

— Qu'est-ce qu'on fait ? demanda l'homme au visage de rat.

La question sous-jacente étant : quand est-ce qu'on bute tous ces gens ? C'était un malingre aux traits émaciés qui respirait la méchanceté, toujours bien habillé et bronzé, les yeux étonnamment bleus, d'origine berbère.

— Est-ce que vous avez localisé l'appartement de la vieille salope ?

— On s'approche, répondit le Rat. C'est quelque part vers le Champ-de-Mars. Si on s'y met à plein temps, on devrait trouver ça en trois ou quatre jours.

— Je vous donne 48 heures.

Bachelu congédia Mokhtar et se retourna vers Yegor dont il admirait le calme et la force. Dans son esprit, c'était ça un homme, un vrai : grand et puissant, le teint et les yeux d'acier, la nuque rasée et méprisant les faibles.

— Toi, contacte tes amis à Saint-Pétersbourg. Dis-leur que je suis d'accord pour notre affaire. Je double le budget, mais je veux qu'ils commencent tout de suite. Et qu'ils fassent les choses en grand, la totale. Si ça marche, il y a une prime de 300 000 dollars à la clé, en bitcoins, évidemment.

Yegor s'inclina et se retira sans bruit.

Si cette opération-là ne marchait pas, il ne restait à Bachelu qu'une carte. Quelque chose qui lui répugnait, mais sa survie était en jeu, et il n'hésiterait pas.

Ses pensées s'envolèrent vers Nadget, la belle endormie.

À deux doigts d'un sommeil éternel.

Escroquerie

Mur, c'était le début de Murena. Évidemment. Une affaire, un scandale à 10 milliards d'euros, au bas mot.

Après avoir quitté le siège de TV1, Denis et Momo avaient rejoint Colette dans son duplex face à la tour Eiffel – non sans avoir respecté les multiples précautions que cette dernière leur imposait. Ils ne remarquèrent pas l'appétissante odeur de café qui régnait dans le salon, trop préoccupés par leur découverte. Même Momo boudait les croissants frais.

Murena était sans conteste le plus gros scandale politico-financier de ces trente dernières années. Le nom était presque devenu synonyme d'escroquerie, de gabegie et de magouilles. Pourtant l'entreprise était toujours là. Du haut de ses 45 étages, la tour Murena semblait snober les autres gratte-ciels de La Défense, le quartier d'affaires parisien. Avec ses 150 milliards de chiffre d'affaires et ses 4 milliards de bénéfices annuels, la société se partageait le marché mondial de l'énergie avec une poignée de *Supermajors*.

L'origine de ce mastodonte remontait à la fin du premier conflit mondial, lorsque la France avait voulu disposer de ses propres approvisionnements pétroliers. Plus concrètement, il s'agissait de contourner les Américains de la Standard Oil de Rockefeller, et les Anglo-Néerlandais de la Royal Dutch Shell. En 1918, l'entreprise s'était emparée, comme butin de guerre, des parts allemandes dans la Turkisch Petroleum Company, ce qui lui avait donné accès au pétrole irakien. Depuis, l'essor ne s'était jamais atténué.

Le scandale Murena avait éclaté dans le milieu des années 2000, mais en réalité tout avait commencé environ 15 ans plus tôt, lorsque l'entreprise avait voulu se diversifier.

— Se diversifier comment ? demanda Denis qui servait un thé à sa grand-mère. Le gaz ? L'uranium ?

— Ajoute-moi du lait s'il te plaît. Non, les métaux rares. Le patron de l'époque était un visionnaire. Il savait que ce genre de matières premières serait indispensable dans les technologies de pointe du futur. Il s'est donc lancé dans une politique d'achats tous azimuts. Tout un tas d'intermédiaires leur proposaient d'investir dans des gisements prometteurs, surtout en Afrique. La dette est vite devenue monstrueuse, mais elle est restée cachée, jusqu'à ce que la Cour des comptes y mette son nez. Ils ont découvert un trou de 10 milliards dans la comptabilité. Et le problème, les 10 milliards manquants mis à part, c'était que la plupart des mines et des gisements étaient bidon. À peu de chose près, des terrains vagues en pleine brousse.

— Et bien sûr, personne ne sait où est passé le pognon, grogna Raoul.

— Le patron prétend qu'il s'est fait entourlouper par les intermédiaires. Or la plupart sont à l'étranger, et impossibles à coincer. Vous savez ce que c'est, dans ces histoires : tout devient vite un épouvantable imbroglio, même les avocats finissent par s'embrouiller et plus personne n'y comprend rien.

— Et Bachelu serait impliqué ?

— Son nom n'apparaît nulle part, Momo a vérifié. Mais je pense qu'il l'est d'une manière ou d'une autre. Je le pense d'autant plus qu'un rapport parlementaire va très bientôt sortir sur le sujet. Il paraît qu'il est très complet et qu'on va enfin pouvoir relancer l'affaire en justice. Donc à mon avis, c'est là que nous trouverons des réponses. Nous en saurons peut-être plus en allant voir ce Charpier.

Charpier, c'était le nom qui se dissimulait derrière le vocable *charpente* dans le message de Nadget. Cet ancien cadre de la filiale chargée des prospections disposait d'informations confidentielles, qu'il avait voulu diffuser après les découvertes de la Cour des comptes. Mais sa croisade avait tourné court. De lanceur d'alerte, il était vite passé au statut d'homme à abattre. Viré du jour au lendemain, il avait été poursuivi pour diffamation, menacé au téléphone, lui et ses enfants, sa maison trois fois cambriolée. Un soir, il avait trouvé sa femme ligotée, tétanisée sur une chaise du salon, le manche d'un tournevis enfoncé dans le vagin.

Le lendemain, il démissionnait, revenait sur toutes ses déclarations et rompait tout contact avec les médias.

— Bien, cessons de rêvasser, lança Colette en se levant comme un diable à ressort. Raoul et Denis, allez trouver ce monsieur. Momo me dit qu'il habite en banlieue parisienne.

— Après ce qui lui arrivé, je suis pas sûr qu'il nous ouvre grand sa porte.

— Eh bien, soyez inventifs. Nadget n'a certainement pas cité son nom par hasard. Je compte sur vous.

L'objection de Raoul était de pure forme. Il avait avalé un café et se tenait prêt à filer, Denis déjà à ses côtés, toujours en veste de combat.

— Et soyez prudents ! leur dit-elle avec un petit geste de la main avant de se tourner vers Momo, qui finissait un croissant. Vous, mon cher Maurice, vous allez fouiller partout avec vos appareillages électroniques pour essayer de savoir ce qu'est ce CLSE dont nous parle Nadget. Nous savons maintenant que c'est en lien avec l'affaire Murena ou Bachelu, vous nous dégoterez bien quelque chose.

Au moment où la vieille dame prononçait ces mots, Denis et Raoul quittaient le parking souterrain de l'immeuble. Une demi-heure plus tard, ils atteignirent le périphérique, qu'ils empruntèrent en direction de l'est vers Ozoir-la-Ferrière, à une trentaine de kilomètres de Paris.

Après avoir traversé une campagne plate où se succédaient ronds-points et zones commerciales, ils entrèrent dans le lotissement où logeait l'ancien cadre de Murena. Bordées de pavillons disparates, les voies labyrinthiques portaient des noms de peintres. Alors qu'ils arrivaient au dernier tournant, Raoul dut s'arrêter : un petit embouteillage bloquait le passage.

Cinq minutes plus tard, ils n'avaient toujours pas bougé.

Une averse diluvienne s'abattit.

Puis, comme rien ne bougeait, une sirène de pompiers retentit derrière eux. Raoul se gara comme il put sur un bateau. Le camion les dépassa lentement dans les éclairs bleus de sa rampe lumineuse.

Des voisins sortaient sur le trottoir, en même temps que s'élevait une âcre odeur, et plus loin, un panache de fumée noire.

Ils décidèrent de continuer à pied. La maison de Charpier n'était plus qu'à 100 mètres. Tandis qu'ils remontaient la file de voitures à l'arrêt, un deuxième véhicule de pompier les dépassa, suivi d'une camionnette de la gendarmerie.

Au carrefour, ils furent comme flashés par la lueur d'une maison en flammes, à vingt pas à peine. On éprouvait de loin la chaleur du brasier, les craquements des poutres. Quelques policiers municipaux tentaient de mettre un semblant d'ordre dans le chaos naissant. Des collégiens planqués le long des haies tendaient leurs portables vers l'incendie ou textotaient, leurs visages empourprés, indifférents à l'averse. Les pompiers avaient mis des lances en batterie, mais on voyait bien qu'elles n'auraient aucun effet. Une partie du toit s'était effondré, laissant monter au ciel d'immenses lueurs. Il ne resterait rien de la maison de Charpier.

Denis et Raoul apprirent d'un policier que le propriétaire était resté à l'intérieur, avec son épouse. Accident, suicide, on ne savait pas.

Les gamins refluaient peu à peu. L'un d'eux racontait aux autres que l'une des victimes était un genre de truand passé à la télé pour des histoires de détournement d'argent. Une photo de Charpier circulait déjà sur la toile : l'ancien cadre, hagard et pas rasé, lors de sa mise en examen pour diffamation.

Le lanceur d'alerte disparaît avec son épouse dans un incendie criminel, indiquait la légende.

Lorsqu'ils regagnèrent Paris, traversant d'immenses bouchons sous la pluie, Denis ruminait sa fureur. Son voisin était dans le même état.

Colette leur ouvrit enfin, toute pâle, les traits tendus.

— Ah vous êtes là, leur dit-elle d'un air rassuré. Vous avez entendu les infos, je suppose.

Raoul leva une de ses grosses épaules, tandis qu'elle refermait derrière eux.

— Vous êtes sûrs qu'on ne vous a pas suivis ?

— On a respecté les procédures habituelles, rétorqua l'ancien officier avec un peu d'impatience.

— Alors faites vos bagages. Nous partons le plus vite possible à Caudebec. Je crains que cet appartement ne soit pas aussi discret qu'il le faudrait.

Denis la regarda, surpris.

— Pourquoi partir ? Ça ne nous concerne pas directement, cet incendie. Tant qu'on n'a pas retrouvé Nadget, on ne…

À la tête de sa grand-mère, il comprit soudain qu'ils ne parlaient pas de la même chose.

Discrédit

UN CABINET NOIR À L'ÉLYSÉE ?

Le titre sur fond rouge occupant la moitié de l'écran avait le mérite de retenir l'attention.

Au-dessus apparaissait Denis en gros plan, une image extraite d'une vidéo d'archives, lorsqu'un an plus tôt, il avait poursuivi des journalistes avec un sabre dans le parc de Caudebec. Il n'était pas vraiment à son avantage. Plus exactement, il avait l'air d'un fou.

— ... *l'ex-notaire,* martelait le commentateur, *ferait partie d'un cabinet noir, qui dépend directement de l'Élysée. C'est ce que démontrent ces documents que nous nous sommes procurés...*

Les quatre membres du groupe du Manoir s'entre-regardèrent, atterrés. Tous les éléments du dossier monté par Chignard, ensuite saisis par la lieutenante Müller, y passèrent : copies de ronéotypes, extraits d'archives militaires, clichés de Raoul au 11e choc, d'autres de Maurice Benguigui, faux-consultant en téléphonie et véritable expert en écoutes clandestines et en coups d'État.

Nul besoin d'une longue réflexion pour comprendre que tout cela venait de Bachelu. De toute évidence, il voulait les empêcher d'agir.

Raoul serrait les poings, prêt à détruire le poste où continuait le sujet :

— ... *ce groupe du Manoir n'a aucune existence légale. Il semblerait pourtant bénéficier du soutien de l'État, au moins d'une forme d'indulgence de sa part, ainsi que de mystérieux financements. À sa tête, il y aurait cette femme : Colette Florin* (la vieille dame se vit sur l'écran, au beau milieu de manifestants déguisés en abeilles, lors de la manifestation contre les néonicotinoïdes). *Elle recevrait directement ses ordres de l'Élysée. Le pouvoir n'a pour l'instant pas réagi, mais on le sent extrêmement embarrassé. Car les preuves continuent à s'accumuler, et le ministère de la Justice n'a pas eu d'autre choix que de nommer un juge d'instruction...*

Lequel avait déjà convoqué la presse pour lire un communiqué devant une quarantaine de micros multicolores :

— *Face à la gravité de ces allégations, j'ai lancé une enquête de police pour association de malfaiteurs, faux et usage de faux, atteinte aux intérêts fondamentaux de la nation et détention d'armes illégale...*

— Et pourquoi pas tentative d'assassinat du père Noël, tant qu'on y est, grogna Raoul.

Les autres le firent taire.

— *Et je rappelle*, continua la présentatrice de la chaîne d'info en direct en se tournant vers son voisin, un gros jeune homme à cravate, *qu'une commission d'enquête va être créée à l'Assemblée nationale dans les heures qui viennent. Jean-Rémi, vous êtes notre expert police-justice, que sait-on exactement de ce groupe, et surtout, que lui reproche-t-on ?*

Jean-Rémi expliqua qu'il s'agissait tout simplement d'une officine de tueurs au service du pouvoir, qui opérait partout où celui-ci ne pouvait le faire de manière officielle.

La présentatrice agita ses pendeloques d'oreilles avec un air dubitatif :

— *Mais, est-ce que tous les pays n'ont pas recours à ce genre de personnes ?*

— *Bien sûr que si ! Mais la différence ici, et nous l'avons dit, c'est que ces individus sont sous les ordres directs du président de la République, sans aucun contrôle de qui que ce soit. Ni de la DGSE, ni de Matignon, ni d'aucun ministère, et encore moins du Parlement. Même le financement est parfaitement opaque. Et c'est ça le vrai scandale. Ils sont en roue libre !*

— Je vais t'en foutre, de la roue libre ! lança Raoul, ce qui n'empêcha pas Jean-Rémi de dérouler sa démonstration.

— *Cette officine aurait pu exister encore longtemps, mais ce dossier très compromettant pour l'Élysée a d'abord fuité, suivi de cette affaire liée au Congo…*

Denis se rapprocha de l'écran, le cœur battant.

— … *Tout a commencé en France, par l'élimination de certains opposants de l'ex-président Kibanga, sans doute* pour *soutenir ce dernier, en difficulté.* (Une photo de l'antiquaire surgit, puis celle de son neveu empoisonné). *Mais il semble qu'il y ait eu un changement de programme, et toute l'équipe s'est rendue au Congo Brazzaville.*

Les images suivantes montraient le hall de l'hôtel Radisson.

— Ils font les malins, mais ils ont walou, indiqua Momo avec un sourire rassurant. J'ai effacé la vidéosurveillance.

— Je crains que ça ne suffise pas, mon pauvre ami.

Le montage reprenait les événements qui avaient précédé la chute de Kibanga : les barrages des Cobras, l'incendie du stade Massamba, le discours raté du Crocodile, puis celui, nettement plus triomphal, de son successeur.

— *Il semble que la France ait soutenu toutes ces opérations clandestines,* racontait Jean-Rémi sur le plateau. *En effet, l'ancien président Kibanga avait opéré un rapprochement manifeste avec la Chine, ce qui a fortement déplu à Paris…*

— *… et donc, le groupe aurait favorisé la chute de son régime.*

— *Absolument Irène. Par ailleurs, ils n'ont pas hésité à empoisonner une lieutenante de gendarmerie, qui soupçonnait l'existence de ce cabinet noir et enquêtait sur eux au Congo. Elle a été rapatriée en France dans un hôpital militaire. Il semblerait qu'elle concentrait ses recherches sur cet homme, Denis Florin, le petit-fils de Colette Florin. Tout se tient, comme vous le voyez…*

L'image de Florin dans son parc, sabre à la main et l'air mauvais, était la plus postée et commentée sur les réseaux sociaux, la plus détournée aussi. Une multitude d'amateurs de photomontages accolaient la tête énervée de l'ancien notaire à celle d'un diable, à Dracula, au capitaine Haddock avalant des piments rouges. Sur d'autres montages prétendument comiques, sa figure furieuse semblait contempler une fille nue ou le président de la République en maillot de bain.

À présent, Denis s'affichait sur l'écran géant derrière Alex Lemaire, l'animateur du talk-show quotidien le plus populaire, qui *décortiquait l'actualité avec son regard caustique,* à en croire les publicités de la station.

Il agita ses petits bras pour réclamer le calme.

— *Alors, vous en pensez quoi de cet espion français ?*

— *Bah c'est not' James Bond à nous, hein !*

La saillie du chroniqueur le plus en vue du moment secoua le public d'un éclat de rire collectif.

— *Tu parles, c'est plutôt l'idiot du village !* s'exclama un autre.

Nouvel accès d'hilarité. Lemaire affichait une expression horrifiée, même s'il se délectait de ces outrances payées à prix d'or.

— *Bon, les amis, un peu de sérieux,* dit-il en élevant sa fiche cartonnée à hauteur de la caméra gros plan. *Alors, est-ce que vous, vous y croyez à cette histoire d'espions à l'Élysée, non sérieux ? Vous en pensez quoi de ces espions, là, ce groupe du Manoir ? C'est vrai ou c'est un délire ? Moi, je dis que ce serait pas impossible avec les malades mentaux qu'on a au pouvoir. Mais je dis ça, j'dis rien...*

Il roula des yeux tandis que ses chroniqueurs ricanaient.

— *Ben ouais c'est vrai ! C'est comme le* Rainbow Warrior !

— *Le* what ? fit un garçon bodybuildé, qui ignorait que François Mitterrand fut autre chose que le nom d'une bibliothèque, où il ne mettrait de toute façon jamais les pieds.

Lemaire gloussa en lançant la pub. Promis-juré, on parlerait du groupe du Manoir tout de suite après !

Sur les réseaux sociaux, c'était un déferlement inouï de bêtise et de haine. Des groupes de discussions s'étaient créés en moins de temps qu'il ne fallait pour le dire. En quelques jours, ils comptèrent des dizaines de milliers de membres, dont certains publiaient des vidéos complotistes sur YouTube. Le fond du message était toujours le même : nos gouvernants étaient des incapables vendus aux puissances financières, des salopards prêts à tout pour rester au pouvoir.

Colette n'en revenait pas de la virulence et de la rapidité du phénomène, dont Momo lui expliqua qu'il ne devait sans doute rien au hasard : bien souvent, ce genre de campagnes de dénigrement était le fait d'*usines à trolls*, des entreprises très prospères en Russie ou en Inde, dont le métier consistait à mener des actions de déstabilisation sur la toile. D'un seul coup, des milliers de comptes bidon voyaient le jour, ou des groupes de discussion, dans l'unique but de diffuser des *fake news* et de perturber la vie démocratique. La plus connue de ces sociétés, l'Internet Research Agency, basée à Saint-Pétersbourg, avait littéralement pourri la campagne présidentielle aux États-Unis en 2016, et favorisé l'élection de Trump. Certaines de ces campagnes avaient poussé au Brexit, ou critiquaient violemment la politique française en Afrique.

— Vous essayez de me dire que Bachelu aurait financé une campagne de trolls ?

— Moi, c'est ce que je pense, répondit Momo après s'être longuement fourragé la barbe. Sinon, ça ferait pas autant de barouf en si peu de temps.

Colette n'en parut pas surprise.

Elle commençait à entrevoir une forme de riposte. Même si bien sûr, ce ne serait pas simple.

Après le déjeuner, ils partirent pour Caudebec en toute discrétion.

— Alors ?

Raoul suspendit sa veste de chasse dans l'entrée, puis une casquette pied-de-poule qui avait dû connaître des jours meilleurs.

— Alors, t'en penses quoi ? Que ces pourris vont nous lâcher la grappe comme ça ?

Il se laissa tomber dans le canapé de cuir du salon, faisant tressauter Momo qui y grignotait des cacahuètes d'un air philosophe. Colette leur tournait le dos, les mains jointes face à la fenêtre, sombre et muette tel Napoléon sur son rocher à Sainte-Hélène.

Ils étaient venus en Normandie pour être plus tranquilles, mais c'était finalement tout le contraire. À peine quelques heures après leur arrivée au manoir, les journalistes avaient surgi comme une nuée de sauterelles. Comme aux pires heures de la traque, l'année passée, ils s'agglutinaient aux grilles tels des miséreux autour d'un ghetto de milliardaires.

La première fois que Colette avait voulu faire ses courses, elle avait eu du mal à franchir le portail. Les voitures des journalistes avaient suivi sa R5 en procession jusqu'à la supérette voisine – une chance qu'aucune n'ait fini dans un fossé. Les images de l'occupante du manoir en train d'acheter un paquet de riz complet étaient passées en boucle pendant près de 48 heures, agrémentées d'un sobre sous-titre : L'ESPIONNE DU PRÉSIDENT AUX ABOIS.

Elle n'osait plus allumer la télévision ou consulter Internet, craignant surtout les réactions de Raoul, qui ne supportait plus du tout qu'on parle d'eux depuis l'intervention d'un député au journal télévisé de TV1, qui exigeait la démission du Président, *un homme malhonnête et lâche, un traître, un homme pas fini,* selon ses propres termes.

Il avait fini par balancer son verre de cognac sur l'écran en hurlant comme un Cosaque.

— Je vais t'étriper, petite merde. Je vais te déchiqueter de mes mains !

— Voyons Raoul, calmez-vous, il ne vous entend pas, avait dit Colette en retenant son autre bras armé d'un dessous-de-plat.

Il était sorti en claquant la porte – celle de service, bien sûr, car les cameramans enregistraient le moindre de leurs mouvements depuis la grille d'entrée.

L'ancien parachutiste ne supportait pas d'être coincé ici, comme ses glorieux ancêtres sous le canon vietminh, à Diên Biên Phu. Ils auraient bien mieux fait de rester à Paris ! Denis pensait exactement la même chose, mais Colette restait inflexible :

— Je sais très bien ce que je fais. Soyez un peu patients.

Si le jeune homme n'explosait pas comme Raoul, il gonflait les joues comme un petit garçon en colère et finissait par le rejoindre dans le parc, où ils marchaient longuement côte à côte, silencieux mais hors d'eux. Colette restait égale à elle-même et leur concoctait de bons petits plats en leur répétant que tout s'arrangerait à un moment ou à un autre. Elle aurait pu tout aussi bien parler d'une panne de courant.

Un jour, elle les appela d'un air joyeux depuis son bureau, où elle consultait ses mails.

— Est-ce que vous vous souvenez de McKenzie, à Washington, l'ami de Jacques ?

— Pas vraiment, fit Denis en se postant à l'entrée de la pièce.

— Mais si voyons, le neurochirurgien. Je lui avais envoyé les prélèvements sanguins de Chignard. Je vous passe les détails, mais il m'a dit qu'il ne trouverait rien de concret sans un échantillon du produit toxique de M. Kibanga. Je n'avais aucun moyen de lui fournir, jusqu'à ce que tu trouves cette petite bouteille dans le bureau de Bachelu, à Brazzaville. Il me dit qu'ils travaillent à un antidote, avec un département de toxicologie en Californie. Nous allons pouvoir réveiller ton ami Chignard et... les autres.

Denis s'était redressé, tout pâle.

— Tu ne crois pas que c'est un peu tard ?

Sa voix s'enraya et il n'attendit pas la réponse. La porte claqua et ils le virent glisser devant la haie d'hortensias, puis disparaître. Ainsi de dos et les épaules basses, il semblait frêle, vieilli de dix ans.

Penser à Nadget était une douleur de chaque instant. Il mettait des heures à s'endormir et buvait plus que de raison. Son image le poursuivait sans relâche, il repensait à l'année d'avant, lorsqu'il l'avait rencontrée pour la première fois. Il revoyait son jean et son blouson de cuir ajusté, les contours de son visage, cette beauté qui lui avait semblé absolue, comme celle d'une princesse indienne. Il se souvenait aussi de son air étonné, lorsqu'elle lui avait demandé pourquoi il la regardait de cette façon, et plus tard de ses cheveux sombres, que la lueur d'une bougie transformait en dentelure dorée.

Bientôt, il ne parut plus que pour les repas, l'air d'un fantôme barbu, tel Jean Florin dans les prisons de Charles Quint, comme s'il s'attendait pour de bon à être mis à mort. Puis il cessa tout simplement de venir au manoir, jusqu'à ce que trois coups retentissent à la porte de la maison de gardien.

— Non ! fit-il sans lever le nez de son volume de *Naturalis Historia* de Pline l'Ancien.

— Je dois te parler. C'est très important.

Denis reposa son livre, les yeux fixés sur les solives rougies par le flamboiement des braises.

— Je m'en fiche.

— Nous n'avons pas beaucoup de temps. La juge d'instruction arrive pour une perquisition.

— Quelle juge d'instruction ?

— Tu sais bien. L'enquête lancée par le ministère de la Justice...

— Et le juge te prévient de son arrivée ?

— Peu importe qui me prévient. Ouvre. Nous n'avons pas beaucoup de temps, ils sont en route.

— Qu'ils viennent, ça m'est égal.

— Denis ! Ouvre tout de suite. Tu veux sauver Nadget, oui ou non ?

Sa phrase était à peine finie qu'il ouvrait grand le battant, l'œil déjà brillant. Jamais un aussi long silence ne s'était installé entre eux deux.

— Qu'est-ce que tu sais pour Nadget ? murmura-t-il enfin en la laissant passer. Qu'est-ce que c'est que cette histoire ?

— Ce n'est pas une histoire. C'est ce que tu vas faire, mon petit Denis.

Dans le quart d'heure qui suivit, rien ne bougea dans la petite maison de gardien. Les hautes branches du parc se courbaient au-dessus du toit et s'entrechoquaient dans le vent marin, comme pour mieux garder leur secret.

— Raoul va t'accompagner, conclut Colette après lui avoir exposé le plan. Il ne devrait pas tarder.

Et en effet, ils le virent bientôt arriver sans un bruit, par l'allée baignée d'ombre.

— Les flics sont là, déclara-t-il sans émotion.

— Parfait, dit Colette en se redressant, un peu solennelle.

— C'est sûr ? Vous voulez pas que je reste ?

— Tu es sûre Colette ?

— Mais oui je suis sûre. Momo sera avec moi, c'est un maître en matière d'aïkido. Et vous, vous ne serez pas trop de deux.

Au loin, on entendait des portières claquer.

Colette serra les mains du géant, puis enlaça brièvement Denis. Il était toujours surpris de voir à quel point elle était frêle, et combien d'énergie elle dégageait pourtant.

— Promets-moi que tu feras attention.

— Tu penses !

Elle souriait, pressant une dernière fois le bras de son petit-fils bien aimé.

— Filez donc, et retrouvez la. Sinon, nous aurions fait tout ça pour rien.

Faux ami

Après avoir longtemps marché dans la campagne normande, Raoul et Denis s'effondrèrent à l'abri d'un chemin creux, indifférents à la boue fraîche dont il était tapissé. Quitte à être à pied, ils décidèrent de poursuivre jusqu'à Lillebonne dont ils étaient proches pour s'y *équiper* – perspective qui n'était pas pour déplaire à Raoul.

Mais arrivés aux abords d'un rond-point à l'entrée de la ville, ce dernier stoppa net, yeux plissés : des gendarmes contrôlaient les véhicules, équipés de gilets pare-balles et de fusils à pompe. Sans hésiter, il entraîna Denis de l'autre côté de la route, vers une zone faite de bitume et de bâtiments industriels. Ses yeux brillèrent de plaisir à la vue du parking bien rempli d'une société de transport.

En moins de temps qu'il ne fallait pour le dire, il poinçonna la portière d'une vieille Fiat et lança le moteur, sans que personne ne les remarque.

En début d'après-midi, ils abandonnèrent leur voiture volée dans un bois près de Forges-les-Eaux, où ils attendirent le correspondant de Raoul. Une poignée d'heures plus tard, à la nuit tombée, les projecteurs haute puissance et les phares d'un énorme tout-terrain percèrent le rideau d'arbres. Surgit de l'habitacle un individu en veste de combat, chèche au cou, qui salua militairement Raoul en lui donnant du *mon capitaine*.

Ils roulèrent un certain temps dans le noir en évitant les autoroutes et les voies principales, le son de la radio monté à fond sur France Info. La perquisition à Caudebec était largement évoquée, ainsi que leur fuite. Les forces de l'ordre étaient sur les dents, on les recherchait partout.

Ils apprirent que Colette et Momo avaient été relâchés par le juge d'instruction, qui les avait placés sous contrôle judiciaire. Ils n'avaient reconnu aucun des faits qu'on leur reprochait.

— Bande de pourris, commenta le conducteur en serrant les mâchoires, tandis que Raoul et Denis échangeaient un regard soulagé.

Dénommé *Poisson*, l'ami de Raoul vivait dans un manoir glacial aux allures de musée, au fond d'une lointaine forêt du nord de Paris, dont les murs étaient tapissés de souvenirs militaires. Entre les poignards commando et les vieux fusils d'assaut, un régiment entier aurait pu s'équiper. Denis fut rassuré de savoir que le propriétaire des lieux vivait du commerce de bois, car il n'aurait pas été surpris d'apprendre qu'il dévorait les passants égarés dans sa forêt, comme dans certains livres post-apocalyptiques.

— T'inquiète pas Poisson, on reste pas longtemps, dit Raoul tandis qu'ils dînaient d'une soupe froide dans un salon plus froid encore.

Une fois dans sa chambre (pas très chaude elle non plus, et empestant le moisi et la naphtaline), Denis passa un certain nombre de coups de fil et consulta des comptes rendus envoyés par Momo sur sa messagerie cryptée, maintenant que celui-ci était revenu à Caudebec. Lorsque le jeune homme retrouva Raoul le lendemain matin à la cuisine, il faisait un peu meilleur avec la fenêtre grande ouverte sur le jardin envahi de passereaux.

On entendait au loin le son d'une radio d'informations en continu.

Malgré ses traits tirés, Denis semblait serein.

— J'ai eu des nouvelles de notre ami à Paris, dit-il en montrant son téléphone portable. Il a peut-être quelque chose pour nous. Mais il préfère ne pas en parler au téléphone.

Raoul ne commenta pas, son gros nez plongé dans un bol fumant. À sa mine sombre, Denis comprit qu'il s'inquiétait surtout pour Colette. Il n'ajouta rien et s'assit à ses côtés pour boire un peu de café.

Ils parlèrent d'autant moins qu'un objet inattendu venait de pénétrer leur champ de vision, juste sous leur nez : les deux petits ronds noirs superposés d'un canon. Et au bout du fusil de chasse, Poisson, figé et froid, à l'image de la maison.

— Pas de geste brusque, mon capitaine. Levez les mains. Du bout de son arme, il leur fit signe de s'asseoir au sol. Et pas de geste brusque sinon j'arrose. La police sera là dans 10 minutes.

— Qu'est-ce qui te prend, Poisson ? T'as bu ou quoi ?

— Asseyez-vous. Et toi aussi, le poète.

Ils se posèrent sur le carrelage glacé et collant de la cuisine, dos aux placards. Par la fenêtre, un rayon de soleil jouait dans la floraison blanche d'un cerisier.

— Pourquoi tu nous as aidés si c'est pour nous balancer comme ça ?

La moustache de l'ancien militaire s'arrondit dans une grimace de haine.

— C'est vrai, cette histoire d'espions de l'Élysée, hein ?

— Bien sûr que non.

— Bien sûr que si. Sinon, vous auriez pas la justice au cul. Tout est sur Internet, toutes les preuves. J'ai réfléchi cette nuit. On en a marre des mensonges et de la dictature. Faut balayer la pourriture au pouvoir. Qu'on dégage l'enfoiré de l'Élysée.

Raoul haussa les épaules.

— Faudrait que t'évites de réfléchir, Poisson, ça te réussit pas.

Sous l'insulte, son interlocuteur rougit et trembla légèrement, comme s'il allait fondre en larmes. Puis il visa Raoul au bas-ventre. Le temps se suspendit, de très longues secondes, avant que ne retentisse le son strident d'une sirène deux-tons. Comme les véhicules des gendarmes arrivaient dans la cour, leur gardien commit une erreur. Il détourna le regard pour les appeler.

Pas longtemps. Peut-être un quart de seconde. Le temps qu'il ouvre la bouche, une masse de muscles et de colère le fit valdinguer contre le placard à vaisselle.

— Tire-toi !

Raoul luttait contre son faux ami, qui l'agrippait de toutes ses forces.

Les gendarmes ouvrirent prudemment la porte de la maison, intimant l'ordre à Florin et La Villardière de se rendre. Poisson tentait d'étrangler Raoul, qui en faisait de même.

— Tire-toi, Denis !

Le jeune homme pensa l'aider, puis il comprit que l'ancien officier se sacrifiait pour lui et qu'il perdrait trop de temps en essayant de l'aider. Tant pis, il continuerait seul. Il se faufila à l'arrière de la maison puis vers le bois où il se mit à courir.

Paris

Après avoir erré quelque temps dans les bois, Denis échappa sans trop de difficulté à une battue géante organisée par les gendarmes de la compagnie de Compiègne. À la gare de Crépy-en-Valois, il dut rebrousser chemin : une voiture à zébras jaune fluo stationnait devant l'élégant bâtiment en pierre de taille. Évidemment, tous les transports devaient être sous surveillance, et sans doute aussi les routes principales et les accès à l'autoroute.

Mais, même crasseux et mort de faim, il ne renonçait pas. Il voulait aller au bout de sa mission, quitte à y laisser la vie – comme quoi, il était presque aussi fou que sa grand-mère ou ses ancêtres corsaires. Dans une station-service, un artisan plombier qui montait à Paris accepta de le prendre en stop et, de voiture en voiture, l'ancien notaire finit par débarquer peu avant la nuit dans la fourmilière géante qu'était la gare du Nord.

Indifférent aux centaines de caméras qui l'avaient probablement déjà filmé, il suivit le boulevard de Magenta jusqu'à la rue du Château d'eau, à 10 minutes à pied de là. Une soirée printanière s'annonçait, les terrasses étaient remplies et les trottoirs encombrés de passants pressés. Denis, qui d'ordinaire détestait la foule, se sentait pour une fois rassuré au milieu d'elle, comme un petit animal dans les herbes hautes.

Deux policiers en tenue qui contrôlaient un livreur à scooter ne lui accordèrent aucun regard.

Pourtant, à mesure qu'il approchait du but, l'angoisse montait. Il avait surtout peur de mal faire, sans Raoul, de commettre des erreurs face à des gens bien plus aguerris que lui, et le bon vieux Mac 50 qu'il avait emporté de Caudebec pesait soudain très lourd dans son dos. Dans les films, tout a l'air facile, le héros pointe son pistolet et sème la mort, comme Kevin Costner dans *Les Incorruptibles*. Dans la vraie vie, c'était autre chose. Il se sentait pratiquement incapable de toucher la crosse de son arme.

Ses pas le guidèrent vers le haut du boulevard de Strasbourg, où se succédaient magasins de téléphonie, vendeurs de mode ou de cosmétiques pour peaux noires, qui le replongèrent d'un coup quelques semaines en arrière à Brazzaville. Malgré tous ses efforts, l'image de Nadget lui revenait en tête. Mais ce n'était plus aussi désagréable que les jours précédents, sans doute parce qu'il agissait enfin, au lieu de simplement subir.

Albert-Félix Mboundou, le commerçant du clan, l'attendait dans le même petit restaurant africain que lors de leur première rencontre. Il lui tapa dans le dos avec un sourire heureux, comme s'il retrouvait un ami. Le fait que Denis ait une bonne partie de la police à ses trousses ne semblait pas franchement le troubler, mais lorsqu'ils partagèrent un plat de brochettes de poisson, ce fut à l'étage, à l'abri des regards.

— Je crois que Moïse a bien travaillé, lui dit-il, une fois la faim de Denis apaisée. J'espère que vous aurez de quoi aller au bout. Votre ami M. de La Villardière n'a pas pu venir ?

— Il a été retenu, fit Denis avec un calme qui l'étonna lui-même.

Sans l'encombrante présence du pistolet semi-automatique, coincé pile au milieu des reins, il se serait presque habitué à sa cavale.

— Je m'en doutais. Si vous avez besoin d'aide, sachez que certains de mes amis sont tout à fait disposés à vous assister. La famille vous doit bien ça.

— Je m'en souviendrai, sourit l'ancien notaire, et ils grimpèrent peu après à bord d'un tas de rouille qui, autrefois, avait dû être une camionnette.

Trois quarts d'heure plus tard, ils se garèrent dans une rue de Villetaneuse, quelques kilomètres plus au nord. Les immeubles s'élevaient dans le ciel, sentinelles muettes. Denis suivit Mboundou dans un hall crasseux, où ils évitèrent l'ascenseur : quand il n'était pas en panne, c'est qu'il était en maintenance, plaisanta le commerçant.

Son rire grave résonnait encore trois étages plus haut.

Arrivés sur le palier, une porte s'ouvrit sur un être gigantesque qui occupait tout l'encadrement : Moïse, qui s'effaça avec un geste de bienvenue. L'appartement du vigile était noir comme un four et sentait la friture et le pili-pili, comme le quartier Poto-Poto à Brazzaville. Il installa ses deux hôtes dans une cuisine microscopique équipée d'électroménager de fortune et d'une importante réserve de provisions.

Par la fenêtre, on apercevait l'immense façade éteinte d'un immeuble voisin.

— Je vous sers quelque chose ? chuchota-t-il de sa voix de basse.

Il leur offrit des bières, mais surtout ce que Denis attendait avec impatience : une bonne vingtaine de cartes mémoires – celles des enregistrements des caméras-espions, dans la voiture et l'appartement de Bachelu.

— En principe, il y a tout. Mais je ne sais pas ce que vous allez en faire. Il y en a pour des jours à écouter tout ça.

— Tout est prévu, répondit Denis en les empilant devant lui, pensif.

Il avait l'impression d'avoir mis la main sur un trousseau de clés, sans savoir quelles serrures elles ouvraient. Avant de se coucher, il demanda à se servir de l'ordinateur de la maison, un engin poussiéreux juché dans un recoin du salon, pas de la première jeunesse. Mais la connexion était bonne, et il parvint à envoyer tous les fichiers à Momo via un forum d'échange sur le darknet.

Réveillé tôt le lendemain, trois paires de grands yeux curieux le fixaient, dont les propriétaires avaient de huit à quinze ans. Il avait dormi dans l'étroit salon de Moïse, les pieds sur un gros coussin en forme de cœur.

Mboundou était reparti chez lui.

Dehors, un grand soleil baignait les barres de HLM où résonnait un tapage familier.

Moïse lui servit un café, tandis qu'il consultait sa messagerie cryptée, indifférent aux enfants qui le dévoraient des yeux et se chamaillaient pour attirer son attention.

Le message de Momo lui fit d'abord bondir le cœur, mais le déçut dès qu'il l'ouvrit :

— *Bien reçu tous les fichiers. Bonne qualité mais ce sera plus long que prévu. Analyses GPS possibles mais très compliquées. Énormément de données audio et pas de chronologie. Aucun résultat à espérer avant ce soir. Attention à vous.*

— Mauvaise nouvelle ?

— Pas encore, répondit Denis, mais il ressentait un genre de malaise, comme si l'échec se profilait déjà, sans qu'il puisse rien y faire.

En partant travailler, en fin d'après-midi, Moïse le laissa seul à l'appartement. Il lui proposa de l'héberger une nuit encore. Demain, ils lui trouveraient un autre endroit avec Mboundou. Denis accepta du bout des lèvres, en se disant que tout cela ne les menait peut-être à rien, qu'il était peut-être déjà trop tard. Les enfants rentrèrent de l'école, firent leurs devoirs, dînèrent bruyamment puis se couchèrent.

Allongé le soir sur son canapé, le jeune homme se rongeait les sangs en regardant le plafond lézardé.

Il songea à Colette, seule à Caudebec avec Momo.

Il songea à Nadget, endormie Dieu sait où.

Alors, l'alerte sonna sur son téléphone. C'était le message de Momo, enfin. Mais il était près d'une heure du matin. Sûrement déjà trop tard.

Mélancolie

Le parc, elle l'avait toujours aimé de nuit. Elle le préférait même ainsi, lorsqu'il était privé de lumière, plus riche et s'offrant mieux à l'imagination.

Le soir, elle n'y voyait rien d'effrayant, ni ces hauts arbres griffus, ni ce brouillard où tout se fondait parfois, en hiver. Il lui était souvent arrivé d'y marcher seule, quand tout dormait, elle aimait l'obscurité et ses mystères, les allées sous la lune, l'horizon lointain où se dessinait le trait noir de l'océan, la vieille chapelle en ruine, avec ces moignons de mur et les amas de pierres mangées de mousse.

Elle aimait tout ici depuis son enfance, et partout elle voyait le visage de ses parents, celui sévère de son père, celui de sa mère, miraculeusement régulier, et son rire de cristal qu'elle entendait encore, 70 ans après. Elle aimait les murs épais de Caudebec, ses pierres rudes, les fenêtres et le toit d'ardoise, les recoins du grenier, son plancher grossier et sa poussière, les souvenirs qui s'y rattachaient et qui se soulevaient sous ses pas, comme s'élève le parfum des plantes qu'on aime.

Il y avait eu des drames et des jours tristes, bien sûr. La disparition de Jacques, et autrefois la mort de son fils et de sa belle-fille, et ce petit Denis qu'elle avait mis si longtemps à comprendre, qu'elle avait protégé, trop peut-être, et qui avait tellement changé ces derniers mois.

Elle fit quelques pas jusqu'à la fenêtre.

Avait-elle bien fait de l'entraîner dans ces histoires, de l'engager dans le groupe du Manoir? N'étant ni pessimiste ni nostalgique, elle ne regrettait pas, et pourtant ce soir les questions l'assaillaient, et la peur grandissait – elle qui la ressentait si peu d'ordinaire, qui la dédaignait comme on se refuse à un sentiment grossier, trop commun.

Ses chers hortensias ployaient sous le vent du parc. Sous la pluie, ils ressemblaient à de vagues cotonnades blanchâtres.

La vieille dame frissonna.

La tempête levée par la révélation du groupe, de ce prétendu cabinet noir, les mettait tous en danger. Certes, le juge d'instruction ne s'était pas montré très offensif lors de leur interrogatoire, et les avait rapidement laissés repartir au manoir, mais cela ne signait pas pour autant la fin des poursuites. Si la justice suivait son cours, elle remonterait vite plus haut, jusqu'au ministère de la Défense, qui leur accordait régulièrement un soutien matériel et humain, puis jusqu'au sommet de l'État, qui validait les opérations et donnait les ordres. Le pouvoir du Président lui-même serait remis en question, son intégrité, les institutions, et l'on ne pouvait exclure un soulèvement dans l'opinion – surtout travaillée en profondeur par ces horribles trolls.

Il restait une petite chance de démonter l'engrenage. C'était encore possible, elle en était convaincue. Tout allait se jouer cette nuit.

Depuis leur retour, Momo travaillait avec acharnement à l'étage, devant ses écrans et ses machines. Ce vieux pirate avait trouvé le moyen de coloniser toute une série d'ordinateurs domestiques grâce à un logiciel espion. Ce réseau de machines infectées, dénommé *Botnet*, lui permettait de lancer toute sorte de calculs informatiques qu'il lui aurait été impossible d'effectuer avec un seul ordinateur.

Ainsi, depuis plusieurs dizaines d'heures, son programme fouillait toutes les données captées par les caméras-espions placées chez Bachelu, que ce soit les mots prononcés ou les déplacements de sa voiture, captés en géolocalisation. Un autre logiciel fonctionnait en parallèle, axé sur l'expression CLSE du fameux message de Nadget, le mot-clé de toute cette affaire.

Mais Colette n'était qu'à moitié rassurée. Et si tous ces calculs ne donnaient rien ?

Deux heures sonnèrent, à la vieille horloge du salon. La porte de service s'ouvrit sans bruit, laissant passer deux hommes. Traversant silencieusement la cuisine, ses visiteurs – un géant et un plus petit à la grosse mâchoire frémissante – arrivèrent à l'entrée du salon. Malgré leurs précautions, le vieux parquet grinçait un peu sous leur poids.

La vieille dame leur tournait le dos, immobile dans le canapé.

Un des intrus passa devant elle, courte silhouette dans la lumière bleutée. Il s'immobilisa, un éclair métallique effleura l'arme qu'il tenait au poing.

— Je vous attendais, monsieur Bachelu, murmura-t-elle, le cœur au bord de l'explosion.

Dans l'ombre, il était impossible de dire si elle souriait, ou s'il s'agissait d'un rictus de peur. Et ses yeux brillaient avec une intensité curieuse.

Surprise party

Comme son nom l'indiquait, la clinique de Fausses Reposes se situait à l'orée du bois du même nom, sur les très chics hauteurs de Sèvres, à l'ouest de Paris. De là, on voyait une partie des toits de la capitale, du moins de ses quartiers les moins populeux.

Établissement de *réhabilitation haut de gamme*, la clinique proposait des traitements contre la dépendance, pour un tarif lui-même assez haut de gamme, 45 000 euros la semaine pour une chambre simple. Les plus délicats pouvaient se désintoxiquer dans des appartements ou des suites plus chers.

Ainsi la trentaine de médecins, de thérapeutes et de psychologues surdiplômés ne s'occupaient ni du junkie du coin, ni de RMIstes accros aux sites pornos, mais plutôt de sportifs de haut niveau un peu trop vitaminés, ou bien de stars du showbiz ou de la politique trop occupées pour aller soigner leurs addictions en Suisse ou en Californie, où ce genre de cliniques foisonnait.

C'est cette proximité avec Paris qui avait décidé Bachelu à réserver une chambre dans l'établissement. Non pour se soigner lui-même, car à part l'argent et sa propre personne, il ne s'intéressait pas à grand-chose. Son but était évidemment d'y cacher Nadget. À ce prix-là, l'équipe soignante assurait une discrétion absolue, à l'abri du plus retors des paparazzis.

Voilà en tout cas le raisonnement qu'avait eu Denis, en recevant les analyses des cartes mémoires traitées par Momo et ses ordinateurs : un ou deux soirs par semaine depuis son retour du Congo, Bachelu se rendait en voiture à la clinique de Fausses Reposes. Il avait appelé à plusieurs reprises depuis son bureau pour prendre des nouvelles de la personne chambre 15, et un mot dans les conversations était apparu à deux ou trois reprises : catalepsie.

Vers une heure et demie du matin, Denis avait donc réveillé son hôte Moïse, puis Mboundou, et ils roulaient à présent vers Sèvres à bord de sa camionnette antédiluvienne. Ils ne s'étaient pas dit grand-chose, d'autant que le jeune homme passait tout son temps à échanger avec Momo par messagerie cryptée.

Denis ne leur avait dit pas qu'il était armé. Sa seule crainte – dérisoire – était de tomber en panne dans l'espèce de poubelle à roulettes qui les transportait. Mais rien de tel ne se produisit, jusqu'à ce qu'ils abordent les collines de Sèvres, aux rues étroites bordées de jolies meulières.

Au-delà se devinait la masse sombre de la forêt de Fausses Reposes. Mboundou fit crisser douloureusement les freins de sa guimbarde au fond d'un petit parking. La clinique se trouvait un peu plus loin, de l'autre côté d'une grille hérissée de barbelés et de caméras de surveillance. Au-delà, une pelouse tondue au millimètre s'éclairait de nombreuses lampes de jardin, comme en plein jour.

Le bâtiment se dressait à deux ou trois cents mètres, lumineux comme un ferry amarré à quai.

Tout était calme, vaguement menaçant. On ne voyait personne à part les deux gardiens dans un local à côté de la barrière d'entrée.

Un an plus tôt, Denis se serait enfui en courant, effrayé par l'ampleur de l'obstacle. Mais on n'était plus un an plus tôt, et Nadget se trouvait peut-être dans cette clinique au design glacial.

Le jeune homme envoya un nouveau message à Momo :

— *Sommes sur place. À vous de jouer.*

— *J'en ai pour une minute,* répondit le barbu, qui, à 150 km de là, dans le pays de Caux, tapa quelques lignes sur son clavier.

Il avait eu un peu de mal à forcer le système informatique ultrasécurisé de l'établissement de réhabilitation, et n'était pas tout à fait certain de son coup. Aussi fut-il assez inquiet en voyant son écran clignoter puis se zébrer de gris et de blanc, comme à l'approche d'un bug. Il crut même que son intrusion était détectée, mais non, le schéma du circuit électrique de la clinique s'afficha soudain, avec l'emplacement des caméras et des alarmes.

Soulagé, l'informaticien cliqua sur la fenêtre de désactivation du système, en bas de l'image.

Cela fait, il envoya un nouveau message à Denis :

— *C'est* open. *Dépêchez-vous, il y a sûrement un générateur de secours, le courant va vite revenir. Pour les caméras c'est ok.*

Toutes les lumières du parc et du bâtiment s'étaient éteintes, comme des bougies soufflées, et l'enceinte de barbelés avait cessé de grésiller. Après avoir vérifié qu'aucun courant n'y passait plus, Denis s'ouvrit rapidement un passage à coups de cisailles. À peine arrivé de l'autre côté, les éclairages et la barrière électrifiée se remirent en route : le groupe électrogène avait pris le relais. Il disposait maintenant d'une demi-heure avant qu'un ouvrier de maintenance ne vienne remettre en marche les caméras de surveillance et les alarmes anti-intrusion.

Grâce à l'irremplaçable Momo, Denis connaissait par cœur les plans de la clinique. Il passa une blouse blanche et gagna le premier étage par un escalier de service plongé dans l'ombre. Même les marches en béton semblaient récurées à la brosse à dents.

La porte s'ouvrait plus haut sur un couloir baigné d'une lumière tamisée.

Ses pensées se concentraient sur les quelques gestes qu'il s'apprêtait à faire : entrer dans la chambre, s'approcher du lit, écarter les draps, repartir avec Nadget. À son signal, Momo couperait une seconde fois l'alimentation de la clôture tandis que Mboundou et Moïse feraient diversion auprès des gardiens à l'entrée, le temps qu'il traverse la pelouse.

Il posa les doigts sur la poignée, essoufflé, pas à cause de l'effort mais surtout de l'émotion et de son cœur, qui battait fort à la gorge.

De l'autre côté il y avait Nadget.

Mais il y avait aussi, et il l'ignorait, un homme à la figure de rat, plaqué dos au mur, immobile et silencieux comme un serpent. Et qui souriait déjà à l'idée de surprendre Denis et de l'éliminer.

À quelques pas de lui, la fille respirait faiblement.

Enfin, pour le moment.

Arguties

— Alors, monsieur Bachelu, qu'est-ce que je vous sers ? Un thé ? Un porto ? Je sais qu'il est un peu tard et que vous ne vous êtes pas donné la peine de frapper, mais enfin puisque vous êtes là…

Le petit homme dévisagea Colette, interloqué. Il laissa pendre son pistolet au bout du bras, comme s'il pesait d'un coup trop lourd.

Elle souriait sur son canapé, impassible.

— Est-ce que vous savez ce que je viens faire chez vous, dit-il d'une voix rauque. Mais il était difficile de savoir s'il s'agissait d'une question ou d'une affirmation.

— Je crois que j'ai une petite idée. Peut-être pourriez-vous ranger votre instrument ? Les accidents arrivent vite quand on n'a pas l'habitude.

Bachelu restait immobile, un peu perdu. Qui était vraiment cette femme ? Pourquoi n'exprimait-elle aucune peur ? Lui qui pensait l'effrayer ne savait plus comment mener l'entretien, et il lui fallut faire un effort de concentration pour se remettre ses idées en place.

— Alors, je viens faire quoi d'après vous ? reprit-il en inspirant un grand coup, mais tout de même assez mal à l'aise.

Colette se leva et s'étira comme un petit chat.

— Ne faites pas cette tête, je n'ai pas l'intention de me bagarrer avec vous. Je vais me faire une tisane. À cette heure, le thé est peu recommandé.

Sans attendre sa réponse, elle trottina vers la cuisine où il dut se résoudre à lui emboîter le pas, son pistolet toujours en main. Il la vit remplir sa grosse bouilloire électrique, ouvrir un placard pour en sortir une boîte d'infusion, en humer le contenu, puis la ranger, les sourcils froncés, avant de s'en choisir une autre.

— Ah oui, pourquoi vous venez..., reprit-elle en saupoudrant le fond de sa théière de verveine. Je suppose que vous voulez qu'on enlève un certain mot dans le prochain rapport parlementaire consacré à l'affaire Murena. C'est bien de cela qu'il s'agit ?

— Quel mot ? sourit Bachelu qui croyait reprendre enfin la main mais s'étonnait tout de même de la voir aussi calme. Était-ce la fatigue due à son âge ? Ou déjà, une forme de renoncement...

— Il s'agit de *La Congolaise*, c'est bien ça ?

— Continuez...

— Nous avons eu des difficultés à remonter jusqu'à ce nom, figurez-vous. À Brazzaville, mon amie Nadget Bakhtaoui était tombée sur un dossier dont ces trois mots ont éveillé notre intérêt : CHIMECO / N-NDOKI / CLSE. Sur le moment, il nous a été difficile de les interpréter, mais grâce à un autre message de Nadget, nous avons enfin pu résoudre l'énigme.

Bachelu avait un peu pâli. D'un petit mouvement du canon de son pistolet, il lui fit signe de continuer.

— Pour Chimeco, continua Colette, j'y viendrai plus tard. Pour CLSE, nous avons fini par comprendre qu'il s'agissait tout simplement de l'abréviation du mot *Congolaise*, donc probablement de la Société congolaise du pétrole, une vieille structure créée en 1945, qui a vendu à Murena, à la fin des années 2000, une énorme mine de terres rares censée se trouver dans le parc naturel de Nouabalé-Ndoki. Évidemment, il n'y a jamais eu la moindre particule de terre rare dans cette mine. D'après mes informations, la Congolaise est citée en bonne place dans le rapport. Je pense que vous êtes l'un des actionnaires principaux, voire le seul, sous prête-nom cela va sans dire. Donc, si la justice fait son travail à la suite de ce rapport, vous apparaîtrez comme l'un des principaux bénéficiaires de l'escroquerie Murena. Et je pense savoir que vous avez un autre problème, cher monsieur. Je donnerais ma main à couper que vous avez aussi vendu des mines vides à vos amis de Chimeco, comme précédemment à Murena. Est-ce que je me trompe ?

À son expression défaite, et même un peu terrorisée, la vieille dame vit qu'elle avait visé juste. L'escroc donnait l'impression de tomber des nues, comme s'il ne réalisait que maintenant l'énormité des risques qu'il avait pris en détournant ces fortunes.

L'eau bouillait. Elle la versa dans un joli nuage blanc et repartit vers le salon sans se soucier de Bachelu, qui encore une fois n'eut d'autre choix que de la suivre.

— Et donc, dit-elle en disposant deux tasses sur une table basse, vous désirez qu'une instance supérieure retire votre nom du rapport, afin d'assurer votre tranquillité. Par exemple la présidence de la République, au nom du secret Défense. Un peu de tisane ?

— Hein ?

— Voilà pourquoi, je suppose, vous avez donné un tel écho à l'existence de notre modeste groupe du Manoir ? (Pour le coup, elle semblait un peu fâchée.) Une forme de chantage…

— Tout juste. Vous et vos chefs devez comprendre que je ne plaisante pas. Et je pense que vous devinez aussi ce qui arrivera si vous ne faites pas ce que je vous dis.

— Mince, c'est un peu chaud. Bien sûr que je le sais. J'imagine que vous êtes en train de me parler des désagréments dont pourrait souffrir Nadget Bakhtaoui ?

Une fois encore, le petit homme fut désagréablement surpris par la tranquille assurance de son interlocutrice. Savait-elle quelque chose qu'il ignorait ? Comme pour se rassurer, il cala son arme au creux de sa paume.

— Bon, assez bavassé. Vous avez l'air de bien vous marrer, mais moi je suis sérieux. Je vais l'effacer, votre petite Bakhtaoui.

— Quels vilains mots !

— Et si ça ne suffit pas, ce sera votre connard de Denis ensuite. C'est clair pour vous ?

Il commençait à s'agiter. Sa nuque rougissait. Une petite veine palpitait au coin de son œil droit, et ses mâchoires se serraient.

— C'est tout à fait clair, confirma Colette avant d'avaler une gorgée, qui cette fois parut à son goût. Mais je dois vous prévenir que je n'ai absolument pas l'intention de vous obéir.

Bachelu avait sursauté, comme piqué par une abeille.

Il ouvrit la bouche. Pointa son pistolet dont il leva le cran de sûreté.

— Ça, c'est ce qu'on va voir.

Il la retrouvait exactement comme au premier jour, la courbe du nez, harmonieuse, ses paupières baissées. Mais ces quelques semaines l'avaient amaigrie et son cœur se pinça, cruellement, en même temps que montait la haine.

Tout était sombre dans la chambre, marquée seulement d'une rangée d'ampoules Led dont la lumière soulignait le contour de son front, s'accrochait à ses cheveux noirs dans la nuque.

Sans savoir comment, il se retrouva à genoux devant le lit, les doigts de Nadget dans les siens, un peu trop lourds, comme si elle était déjà morte malgré sa peau chaude. Il s'en émut plus encore et se mit à parler tout bas, sans s'en rendre compte, lui promettant qu'il la sortirait d'ici, qu'il la réveillerait et qu'elle reverrait sa fille.

Le temps passait. Il revoyait des images d'elle, encore une fois leur première rencontre, puis d'autres moments, dans le Sud de l'Espagne, vers Gibraltar, lorsque des embruns giflaient leurs visages, cette nuit dans un jardin aux senteurs méditerranéennes, d'autres moments de peur commune, et il ferma les yeux pour essayer d'entendre sa voix. Mais ce ne fut pas sans efforts, comme si elle s'était perdue dans les replis de sa mémoire. Il ne percevait qu'un faible écho de cette voix moqueuse et claire, un peu grave, sa façon de lui dire *Denis Florin* qui lui était propre, et il savait que plus personne d'autre ne prononcerait ainsi son nom par la suite. Elle serait la première et la dernière. Et dans un sanglot, il eut l'idée qu'elle ne se réveillerait peut-être pas, et qu'ils l'avaient retrouvée pour rien.

Avec effort, Denis se releva enfin. Il ne lui restait plus beaucoup de temps, peut-être 5 minutes – mais il eut tout le mal du monde à détacher son regard de son visage. Alors qu'il s'apprêtait à la soulever, il eut l'impression qu'un pack de rugbymen néo-zélandais le cueillait en pleine course. Sa tête heurta la barrière antichute du lit médicalisé. Il riposta au hasard, rencontrant sous son poing deux lèvres molles, mais son adversaire balaya ses pieds, entraînant sa chute. La pointe d'une chaussure heurta sa cage thoracique et lui coupa la respiration.

Lorsqu'il reprit son souffle, un petit individu sec et maigre pointait sur lui le silencieux d'un pistolet, les yeux remplis d'agressivité. D'un geste brusque, il essuya le sang qui coulait de ses lèvres.

— Fausses Reposes, vous savez d'où ça vient ?

Denis le regarda un moment, interloqué par la question. Il sentait dans son dos le canon et la crosse de son arme.

— C'est vraiment important ?

— C'est un terme de vénerie. Je me suis renseigné. Il faut toujours se renseigner dans la vie. Qu'est-ce qui te fait marrer ?

— Rien, mentit Denis.

Il venait de s'imaginer cet homme à la tête de rat en train de lire. C'était comme se figurer un crapaud plongé dans un roman sentimental.

— Ça rigolera moins tout à l'heure, reprit le Rat, un éclair de colère traversant ses prunelles. Je termine, si tu permets. La fausse repose, c'est un terme de vénerie comme je disais. Certains animaux font des ruses. Ils font semblant de dormir pour échapper aux chasseurs à courre. Ça s'appelle une *fausse repose*. Tu saisis ? C'est un peu ce que tu as fait avec moi, Florin. Tu as cru que je me reposais. Tu es arrivé ici comme une fleur en pensant que personne ne t'attendrait.

— Je n'ai jamais rien cru.

Denis sentait son rythme cardiaque s'emballer au point de lui donner des envies de vomir. Cet homme était un tueur, il le lisait dans ses yeux, dans son calme, dans ce plaisir qu'il ne cherchait pas à dissimuler.

Il se redressa contre le lit, surpris de ne plus sentir son arme à l'arrière de sa ceinture. Même elle l'avait abandonné.

Elle avait glissé au sol sous le lit, sans doute hors d'atteinte.

Le tueur fit un pas vers lui, tranquille et souriant.

— Qu'est-ce qui vous prend ?

Bachelu tremblait d'étonnement et de colère.

— Mais rien. Je vous dis simplement que je n'ai absolument pas l'intention de vous obéir, ni de retirer quoi que ce soit du rapport. Ce qui vous posera des problèmes, j'en ai bien conscience, mais je vous avoue que je m'en contrefiche.

L'ex-conseiller jeta un œil par-dessus son épaule, les yeux étincelants de colère.

— Vous me prenez pour un con ?

— Si c'est votre Yegor que vous cherchez – Yegor, c'est bien ça ? Enfin bref, si c'est lui que vous cherchez, nous l'avons pris en charge.

— YEGOR ! hurla Bachelu en relevant son arme, les mains tremblantes.

Un grand silence lui répondit.

— Là où il est, je crains qu'il ne vous entende plus. Nous vous attendions, cher ami. Est-ce que vous comprenez ce que cela implique ?

Un petit craquement se fit entendre. Surpris, le petit homme découvrit à ses côtés un barbu sale comme un pou, l'air à la fois fatigué et rayonnant, surtout lorsqu'il leva le pouce à l'attention de Colette.

— Qu'est-ce que c'est que ces conneries ?

— Pas de mouvement brusque, fit Momo en s'approchant.

D'un geste rapide, il frappa le poignet de Bachelu, qui lâcha son arme, et lui tordit le bras au moyen d'une prise d'aïkido digne de figurer dans les meilleures vidéos de démonstration de cet art martial.

L'ancien conseiller du président Kibanga se retrouva le nez contre le parquet, hurlant et éructant de douleur, le poignet au bord de la fracture.

— Lâche-moi espèce de porc. Je vais tous vous buter. Vous entendez, tous ! Votre petite putain la première !

— Ne soyez donc pas si malpoli, monsieur Bachelu. Je vous rappelle que vous êtes chez moi ici. Si c'est d'elle dont il s'agit, sachez que Nadget a quitté votre jolie clinique de Sèvres à l'heure qu'il est.

— Impossible !

— Et nous allons la soigner. En revanche, je suis au regret de vous annoncer que votre petit monsieur, comment s'appelle-t-il déjà ? Mokrane ? Mokhtar ? Enfin peu importe, il a eu de gros soucis de santé.

Momo l'avait relâché. Bachelu se releva. Recula d'un pas.

Cette femme.

Cette femme était un monstre.

Il cherchait quelque chose du regard. Quelque chose pour la détruire.

— Je serais vous, j'essayerais même pas, le prévint gentiment Momo qui, de toute façon, avait déjà ramassé son pistolet.

— Tuez-moi. Ils vont savoir que c'est moi. Ils ne me lâcheront jamais.

Colette eut une mimique non pas méchante, mais plutôt de pitié.

— Vous êtes déjà mort, monsieur Bachelu.

Le petit homme reculait pas à pas.

Oh, cette femme.

Il avait atteint la porte. La fuite ne réglerait rien, il le savait. Il avait trompé trop de gens, détourné trop d'argent. Il y en aurait forcément un pour le supprimer. Oui, elle avait raison : il était déjà mort.

Il le perçut dans ses yeux, dans son sourire radieux, ce sourire qui lui fit ressentir très exactement ce que pouvait être l'enfer de la vengeance.

Épilogue

J'irai chercher ton cœur si tu l'emportes ailleurs
Même si dans tes danses d'autres
dansent tes heures
J'irai chercher ton âme dans les froids
dans les flammes
Je te jetterai des sorts pour que tu m'aimes encore

Céline Dion / *Pour que tu m'aimes encore*

Si elle n'avait pas été aussi fatiguée, Nadget aurait sûrement dit quelque chose comme : *arrête un peu, Denis Florin, tu vas t'user les yeux à force de me regarder*. Lui n'aurait pas répondu, ou alors par un petit mensonge, prétendant qu'il n'avait même pas remarqué sa présence.

Mais elle se contenta d'un léger sourire.

Lui aussi se taisait, comme souvent. S'il avait parlé, ç'aurait été peut-être pour dire qu'il était simplement heureux d'être là avec elle, même si cela lui rappelait quelques moments douloureux. La douleur de l'avoir crue perdue ou morte, celle d'avoir craint qu'elle ne se réveille jamais, ou que la catalepsie ne laisse des séquelles. La douleur aussi de cette nuit à la clinique de Fausses Reposes, qu'il revivait parfois dans des flashs, au beau milieu de la nuit.

Mokhtar s'était avancé d'un pas vers lui avec un sourire de mépris, savourant visiblement l'instant.

Il ne pouvait pas savoir que Denis avait suivi, non sans succès, un rude stage d'aguerrissement au Centre national d'entraînement commando à Mont-Louis, dans les Pyrénées, où il avait acquis une formation dite C4 : combat au corps à corps de haute intensité. Tout lui était revenu d'un coup. Repliant sa jambe, il l'avait violemment détendue, talon en avant dans la cheville de son assaillant qui avait poussé un cri de douleur. Au même moment, Denis se relevait en appui sur une main, comme on lui avait appris, écartait d'un coup de coude le pistolet de son adversaire et le frappait à la gorge de sa main libre.

Un coup formellement interdit par les instructeurs, sauf en cas d'extrême urgence.

Le tueur n'avait pas eu le temps d'être surpris. Les yeux vitreux, il était tombé d'un bloc, l'arrière de son crâne heurtant le sol dans un craquement.

Denis avait arraché les draps et emporté Nadget à travers le parc, avec une rage que nulle force au monde n'aurait arrêtée.

Plus tard, ils lui avaient fait avaler un peu de l'antidote enfin mis au point par le Dr McKenzie à Washington. C'était la première fois qu'il était utilisé et ils n'étaient pas sûrs de son efficacité. Pendant une éternité, il ne s'était rien passé, puis Nadget avait papilloté des paupières, elle les avait vus sans les voir, avant d'émettre un premier son : *Victoire*.

Or Victoire attendait justement dans une chambre voisine de la sienne, à la clinique. Quelques instants plus tard, toutes deux se jetaient dans les bras l'une de l'autre, pleurant et riant en même temps.

Lorsqu'un peu plus tôt, Denis était allé chercher la petite fille chez son père biologique, celui-ci l'avait d'abord pris de haut, avant de s'inquiéter à sa façon de le regarder. À la vue de Raoul à l'entrée de son petit appartement, son inquiétude était encore montée d'un cran et il avait aussitôt cessé toute résistance, proposant aussitôt à Victoire d'aller rejoindre sa maman.

Son salon en désordre puait le shit froid et la fillette avait paru très soulagée en voyant Denis.

— Je te reconnais ! Tu es le monsieur du château.

— Moi aussi, je te reconnais. Tu es la petite fille de la ville. Tu veux revoir ta maman ? (Elle hocha très fort la tête.) Parfait alors. C'est tout ce que tu as comme affaires ?

Elle sautillait d'impatience, son gros cartable sur le dos et un sac de voyage trois fois plus mince au bout du bras.

— On y va ?

— On y va.

Au moment de partir, le papa avait alpagué Denis. Il avait eu des frais... Ça avait pas été simple pour bosser, avec la gosse... L'expression de Florin avait interrompu net ses revendications.

Et maintenant, Nadget pressait sa fille à l'étouffer en lui caressant les cheveux.

— C'est fini. C'est fini, maman est là.

Toutes deux avaient eu de mal à se séparer.

Les premiers bilans médicaux de la jeune femme étaient parfaits : sa catalepsie avait disparu sans laisser de trace, comme un mauvais rêve qui s'envole à l'aube. Le lendemain, ils avaient quitté la clinique où elle était en surveillance.

À présent, ils attendaient dans le somptueux loft, près de Colette, face à la tour Eiffel. Momo grignotait des cacahuètes, affublé d'une cravate d'un mauvais goût épouvantable (mais la barbe ratissée pour une fois), Denis portait un costume fripé, et Nadget, dans une robe à 13 euros, était éblouissante malgré sa paleur.

Ils avaient passé la veille à se raconter ce qu'ils avaient vécu. Denis en voulait encore à sa grand-mère de leur avoir caché tout ou partie de leur mission.

— Je n'aurais peut-être pas dû, s'était justifiée l'inflexible grand-mère. Mais je te le répète : j'ai voulu vous protéger. Tu sais que...

— ... que dans notre métier, il vaut mieux en savoir le moins possible, au cas où on est arrêté par exemple. Oui, je sais ! Mais quand même, tu ne crois pas que tu en as un peu trop fait, dans le genre *silencieux et protecteur* ?

Colette inclina la tête avec une moue de réflexion.

— Tu as sans doute raison. J'y penserai pour les prochaines fois.

— Les prochaines fois ?

Il la dévisageait sans oser y croire, mais elle était parfaitement sérieuse. Comme s'ils n'avaient pas tous failli mourir.

Denis avait quitté la pièce, passablement agacé, bientôt rejoint par Nadget dans un recoin, à l'étage du duplex.

— Ne sois pas injuste. Après tout, elle voulait bien faire. Et je te rappelle qu'on était volontaires. Elle ne nous a jamais caché les risques.

La jeune femme était toute proche de lui, épaule contre épaule, et sa chaleur lui faisait toujours le même effet. Il ne rêvait que de la prendre dans ses bras et de chercher ses lèvres. Elle s'en apercevait forcément. Peut-être même qu'elle lui en voulait. Ou alors au contraire, elle lui en voulait de ne pas oser.

Il haussa les épaules d'un air boudeur.

— De toute façon maintenant, le groupe va avoir du mal à reprendre du service.

— Tu devrais être content, Denis Florin. Comme ça tu seras débarrassé de moi.

— Et toi, de moi. Tu vas pouvoir recommencer à voyager gratuitement et à vendre du shampoing sur Instagram.

— Et toi à écrire tes machins que personne ne lit. À nous la belle vie.

Leurs sourires s'étaient croisés.

À propos du groupe du Manoir, il s'était passé une chose curieuse : du jour au lendemain, le scandale du cabinet noir de l'Élysée, qui avait affolé le pays, était tombé aux oubliettes. Plus personne n'en parlait. Puis quelques articles étaient parus, très sérieux, qui démontraient que tout ça était absolument faux, un délire à peine plus crédible que celui des platistes, ces hurluberlus persuadés que la Terre est plate. Colette Florin n'avait jamais été rien d'autre qu'une paisible retraitée, fervente défenseuse de la cause des abeilles ; son petit-fils, ancien notaire, vivait de ses rentes ; quant à Raoul et les autres, il n'en était plus question.

À se demander si une société de communication de crise n'avait pas orchestré une sorte de contre-campagne, à rebours de ce qu'avait fait Bachelu avec son armée de trolls.

Depuis une bonne heure, tout le groupe s'était réuni chez Colette, attendant une *grande nouvelle concernant leur avenir*, avait assuré la cheffe. Bizarrement fagoté dans un ensemble de velours côtelé, Raoul semblait plus nerveux qu'une rosière à son premier bal.

— Bon, je remets le champagne au frais ou quoi ? grogna-t-il.

— Débouchez-le plutôt, commandant de La Villardière, déclara le président de la République en faisant son entrée comme si dix caméras le suivaient.

Se retournant tous ensemble, ils frissonnèrent en voyant le chef de l'État étreindre longuement Colette, comme s'il voulait lui transmettre son pouvoir céleste ; puis il salua Nadget en la félicitant pour son héroïque comportement au Congo ; Raoul ne fut pas oublié, ni Momo, ni Denis.

Cet homme aux yeux bleus se souvenait de tout, un véritable humanoïde. Ils se détendirent un peu, tandis que Momo amenait un plateau de mezzés tel qu'Alger n'en avait sans doute pas vu depuis sa prise par les Turcs. Le Président voulut tout savoir, les gronda, les remercia, dressa des perspectives avant de demander la parole – fait curieux puisqu'il était à peu près le seul à s'exprimer.

— Mes amis, j'ai une déclaration à faire. (À cet instant, sa voix s'éleva comme s'il parlait à la tribune d'un meeting politique.) Votre intervention a été très précieuse, elle a renforcé nos liens avec l'Afrique, et la justice va enfin pouvoir œuvrer dans l'affaire Murena. Mais hélas, le groupe du Manoir va devoir suspendre son activité, au moins pour quelque temps.

Colette approuva gravement du menton.

— Il fallait s'y attendre, répondit-elle en se levant. Mais nous sommes toujours là. Et soyez sûr que nous serons toujours prêts à mourir pour la patrie.

Le Président était lui aussi fort ému. Raoul et Momo acquiescèrent sans ciller. Nadget et Denis également, mais avec un peu moins d'enthousiasme.

Fin de partie

Après avoir fui la justice grâce à de mystérieuses complicités, Bachelu se réfugia sur une riante île tropicale, où il se brisa la nuque en chutant de son balcon, qui ne culminait pourtant qu'à quelques centimètres du sol. La police s'en étonna, mais pas les quelques touristes chinois de passage sur l'île ce jour-là.

Sortie de sa catalepsie, la lieutenante Müller et ses tresses blondes résolurent un nombre significatif d'affaires criminelles. Ses mésaventures lui avaient appris qu'on ne peut progresser entièrement seule dans ce métier. Par ailleurs, on lui conseilla en haut lieu de ne plus du tout s'intéresser au groupe du Manoir, ce qu'elle fit à regret. Admirée et jalousée de tous, elle intégra la prestigieuse section de recherches de Versailles, puis le pôle judiciaire de la gendarmerie, dont elle prit le commandement avec le grade de général. Plus personne n'osa l'appeler la Walkyrie, même en privé.

Après sa sortie de clinique psychiatrique, la petite Mermaid devint photographe de mariages, puis se retira du monde dans un couvent en Normandie. Certaines nuits, ses sœurs l'entendaient prise de rêves érotiques violents, où le prénom de *Denis* revenait souvent.

Le pasteur Mboundou exerça le pouvoir à Brazzaville, où il put rétablir quelque chose qui ressemblait à la paix civile et à la démocratie. La

France continuait à l'assister, car dans l'ombre, le redoutable clan Kibanga ne cessait de comploter contre lui, tout en cherchant une nouvelle formule de poison plus performant.

Un beau matin, Félicité Tchitchimba, l'ancienne femme de ménage de Bachelu, reçut la visite d'un dénommé Vincent Pouget qui lui remit un téléphone portable flambant neuf et trois millions de francs CFA, qui lui permirent de quitter son mari et d'ouvrir le petit restaurant dont elle rêvait depuis toujours.

Moïse le vigile obtint un permis de séjour en bonne et due forme, et fut naturalisé français une décennie plus tard. Sa femme devint infirmière, et un jour l'une de leurs filles exerça comme médecin.

Yegor avait été retrouvé dans un parc de Meudon, non loin de Sèvres, la nuque truffée de balles de calibre 9 mm, son préféré. L'enquête de police fut particulièrement mollassonne.

Grâce à l'antidote du Dr McKenzie de Washington, le galeriste Jean-Félix Mboundou put reprendre son activité à Paris, et l'étudiant à Sciences-Po, Jules-Félix Mboundou, s'établit au Congo, où il devint président de l'Assemblée nationale.

Marcel Chignard fut lui aussi réveillé. Assis, l'air d'un oiseau déplumé sur son lit au CHU, il révéla à Denis qu'il avait dissimulé l'ensemble des objets hérités de son frère dans la crypte de la chapelle en ruine, près du parc de Caudebec. Seule une malle avait été entreposée près de sa maison, dans son abri à bois, la nuit où il avait disparu.

Denis tombait des nues.

— DANS UNE CRYPTE ? IL Y A UNE CRYPTE SOUS LA CHAPELLE ?

— Non, une crypte ! Un caveau hein d'accord.

L'épisode cataleptique n'avait pas arrangé ses problèmes d'audition : impossible de se faire comprendre sans donner de la voix.

Ils explorèrent l'excavation dès que le vieil homme se sentit assez solide pour tenir en équilibre sur ses maigres jambes. On y accédait par quelques marches qui semblaient s'enfoncer jusqu'aux tréfonds de la Terre, dans une humidité glaciale. Nadget et Colette participaient à l'exploration. À la lueur des torches, elles et Denis découvrirent la dizaine de caisses en bois de l'héritage Chignard, un incroyable assemblage de masques, de statuettes, de pièces inestimables dont certaines remontaient au Moyen Âge, sans doute.

— TOUT L'HÉRITAGE DE VOTRE FRÈRE EST LÀ ? cria Denis, dans un nuage de buée bleue.

— Non, c'est tout l'héritage de mon frère. Tout est là hein d'accord. Sauf les quelques objets de la malle. Et figurez-vous que même le masque est là. Le vrai masque, je veux dire. Le masque sacré hein d'accord.

Son visage de vieux nain barbu dansait dans le rayon d'une lampe torche.

— VOUS VOULEZ DIRE QUE LE MASQUE QU'ON VOULAIT DONNER À KIBANGA ÉTAIT FAUX ? reprit Nadget.

Chignard était hilare.

— Vous n'avez jamais eu en main que des copies hein d'accord. Quelques-unes très belles, réalisées par des artisans français, qui ont réussi à tromper le marchand d'art Mboundou. D'autres de piètre qualité, faites en Chine. La vieille cantine que j'avais déposée près de votre maison, dans la réserve à bois, était un leurre. Le masque dans ma caravane aussi était un leurre. Tout cela, c'était pour préserver le vrai masque. Mais la vraie sculpture, la voilà hein d'accord… Elle n'a jamais quitté la Normandie.

S'approchant d'une caisse ouverte, il en sortit l'objet mythique pour lequel ils avaient risqué leur vie si loin d'ici, mais qui n'avait jamais bougé de cette ancienne tombe.

— La superstition des hommes est sans borne, mon cher Denis. Lorsque s'y ajoutent la sottise et la soif de pouvoir, tout devient possible, du pire au meilleur hein d'accord.

Il leva le masque punu à la lumière de la lampe que tenait Nadget.

Il était en effet bien différent de ceux qu'ils avaient eus en main.

À peine plus grand qu'un visage, les paupières lourdes et les yeux morts, les joues striées de blanc et de noir, son regard transperçait l'âme, comme venu du fond des enfers. Pendant un moment qui sembla durer une éternité, Colette, Nadget, Denis et Chignard virent que de ces deux yeux fins sortait un soleil en fusion, brûlant et effrayant, et ils finirent par s'en détourner.

Plus tard, Chignard décida de rendre l'ensemble de la collection au Congo, qu'elle n'aurait jamais dû quitter. Le séjour français n'aurait été qu'un bref intermède dans la longue histoire de l'Afrique, et serait sans doute un jour oublié.

Après le dîner ce soir-là, Colette rêva à voix haute de reconstituer le groupe du Manoir. Il y aurait bien une occasion. Il fallait bien sauver le monde de temps à autre, sans quoi l'existence n'était-elle pas un peu morne ?

Elle s'interrompit, découragée par le départ de Denis vers la cuisine. Restée seule, la vieille dame s'approcha de Victoire, qui ronflait tout doucement au coin du feu. Les flammes teintaient ses joues de fauve, et elle ne put s'empêcher d'y passer le bout des doigts, tout attendrie. Après tout, sa maman avait d'autres idées en tête, se dit-elle, sans savoir si c'était mieux ou non.

Dans la cuisine, Nadget patientait près de la bouilloire, les fesses posées contre le plan de travail.

— Alors. Tu vas faire quoi ?

— Je sais pas. Et toi ?

— Continuer à écrire mes bouquins je suppose. Mon éditrice m'a envoyé 351 mails depuis mon départ.

— Elle est chiante ton éditrice.

— Elle fait son travail.

— C'est un requin déguisé en blondinette.

Denis ne répondit rien. L'eau sifflait.

— Et toi ?

— Une association m'a proposé de travailler pour eux. Ils s'occupent des pauvres en Afrique, tous ces trucs. C'est super mal payé.

— C'est bien. Tu vas le faire ?

— Ça dépend.

— Ça dépend de quoi ?

— Ben de toi, crétin.

L'eau sifflait toujours.

Elle s'approcha de lui et l'embrassa, du plus beau des baisers dont homme puisse jamais rêver.

Toute ressemblance…

… avec des personnes existantes serait une pure coïncidence.

La commission d'enquête de Pierre Savorgnan de Brazza sur le fleuve Congo a réellement existé, mais le personnage de Rodolphe Chignard est de mon cru. Vous trouverez les détails dans *Le rapport Brazza, mission d'enquête au Congo, rapport et documents (1905-1907), (éditions Le passager clandestin)*. Ce document, qui mettait en lumière des exactions liées à la colonisation, ne fut rendu public qu'en 2014.

Fabriqués au sein du peuple Bantou, qui se répartit entre le Gabon et la République du Congo, les masques punu existent réellement. Ils ont un caractère sacré, liés aux esprits de la forêt et au culte des morts.

Je remercie du fond du cœur So, Isabel, Véro et Alex, Léna Pérard et Violaine Chivot, sans qui ce roman n'existerait pas.

COMPOSITION RÉALISÉE PAR BELLE PAGE
IMPRESSION RÉALISÉE
PAR MAURY MALESHERBES
POUR LE COMPTE DES ÉDITIONS J.-C. LATTÈS
17, RUE JACOB, 75006 PARIS
EN AVRIL 2022

LE MASQUE
s'engage pour l'environnement
en réduisant l'empreinte carbone
de ses livres.
Celle de cet exemplaire est de :
300 g éq. CO_2
Rendez-vous sur
www.lemasque-durable.fr

PAPIER À BASE DE
FIBRES CERTIFIÉES

Dépôt légal : mai 2022
Rang d'édition : 01
N° d'imprimeur : 262408
Imprimé en France